苏虹 著

The life trajectories of five young people

作家出版社

本书为原创虚构小说，
人物情节如有雷同，纯属巧合。

少年不识愁滋味,爱上层楼。

爱上层楼,为赋新词强说愁。

而今识尽愁滋味,欲说还休。

欲说还休,却道天凉好个秋!

——(宋)辛弃疾

目录

引　子…………001

第一章　弹指一挥间…………006

第二章　风起的日子…………025

第三章　时来运转…………052

第四章　爱上层楼…………079

第五章　夏娃的苹果…………099

第六章　红尘世俗…………123

第七章　曲径通幽…………142

第八章　纷乱如麻…………161

第九章　棋局春秋…………178

第十章　秋意浓…………200

第十一章　欲说还休…………221

第十二章　别离秋色…………244

重回故事开始的时候（后记）…………262

引 子

和所有中年人一样，他们时常感叹的，是时间过得太快；他们经常怀念的，是大学时代那段青葱岁月。

算起来，已经是十五年前了。

那年，适逢千禧年。

千禧年的说法源自基督教文化。千年期满，魔鬼重又放出，再次进行迷惑人类的活动。就是这么一个与绝大多数中国人毫不相干的基督教概念，却让无数中国人欣喜若狂，充满期待与向往，也让无数中国人把那个本属于跨年夜的狂欢和期许绵延至全年，好像这一整年都溢满着欢庆祥瑞之气。

周宇、柳春富、钱嘉良、沙刚、韩子霁也不能脱俗，当毕业季遇上千禧年，不来点特殊的仪式感，简直是虚度时光、荒废岁月，甚至有点"大逆不道"的意思。

周宇、柳春富、钱嘉良、沙刚自称"四大金刚"，是同宿舍研究生同学。

柳春富在他们中年龄最大并且已婚，入校前是 R 市市委机关报小有名气的记者。他给同学和老师最深的印象就是比较成熟，处事老练，平时大家都喜欢叫他"老大"。或许正是这个原因，大家虽然觉得与他有距离感，可一旦遇上什么事又总愿意和他商量。

钱嘉良是浙东人，家族世代经商，入学不久便以别人的名义承包了大学南院研究生宿舍区的服务社。当然，这是后来大家才知道的。钱嘉良不止一次和大家说起自己希望成为"商界名流"的理想，当别人问他为何不到管理学院学习，他反问，世界上的商界名流，有几个是管理学院培养出来的？

"四大金刚"中，沙刚情况最特殊。他来自部队，一米八三的个头，虽然平时都穿着便装，但偶尔穿个军装参加班级和学校的重大活动，总能吸引一大批女生的注意。据说他父亲是部队的高干，他却始终不肯承认，只说自己是一介武夫，从未到地方大学学习过，读研是为了给自己充充电。

周宇年龄最小，却是有名的学霸，文章发得最多，对《道德经》颇有研究，还打得一套行云流水般的太极拳，早晚经常去操场比画几下，同学见其有板有眼的模样，戏称他那是在"摸鬼"。他还是班里为数不多的处于恋爱"进行时"或"完成时"的人之一，与他"男女对唱"的是来自北京的韩子霁，人长得漂亮，据说家庭也很有背景，加之能歌善舞，是许多男生追求的目标。研二那年，她与周宇谈起了恋爱，而且谈得跌宕起伏，一会儿海誓山盟，一会儿不共戴天，其间分分合合不知多少次。

这天，学校举行了隆重的毕业典礼，戴上硕士帽的那一刻，回想起三年的寒窗苦读，展望以后没有了学校约束的生活，大家松了一口气，对校园外的广阔天地充满了无限遐想与期待。

当天晚上，四人在学校附近的一家餐馆大吃大喝一顿后，朝气蓬勃的青春和体内释放的荷尔蒙与酒精一起升腾，蓄成一股无穷无尽的冲动却又无法恣意发泄。于是，钱嘉良提议到学校外一家名为"From Boys to Men"的歌厅吼几嗓子：

"马上就要各奔东西了，咱们可不能辜负这最后的美好时光！"

他的提议立即得到其余三人的响应。

"好主意！我们哥儿四个，正好凑成 2 boys 2 men 组合。"沙刚兴奋地击掌说道，然后又朝周宇意味深长地挑了挑眉毛，说，"周宇，你小子是属于 boy，还是 man，有点情况不明啊……我们四个人，'2 boys 2 men'没错吧？"

"你不明白的事多着呢。"周宇得意地笑着捧道。

"有道理。良辰美景，美酒伴美人！周宇，今晚你可不能一人独乐乐，校花必须参加啊！"柳春富平时很沉稳，几杯酒下肚也开始兴奋了，"叫上你的韩子霁。"

钱嘉良也跟着起哄："对，叫上韩子霁。"

"行！"周宇爽快地给韩子霁拨去电话。

钱嘉良拍拍口袋，说："今天晚上我买单。"

柳春富立即回应道："正好，我已经被你们剥削光了。"说完摸摸钱嘉良的口袋，问，"你小子到底带钱没有？"

"小瞧人了不是！"钱嘉良掏出钱包晃了晃。

四个人说着已经来到"From Boys to Men"。

韩子霁看样子也喝了不少酒，在门口看到周宇走过来，先是夸张地张开双臂，给了他一个拥吻，然后又挨个拥抱了其余三个人。

轮到钱嘉良时，韩子霁说："老钱，你怎么不让女朋友参加你的毕业典礼啊！"

钱嘉良愣了一下，说："不行！她不能来。"然后一本正经地说道："她来了，今晚我就不能享受你的香吻了。"

"喊！想占我的便宜啊，你得问周宇同意不。"韩子霁娇嗔地捶了一下钱嘉良。

"要不，我主动点？"钱嘉良做出亲吻状。

周宇假装带有醋意地说:"嘉良,可别心存不轨啊。"

"算了算了。"钱嘉良在韩子霁肩上拍了一下,对周宇调侃道,"这么小气!"

房间里的灯光很暗。

几个人分别坐下来。钱嘉良朝着女服务员一挥手:"给我们来一箱啤酒。"

沙刚马上制止说:"别!别!别!"

钱嘉良以为沙刚不想喝酒,便说:"难得一醉。"

沙刚指指韩子霁,说:"有韩大美女在,怎么着也得上点档次吧?"

"来瓶红酒?"钱嘉良明白了沙刚的意思,正准备吩咐服务员,但马上又说,"还是来瓶黑方吧。"

沙刚打断钱嘉良的话:"怎么的也得来瓶麦卡伦吧!"

"别敲竹杠了,便宜点的吧。"柳春富打起了圆场。

周宇不知道白方黑方是什么,有点茫然地看着他们。

"我先给大家献首英文歌 When You Believe。"韩子霁拿起话筒,"大家就要各奔前程了,'只要你相信,奇迹就会出现',祝各位前程似锦!"

韩子霁的唱功好,发音也准。随着她的歌声,毕业季那一颗憧憬的心也随之飞扬:

Many nights we've prayed	许多夜晚我们曾恳切祈祷
with no proof anyone could hear	尽管不是任何人都能听到
In our hearts a hopeful song	在我们的心中,有一首充满希望的歌
We barely understood	我们几乎听不懂
Now we are not afraid	如今我们不再害怕

Although we know there's much to fear	尽管我们知道仍然有很多事情令人畏惧
We were moving mountains long before we knew we could...	翻山越岭后才知道自己能做到

这本是一首很励志的歌，韩子霁略带沙哑的高音却让人从中听出了几分沧桑。大家一起跟着唱了起来：

Who knows what miracles you can achieve	谁能知道自己会实现什么奇迹
When you believe somehow you will	只要你相信就会以某种形式成功
You will when you believe...	只要你相信奇迹就会出现

那一晚，大家玩得很欢，一直闹到凌晨一点多钟。

也就在那一晚，带着醉意的韩子霁拉着醉乎乎的周宇做了个了断。在附近的一家宾馆，她让周宇实现了"from boy to man"的转变，也给周宇的心留下了永远的痛……

第一章 弹指一挥间

1

周宇习惯性地掏出手机看了一下时间,七点十五分。作为 G 省省委组织部研究室的工作人员,他几乎每天早上都是踩着这个点到达办公楼。

周宇轻轻舒了一口气,抬起左脚,准备跨上台阶进入办公楼。

男左女右本是几千年父系社会形成的观念习俗,却成为周宇多年来的行为习惯,走路总是先迈左脚,拿东西也是先上左手。久而久之,许多人都以为他是左撇子。

突然,一个黑影从他左后方不远处自上而下地闪过,随即啪的一声,重重砸在水泥地面上。

周宇不由自主地转过头望去。

是一个人!

一切发生得太突然了,周宇惊得目瞪口呆。

更让人吃惊的是,他一眼认出躺在地上的这个人,竟然是这栋楼的二号人物,分管干部工作的副部长李朝东!

重重摔在水泥地面上的李朝东,脸已变形,嘴、鼻、眼缓缓流出鲜红的血，显得狰狞而恐怖。

离上班时间八点还有半个多小时。周宇环视四周，未见一人，便边跑边用瘆人的声音大喊着：

"保安！保安！"

保安似乎也听到什么声响，几乎同时从传达室里冲了出来。

"快打120、110！快打120、110！"周宇紧张地招呼着保安。

先行赶到的警察迅速拉起了警戒线。陆陆续续走进大院上班的人，被引导到侧门进入办公楼。

尽管保安根据警察指示，把上班的人往侧门引导，但四五辆警车、十几个警察，以及拉出警戒线的阵势，还是吸引了不少围观者。大门外面也开始聚集起大量围观的人，举着手机拍照录像。警察本要拿着喇叭驱散人群，但正是这喇叭声，招来了更多的围观群众。

周宇作为第一目击证人，被留在现场。他不知道自己该干什么，只能手足无措地呆呆站在边上。

一辆120救护车开进院子，工作人员迅速把李朝东抬上车，"呜啦——呜啦——"地开出大门。

几名刑警赶到现场做进一步勘查。

现场其实很简单。

此前，先行赶到的警察已经沿着仰在地上的李朝东身体边缘画出轮廓线。李朝东被抬走后，水泥地面上的白色线条清晰可见，头部区域已逐渐凝固的血迹，清楚地告诉人们这里刚发生的一切。

不一会儿，现场勘查完毕。

一辆早已等候在旁边的消防车迅速用高压水龙头冲洗地面。起初，水龙头喷出的水被血迹染成淡红色，流向窨井。后来水慢慢变清，地面上的血迹也荡然无存。晚来的人行至此处，会觉得与平常无异,这里宛若什么都没有发生过。

周宇向办公楼上望去。刚开始,楼上还有人打开窗户探出身子往下看,但随即就缩回身子,嘭的一声关紧了窗户。

"咔嚓"——"嘭"!

"咔嚓"——"嘭"!

"咔嚓"——"嘭"……

同样的声音重复了十几次,后来再没有人开窗关窗,办公楼恢复了往日的宁静。

周宇明白,这种宁静是暂时的。

发生这么大的事,天知道接下来会有什么情况。

整整一上午,省纪委、省公安厅轮番找周宇询问当时的情况,周宇无奈地一遍遍重复那几句话,"七点十五分,我走到办公楼下,抬起左脚,准备跨上台阶进入办公楼,突然听到嘭的一声响,回过头看到李朝东副部长掉在我的左后侧约莫三米处……"

"你是先听到声音,还是先看到人?"省纪委的人问他。

"好像是先听到声音吧。"周宇有些不确定。

"到底是先看到人,还是先听到声音?"省纪委的人继续追问。

"……"周宇被问得糊涂了,"我感到一个黑影从上面落下来,便听到坠地的声音……"

"你是一个老机关了,汇报情况要严谨!"省纪委一个年纪大的同志很严肃地提醒周宇。

周宇看到对方一本正经的模样,忽然想笑,但还是憋住了,问:"这么近的距离,你觉得有多大的时间差?"

"这……"这下轮到纪委的人不知如何回答了,朝他挥挥手,"到隔壁房间,公安厅的同志找你了解点情况。"

省公安厅的人问得很直接:"李朝东坠地后,你有没有看到还有别的东西落下?"

"没有。"周宇如实回答,又补了一句,"警察来之前也没有人动过。"

"那么,你刚才说李朝东掉在你左后侧约莫三米处,你凭什么说得这么准确?"省公安厅的人突然问。

"我们之间现在的距离目测大概是2.35米,不信你量一下。"周宇有些不耐烦,也有些恼怒地嘟囔道。

对方大度地微微一笑,说:"你不要有情绪,我们也是想把情况了解得详细一点,请你理解。"

周宇看了他们一眼,没吱声。

"那你觉得,李朝东是高空不慎坠落,还是……"

"还是什么?"周宇平和地反问道。

对方似乎已感到这个问题问得不妥,便站起来说:"就这样吧,麻烦你了。"

2

周宇回到办公室已快一点了。他试图让自己平静下来,但李朝东那张血肉模糊的脸总是在他眼前晃悠。

工作十五年了,他第一次遇到这种情况,而且是如此近距离的碰见这样血腥的场面。

他打开抽屉拿出饭卡,慢慢走进饭堂。

饭堂里面空荡荡的,只有几个阿姨在收拾餐桌。

他赶紧走到餐台,工作人员也在收拾剩余饭菜。

"将就一下吧?"师傅取出两盘菜放到他面前,说,"只有炒猪肝和青菜了。"

周宇端着餐盘随便找了个位置坐下来。

或许是过于紧张的缘故,刚才并没有觉得饿,看到眼前的饭菜，才意识到肚子在叽里咕噜地乱叫。他夹起一片猪肝，刚想送进嘴里，忽然看到猪肝上的血丝，顿时又联想到李朝东那张流血且变形的脸，只觉得一阵胃痉挛，然后便直想吐。此时胃里早就空空如也，周宇干呕了几下，什么也没有吐出来。

他起身把猪肝倒进垃圾桶，返回餐桌前，就着青菜简单扒了几口米饭后便又回到办公室。

谁知刚到办公室，柳春富就叫他过去，把昨天交给他的材料扔到他面前。

"怎么回事？兄弟，这不像你平时的水平嘛。"弦外之音是：周宇你平时的材料还是不错的，这次怎么就不行了？真不愧是研究室主任，批评和表扬一样动听。

但这终究是批评。

"我……我再好好看看。"周宇努力挤出笑容，对柳春富点点头。然后伸出手，想从他的桌上拿走材料。

"柳主任，那……我过去了。"

"没事吧？"柳春富边问边用手压住材料，显然是不想让周宇马上离开。

周宇知道，柳春富是想从他嘴里打听上午的情况。

十五年前研究生毕业，"四大金刚"中只有钱嘉良选择南下经商，其他几人都留在本省。周宇直接进入了省委组织部，一干就是十五个春秋。柳春富回到以前的R市报社，经过一段时间的积累后任新闻部主任，不久便升任副总编辑，后又调到J市组织部任处长。周宇一直在省里工作，虽然只是调研员，但当时柳春富在市里工作时，经常与周宇联系，总是以"领导"相称，从不叫周宇的名字，这让他感到很不好意思，多次和柳春富说："老大，你别这么称呼我。"但柳春富总是很认真地说："你是上级机关领导，应该的。"时间一久，周宇也习惯了。

后来，柳春富调到省委组织部研究室任副主任，虽然周宇一直惦记的副主任位置被他挤掉了，但想到这是组织安排，周宇当然没有理由怪罪他。

柳春富非常低调，刚到处里仍然称周宇为"领导"，弄得周宇有点尴尬，说："副主任，您就别客气了。您是领导，叫我周宇就是了。"

周宇见柳春富对自己如此尊重，便主动配合他的工作，不但把研究室的情况、部里的情况，包括一些复杂的人事关系——向他做了介绍，还把历年来积累的资料和盘托出。

斗转星移，物是人非。尽管周宇和柳春富曾是同吃同住的兄弟，但寝室和省委组织部毕竟是两个截然不同的环境，基于校园的了解放在职场官场中，就显得有些片面甚至微不足道了。

很快，周宇就发现了柳春富的不同寻常之处。他们的办公室与领导的在同一个楼层，而且就在隔壁，与领导可谓低头不见抬头见。大部分同事见到领导就是点点头算是打过招呼。时间长了，也就觉得很平常，与领导之间似乎更像是普通同事而不是上下级。

柳春富在单位却始终显得非常谨慎，见到领导总是毕恭毕敬地往边上跨半步停下，待领导走过后才会离开。

更有意思的是，其他人都是一到办公室就开始搞卫生，然后打上开水，泡杯茶坐到办公桌前。而他就像掐好点一样，每次搞卫生，总会在领导快到办公楼层时，准时拿起扫帚或拖把，因此，他每次搞卫生、打开水总能让领导遇见。

他的工作时间，也与众不同。研究室本来文字材料就特别多，柳春富平时桌面上铺着很多上级文件、经验材料，给人的印象是除了起草材料，便在认真学习，而且他经常加班，只要领导办公室的灯亮着，他就会在办公室待着，具体干什么谁也说不清。

后来周宇才知道，柳春富是李朝东亲自选调上来的，几个月后，便被提拔为研究室主任，正经八百的正处级。让周宇没想到的是，柳春富升任处长后判若两人，非但对自己没有什么特殊照顾，反而把难活儿、累活儿分配到他头上，时不时还拿他开刀，树立自己的威信。原来的"领导"称谓，在公开场合也变成了"小周"。

周宇心里很清楚，李朝东出事，柳春富心里肯定不踏实。他问"没事吧？"，实际上是急于想从自己口中了解情况。这次周宇长了个心眼，明明知道柳春富是想了解上午的相关情况，却故意所答非所问，说："没事，我挺好。"

柳春富见状，便不再多问，松开手，说："看你脸色不太好。"

"是吗？"周宇故意对着窗户玻璃看了一眼，说，"可能是累的吧。"说罢，拿着材料走出柳春富办公室。

"真他妈的见鬼！"周宇出门后气得嘟哝着。

幸好周宇并不是一个心事很重的人，回到办公室，把材料放下，提起水瓶打开水去了。本来他最烦干这事了，曾给此前的研究室主任提过建议：都什么年代了，还天天自己去打开水。办公室自己买个饮水机不就得了？经费不是问题啊！

但每次主任都未置可否地笑笑。直到有一天，周宇从肖一帆部长办公室回来，琢磨着部长反复讲的政策问题，总算从中悟出点名堂。

其实，饮水机本身值不了几个钱，但在机关，这是一种待遇，一种身份的象征。目前只有部长、副部长办公室配这玩意儿，下一步要配，也得几个处长办公室装备齐全了，才能轮上一般办事员的办公室。虽然这看似是很小的事，但在机关，这其实也涉及"政策"问题。

"嘿嘿，政策问题。"每每想到这些，周宇总要忍不住笑出声来。

周宇提着水瓶，慢慢地走着，边走边消化柳春富刚才的话。——不，准确地说，更是在慢慢为自己找点平衡。周宇在机关里号称

"一支笔"。去年年底，部里针对部分同志工作精力不集中、责任心差等现象搞了个调查。这些工作原本每年都要搞一次，部里也没打算搞出个什么新意来。因此，由孙副部长牵头的这项工作交到研究室后，交由周宇执笔。说是执笔，其实孙副部长只是把柳春富和周宇叫到办公室简单地说了一下意图，接着，柳春富汇报了自己的想法。再接下来，柳春富又把周宇带到自己办公室，如此这般地交代了一番。

"小周，这个材料得好好写，部里面很重视这项工作哩。"柳春富说罢手臂一挥，很有大家风范。周宇感到有些似曾相识。直到走回办公室才想起来，自己曾经在电影银幕上见过某演员饰演的领袖，每每在做出重大决策后都会有类似的动作。只是银幕上的那个演员挥手的动作要自然些，不像柳春富那么夸张。

那次，调查报告写得十分出色。材料不仅写出所在单位干部的思想动态，还从改革发展的大背景下，分析了当前干部思想不够稳定的原因以及干部教育中需要注意的问题。这份材料被省委办公厅转发，省委书记还专门作了183个字的批示，中心意思是要善于一叶知秋，对于干部特别是年轻干部队伍中暴露出的问题，要防微杜渐，加强教育引导。为此，孙副部长十分高兴，在一次全机关干部参与的大会上专门表扬了周宇。此后部里几次处理大的材料，孙副部长都点名要周宇参加。

这本是件好事，可如此一来，柳春富有点坐不住了。他感到这让部里从此有点看轻自己了，而且失去了与部领导接近的机会。要知道，机关干部在领导面前的出场率是非常重要的。柳春富毕竟是从基层打拼上来的，经历了多年风风雨雨的考验，"沉得住气"成了他最大的优点。对于周宇的出色表现，他笑着拍拍他的肩，说："小周，不错，不错。"私底下则用赞赏的口吻夸道："老同学，你可以啊！"但周宇总感到柳春富的话中有一股酸味。

"周宇，想什么呢？"

周宇一抬头，发现是党建处的章春水。章春水与周宇同一批到部里工作，资历相当，加之章春水人也比较随和，两人也就相处得很好。

"想什么？嘿，'心事浩茫连广宇'啊！"周宇故做深沉状。

"哟嗬，还是别'广宇'了，先看住自己的水瓶吧！"章春水揶揄道。

周宇低下头，这才发现，原来水瓶早就满了，开水正哗哗地往外流。周宇不无尴尬地赶紧关掉开水龙头，但他又不甘被章春水奚落，便转而以攻为守："哎呀，春水呀，你还亲自打开水？"周宇朝他笑笑，"你的春水呢？"不等春水回答，周宇马上又说道，"也是，你那是春水，大白天让谁喝都不合适啊！"

章春水也不示弱。他指着周宇的热水瓶，有些意味深长地说："当心啊，兄弟！别肥水外流啊！"

周宇知道他说的是痞话，本想再回敬他几句，想想今天部里的氛围不宜嘻嘻哈哈，便赶紧收招："那也不能眼睁睁看着撑死啊！"说罢，提起水瓶，抬脚走向办公室。

机关是一个特殊的单位。周宇清楚地记得，第一天到省委组织部上班正赶上特大暴雨，院子里满是积水，当时他脱掉鞋子，蹚着水走进办公楼，随口说了一句"这么深的水啊"，边上一位花白头发的人看了他一眼，说了一句让他回味了十几年的话："是啊，这院子水深着呢。"然后冲他微微一笑。

机关单位不但水深，还充满了套路。有一次，周宇闲得没事，翻字典查了一下"机关单位"的准确解释：机关单位，也指国家机关，是指从事国家管理和行使国家权力的机关。他又查了一下"机关"的定义，原来机关是从工程学演变过来的一个概念，原意是指机械设备中承担启动和制动功能的关键性组件，对机械设备起着整体控制的作用。但这些文字，似乎都不足以让人准确理解机关的深刻内涵。直到有一天，周宇翻阅武侠小说，看到里面反复出现的"机关"才豁然开朗。原来，"机关"本意还有"陷阱"这层意思，怪不得机关的工作人员个个小心谨慎。

周宇在部里也算是干了十几年的"老人"了。这些年，机关人员进进出出，不知迎来送出了多少干部，而通过一纸任命，更不知道提拔或免去多少干部，周宇却一直坐着冷板凳，虽然职级上来了，但毕竟是个虚的。有几次本来可以坐上副主任位置，但每次都功亏一篑，理由很简单也很充分：缺少基层经历。一开始，周宇还暗自感到不公：到哪里工作都是组织安排的，现在怎么变成我的过错了？

后来，这样的次数多了，心态反而渐渐平和了。"管他呢！"他想，出身平民百姓，还能怎么样？不过话虽这么说，心里却总有无尽的委屈。

黄佳宁是去年研究生毕业进到这个办公室的。这么多年来，办公室都是清一色的男人世界，突然进来了女性，也算是增加了一点活力。不过，周宇平时并不怎么和他们开玩笑，他是处里最老的办事员了，更重要的是他年龄最大，和年轻人开些七荤八素的玩笑，似乎有些不妥。但周宇从男人视角观察欣赏女人的本能并不缺少。小黄长得挺俊，那高挑的身材，尤其是她那带有磁性的声音，委实让人心动。有几次，当周宇有意无意地向她瞟去，正遇上小黄对视的双眼，周宇不自在地将目光转向别处。

有一次，办公室就他们俩，他问起小黄本科、研究生所学专业，又问有什么爱好特长。

"没有什么特长，只有一个爱好，就是喜欢一个人在家里看电影。"

"这也算爱好？"周宇一笑，说，"喜欢看什么类型的电影？"

"随机。打开随便看几眼，不好看再换片子。"小黄说。

"那你觉得什么电影好看？"周宇追问。

"怎么说呢？喜欢离生活远一点的，但又不能太远。比如英国的《诺丁山》，韩国的《假如爱有天意》，尽管我知道里面的内容很假，但我愿意看，并且希望那是真的……"小黄说。

"哈哈！我知道了。"周宇好像发现了秘密，说，"你渴望爱情！"

小黄的脸微微一红，反问道："你不渴望？"

"我？我已经过了那个年龄。"周宇哈哈一笑。

研究室的编制本来有五个名额，柳春富任主任后，副主任一直空缺。平日，周宇与吴浩、小黄三人在一间办公室。与性格开朗的小黄相反，吴浩虽然不到三十岁，但少年老成，平时不冷不热，少言寡语。三人中，周宇无论是年龄还是资历都是最老的，但从不倚老卖老。他清楚，三人世界里，若自己摆谱而另外俩人不理会自己，那凡事就只能"少数服从多数"了，岂不自讨没趣？

传说小黄是有背景的，男朋友是省里某领导的公子。吴浩为此曾问过小黄，但她矢口否认。但越是这样，越是让人觉得有一种神秘感，特别是部里的几个头头见到小黄都会客气地点点头，更让单位里不少人觉得她深不可测。凭多年机关工作的经验，周宇知道这肯定不是空穴来风。"也许，有一天，还会让小黄帮点忙哩。"可这种念头一上来，他马上就直想扇自己的耳光，"周宇啊周宇，还能有点骨气吗？"

办公室的吴浩与综合处的一帮人一起出去了，周宇心里乱，正想找个人说说话。于是，他走过去把热水瓶伸到小黄面前："来一点？"

小黄见周宇走过来为自己倒水，心里感到有些过意不去。连忙伸出手想接热水瓶，"还是我来吧。"却一把抓住了周宇的手，周宇顿时有一种触电似的感觉，水差点倒到小黄桌上。

小黄不好意思地松开手，连忙说着："谢谢，谢谢！"

周宇为自己如此敏感有点难堪，强作镇定地说："难得，难得。"

倒好水回到自己的座位上，周宇本想和小黄聊上几句，一想到自己刚才的窘态，快到嘴边的话又咽了回去，然后拿茶杯，慢慢地呷了一口茶，又恢复了常态。他打开从柳春富手上退回的材料，仔细地看了起来。

这是一份关于企业干部队伍建设的材料。凭良心讲，这份材料他并没有花太多的工夫。原因呢，一是下边报上来的这份材料写得不错，二是在机关工作这么多年了，自己哪怕写得再好，到了柳春富那里，总得改几个地方，遇到柳春富不高兴，也许还要让他推倒重来。

有道是水无常形、文无定式，文章怎么写都有道理。材料一级级报上去，最后拍板定稿的自然是领导。这样，领导总得要动一动，不然怎么能显示出他们的水平呢？

周宇拿到下边报上来的这份材料，只是简单把几个大的观点进行了推敲提炼，使其对仗一点，读起来顺畅些，然后文字上略加润色，把上报材料的口气改成了本处的情况反映，便算大功告成。虽然自己下的功夫不是很多，材料总体上还是说得过去的。因此，柳春富对材料的异议，让周宇有些不解。

他又仔细看了一遍，然后往椅子上一靠，眯着眼，陷入沉思。柳春富对这份材料不满意是什么意思？是他的意思还是部里的意思？正想着这意思那意思，手机忽然响了起来。周宇摸出来一看，是一个不熟悉的号码。他没有马上去接，而是拿起桌上的座机，等拨了七个数字时，他先摁下手机的拒接键，然后再拨出最后一个号码。

3

"周宇啊，你小子升官了吧？嘿嘿，我是嘉良。"电话里传来熟悉的声音，"怎么样，晚上有空吗？聚聚？"

"好啊！"周宇打趣道，"可配给我的公务机还没有下线哩。"周宇心想，聚个鬼呀，难道我现在飞到南方不成？

当年大家毕业后，都想进个机关，朝仕途上发展。只有钱嘉良，毕业后马上就跟着一个老板南下打工去了。当时班里没几个同学理解他，总觉得堂堂研究生毕业，为个体户卖命，多少有点掉价。柳春富甚至当着他的面说他是"财迷""掉到钱眼里了"。周宇却很宽容也很理解，特地送他到车站，临分手时，还郑重地说了一句："苟富贵，无相忘。"

本来这只是周宇的客套话，钱嘉良却眼含泪水，望着周宇非常认真地说："我想我会的。"周宇只觉得眼眶一热，紧紧地握住钱嘉良的手，说："多保重！"望着远去的列车，周宇心中忽然涌上一股苍凉。这位老兄，真不知道怎么想的，放着国家干部不当，去打什么工。真是！周宇摇摇头。

可也真是邪了。不出几年，钱嘉良还真混出了名堂，据说短短五年的时间，他的个人财产就达到了八位数。尽管后来也有人下海，但他们这批同学中，只有钱嘉良混得最好。

钱嘉良始终没有忘记车站上与周宇的约定。每次给他打电话，总说"有什么困难尽管讲"，周宇却只当是客套话，何况自己当初多半是出于同情，才到车站送他。

"呵呵，你是国家干部，日理万机。哪能劳驾你飞过来，还是我飞过去吧。"电话那边传来钱嘉良的笑声，"我就在你们J市。晚上一起出来聚聚吧，没别的多少人。"

"……哦。"周宇细细地品味着钱嘉良的话：没别的多少人，就是说，还有别的人，是谁呢？是不是也邀请了柳春富？

"柳春富现在是我的顶头上司……"周宇压低嗓门说。

没等周宇说完，钱嘉良打断了他的话，说："我知道，但他很忙，就不打扰他了。"

周宇听得出，钱嘉良是不想邀请柳春富，便又说，"今天，部里出了点事……"

"他李朝东出事与你有什么关系？"电话那头，钱嘉良有点不耐烦地说，"你过来吧，找你有重要的事呢。"

周宇一听有重要的事，便不再拒绝，问："怎么找你呀？"

"我住在索菲特大酒店，2008 房间。"

周宇放下电话，心想赶紧把手头的活儿干完，于是，迅速打开电脑，调出柳春富退回来的材料开始修改。他这才发现，难怪柳春富要把材料打回来！今年孙副部长亲自抓的几项工作，在材料里反而成为后半部分反映的负面问题，这么一来，不等于领导白抓这些工作了？

唉！周宇摇摇头，心想：问题客观存在，自己不能昧着良心，写成"满纸荒唐言"吧？这么想着，他忽然有了主意：加大了材料前部分的分量，对后部分反映出的问题进行了压缩，并在前面加了个"帽子"：

> 工作不可能十全十美，关键在于，我们要正视存在的问题。发现问题是水平，揭露问题是党性，解决问题是能力。

经这么一"升华"，材料果然较之前更有分量了：领导所做的工作没有被否定，同时反映出组织部领导能够大胆揭露矛盾，正视存在的问题。

真是八面玲珑！

周宇很为自己的概括得意。心情一好，也就文思泉涌了。不出一小时，材料改就并打印好。他拿出打印出来的材料，本想赶在下班前送交柳春富。刚准备出门，犹豫片刻又走回座位：这么快弄好了，柳春富会怎么想？说不定会认为我周宇没认真动脑筋，随便糊弄他呢！再说，出了早上那档子事，大家人心惶惶，谁还有心思在这个时候弄材料啊?

于是,他把材料锁进了抽屉。

看看表,快下班了。周宇忽然心血来潮,说:"小黄,晚上老同学请客,一块儿去?"

小黄正在专心地看本什么杂志,忽然听到周宇和她讲话,便放下杂志:"嘿,你真会开玩笑,老婆请客,我去算什么呀?"说罢嘿嘿地笑起来。

"什么老婆,是老同学!"周宇也乐了,"在想什么呢?是想婆家了吧,要不,我帮你介绍一个?"

"你就省点心吧。"小黄喝了口茶,"谢谢你的好意。我自己会找的。"想想又怕辜负了周宇的一片好意,就补充说,"其实,一个人不是挺好吗?哈哈!"

"哦,咱们小黄想独身?你就照顾照顾我们男人吧。你不知道现在中国男女比例失调,好多男人打光棍?"说着站起身,"一起去吧?"

"那……恭敬不如从命。就跟着去蹭顿饭吧。"

小黄愉快地接受了邀请,这倒让周宇有点意外。同事之间的关系有时很微妙,搞好相互关系也是给自己制造一个良好的小环境。周宇看看已经到下班时间,便说:"那走吧。"

两人叫了个出租车赶到索菲特大酒店。

宾馆门口的服务生礼貌地为他们打开车门,笑容可掬地做了一个"请"的手势。

周宇下车后,本想直接到钱嘉良的房间找他,但想想这样有点唐突,便走到总服务台,给2008房间打了个电话。

里面传来了一个嗲声嗲气的女声:"请问你找谁?"周宇以为自己打错了地方,搁下电话,从口袋里掏出写有钱嘉良房间号的字条,发现并没有错,重新打过去:"我是周宇,找钱嘉良。"还是那个女声，但声音明显热情了许多，"哦，找我们钱总啊，你等一下。"

周宇心中暗想：这小子，出门也带上个女秘书什么的，谁知道是"小秘"还是"小蜜"？这么想着，电话里传来钱嘉良的声音："周宇啊，你直接到顶楼的中餐厅 V7 包间如何？我已在那儿订好座了。我们马上就上去，马上就上去。"

"好吧。"周宇放下电话，朝小黄笑笑，"我们走吧。"

"你这个老同学看来很气派啊，一般人不会住在这儿的。"听小黄口气，她好像对这儿并不陌生。

"那是啊。哪像我，干了这么多年，还……"周宇本想发点感慨，可话到嘴边又咽了回去。两人边说边笑地出了电梯，由迎宾小姐带入包房。

钱嘉良他们已经先到了。

"哎呀，老同学，你好！你好！"周宇和钱嘉良不约而同地伸出手，不约而同地说出同样的话。

"一年多不见了吧？"周宇说，"你上次来是去年上半年，现在已经是秋天了。"

"秋天？现在才八月……"钱嘉良说。

"昨天已立秋了嘛。"周宇笑道。

"对对对，可不，现在已算是秋天了。"钱嘉良忙不迭声，"我来介绍一下。"他拉着周宇的手，"这位是周宇，我的老同学，组织部的领导。"周宇为钱嘉良主动介绍自己感到很有面子，但想想混到现在，连个头衔也没有，不免又心生几分失落。

"我这位同学可是大才子。前天《××日报》上的那篇杂文《领导工作不必面面俱到》就是他的大作。"钱嘉良说的《××日报》是 G 省省委机关报。周宇没想到，远在南方的钱嘉良竟然留意到他这篇小杂文。

"这位是省委办公厅的杨主任。"周宇觉得这个人很眼熟，却又一时想不起来在哪儿见过。但他还是很快把手伸过去，礼节性地握住杨主任的手:"你好。"

"你好!杨震东。"杨主任递来一张名片。周宇一看:省委办公厅副主任,原来此人就是省委副书记秦毓常的大秘。

这时,一个身材魁梧的人从卫生间走出来,周宇惊讶地发现,眼前这个已经开始发福的中年人,竟然是沙刚。

"你小子胖了!"周宇对沙刚的出现感到有点意外。"你小子"是沙刚当年的口头禅。

沙刚哈哈一笑:"说明人民生活水平提高了嘛!"

周宇马上回撑说:"你可不是普通的'人民'。"

"你看,典型的白马非马论。"沙刚握着拳,朝着周宇肩膀来了一拳头,这是他的招牌动作。

"这位是我秘书。陈小姐,陈珊珊。"钱嘉良说罢,眼光投向周宇,指着小黄,问,"这位是……"

周宇正想今天邀请小黄参加聚会有点不妥,不料小黄先开口了:"久仰钱总大名。我是周宇的同事,一个办公室的。周宇说今天他的老同学请客,让我一起来,我就来蹭饭了。"说罢,咯咯地笑着,又丢给沙刚一个不易让人察觉的眼神。

沙刚像什么也没有发生,只是附和着笑笑。

"什么蹭饭?请还请不来哩。快请坐,快请坐!"

老朋友相聚,酒下得特别快,不大会儿,竟然两瓶见底。

周宇已感觉微醺,沙刚却意犹未尽,问:"酒还有吧?"

钱嘉良正准备让服务员开酒,杨震东伸手拦住说:"这样吧,沙刚、嘉良,酒呢,少喝点,我们聊聊天吧。"

"是啊,大家都好长时间没在一起了,说说话吧。"嘉良接过话题,问周宇,"单位出了大新闻?"

周宇一愣,问:"你们都知道了?"

"这可是今天轰动全国的大新闻!"陈珊珊有点兴奋地说。

"到底怎么回事啊?"钱嘉良问。

"我也不知道具体怎么回事。"周宇已放松的心情又有点沉重起来,"早晨上班,正好碰到李朝东坠楼……"

"是跳楼还是失足掉下去的?"陈珊珊迫不及待地问。

"天真!"钱嘉良瞪了陈珊珊一眼,说,"你听说有哪个领导会失足掉到楼下的?"

陈珊珊吐了一下舌头,不再吭声。

"杨主任,你的消息权威,你肯定知道咋回事吧?"沙刚问杨震东。

"没有定性,不好说。"杨震东摇了摇头,又说,"李朝东真有什么事,G省官场恐怕是要有一场大地震了。"

"总会有点事,不然怎么会跳楼?"陈珊珊又插话道。

钱嘉良脸上露出不悦的神情,狠狠瞪了她一眼后,又朝杨震东望去,仿佛在说:"继续说下去……"

杨震东并不接话,拿着酒杯,轻轻转动着。

"老板怎么说?"沙刚说的老板,显然是指省委副书记秦毓常。

"咱们喝酒吧。"杨震东举起酒杯,说,"来,我敬大家一杯!"说罢,一饮而尽。放下杯子后,叹了一口气,说,"唉!当官,也就那么回事啊!"杨震东再次摇了摇头。

"咱们换个话题吧。"钱嘉良说,"杨主任,你是领导大秘,在G省算得上呼风唤雨的人了。"他指指周宇,说道,"我这位老同学,读研究生时就是高才生,人品也特好。可就是人太忠厚,不善于交际。用你们的话说,就是只顾埋头拉车,不知抬头看路。你们还得多关照啊!"说罢,他又朝身边的陈珊珊耳语了几句,陈珊珊笑着走出了包间。

周宇没想到这时候钱嘉良会提这个话题,有点不自在地朝大家笑笑。

"那自然。"杨震东倒也爽快,"以后有什么事尽管讲。对了,记一下我的手机号吧,如果办公室找不到我,就打手机。"说罢报出了一串数字。

"谢谢了。"周宇接过服务员递上来的笔,在刚才杨震东送他的名片上添上了手机号。然后朝向沙刚问:"你说你小子调到J市工作了?"

沙刚朝周宇,也朝小黄笑了一下,说:"随父亲调到J市,在大军区上班。"又说,"以后有什么事别客气啊,我在部队,也许帮不了什么大忙,但如果有用得着我的地方,尽管说。"沙刚大大咧咧地说。

"得了吧,来了也不告诉我一声,不够意思。"周宇失望地说,"你看我们钱老板多够意思,来J市还记得请我吃个饭。"

"哈哈!我当年下海的时候,别的同学都不理解我,甚至冷嘲热讽地挖苦,只有周宇给了我很多鼓励。"钱嘉良不无感慨地讲起了当年他力排众议、下海经商的经历。等陈珊珊拿着一大摞东西进门后,他起身说:"给大家准备了一套西服,不知道合不合身?"不等众人回复,他继续道:"不合身可以到一楼商场调换。"接着转向小黄,"和黄小姐第一次见面,刚才临时让陈秘书办的,请黄小姐笑纳。"说罢把一个女包递上前去。

"这怎么行?"小黄推辞道,"钱总没有必要为我破费的。"钱嘉良手停在半空,有点尴尬地望着周宇,但没等周宇开口,沙刚接过话说:"难得老同学的一份好意,不要白不要。"沙刚从钱嘉良手上接过包递给小黄。

小黄见状,接过包笑着说:"多谢了。"

"好吧,大家都很忙,我们今天是不是就这样?"钱嘉良举起杯。

于是,大家共同举杯,一仰脖子,将杯中的酒一饮而尽。

第二章 风起的日子

1

李朝东的死，果然在全省引起轩然大波。

尽管坠楼事件仍在调查中，究竟何种原因尚未弄清，属于何种性质更未定性，但分管干部工作的省委组织部副部长出事，难免会让人产生无限的想象。一些经由李朝东考查提拔的领导忐忑不安，有些人甚至像热锅上的蚂蚁急得团团转，千方百计打探消息。

但在组织部内部，一切都显得十分平静。无论是在上班时，还是下班后，大家绝口不提李副部长坠楼一事，仿佛此事从未发生过。如此奇怪的现象有点像台风眼，这种发生在热带海洋上的天气现象，从外围到中心，开始时风力逐步增加，然后风力倍增并伴随暴雨，但在直径数十公里的中心区域，不仅风力迅速减小，降雨也会减小或完全停止，甚至会出现白天艳阳高照、夜晚可见到星星的少云天空。

当然，这一切都是假象。工作在这栋楼的每个人，都或多或少地关注着李朝东的死。起码，每个上班下班的人，都会避开他坠地的那片区域，一些经常加班到深更半夜的人，不敢再工作到那么晚，都在下班前赶紧收拾一下资料，把活儿带回家干。

后来，部里发现了这一情况，通过办公室通知大家，要注意遵守保密规定，秘密以上等级的文件不得带出办公室。于是，大家的工作效率迅速提高，大部分人都赶在下班前完成工作任务，个别非得加班的人，也赶在天黑前离开办公室。昔日经常灯火通明的办公楼，如今晚上只有少数几盏卫生间里的灯亮着。

但这种平静不久就被打破了。省委几个部门组成的联合调查组，开始频繁地找人了解情况。调查组的办公地点设在离组织部办公楼不远处的玛勒格宾馆。

玛勒格宾馆因玛勒格别墅而得名。这别墅原本是上世纪二十年代一位名叫玛勒格的外籍人士建造的私人花园别墅，主建筑为三层斯堪的纳维亚风格建筑。几十年后几经转手，最后成为省委的招待所，后来又变成南湖集团下属的一个酒店。再后来，因为其四周封闭，占地面积不大且客房数适中，成为纪委专案组经常征用的办公场地。或许就是这个原因，许多领导都避谈玛勒格宾馆，一些曾经在那里被审查过的干部满腹怨言，私下爆粗口称其为"玛勒格B"。

大到部领导，小到处长副处长或一般的办事员。每个人都被单独叫过去了解情况，又单独被送回。大部分人去的时候面无表情，回来同样若无其事。个别人回来时还哼着小调，大家便心照不宣地认为，此人"故作轻松"，或此人"政治上不成熟"。

柳春富被叫过去两次，两次来回都坦然无事的样子，没有流露出任何特别的迹象。但研究室的同事还是敏锐地感到柳春富的情绪变化。他也不像此前那样天天加班了，上班后一个人关在自己办公室里，有事打个电话，对部门其他人交代一下。要材料也不像以前那样跟催命鬼似的，只说一声"抓点紧啊"，便没了下文。

桌上的电话响了，周宇抓起电话贴到耳边，只听里面传出"过来一下"，便咔一声挂断了，尽管声音很低，仍能听出是柳春富的声音。

周宇想到此前那份材料已压在他这里个把礼拜了,便打开抽屉拿出材料迅速浏览了一下,再次确认没有任何问题后,拿着材料慢慢走到柳春富办公室。

"主任,你找我?"

"前些时候钱嘉良来了?"柳春富仿佛很随意地问。

"嗯……"周宇含含糊糊地答道。

"喝大酒了?"柳春富边收拾桌上的东西边问,把周宇的材料放到面前。

"啊……嗯。"周宇迟疑了一下,既然钱嘉良没有邀请柳春富,自己也无需多说。

"你呀……"柳春富意味深长地笑了笑,"你呀!你呀!把我当外人喽。"见周宇不吭声,便又问道,"周宇啊,是不是对我有什么意见?"

"哪能。"周宇揣摩着柳春富的意图:是因为与钱嘉良聚会一事,还是因为别的什么事?都不像!应该是他有心事。

"这些天部里有事,领导很忙,今天正好有空,老同学之间可以推心置腹好好聊聊。"柳春富看着周宇一脸真诚地说。

你城府那么深,怎么会与我推心置腹?虽然这么想着,周宇还是很客气地说:"主任尽管吩咐。"

"你看你见外了不是?什么吩咐不吩咐的,我今天就是想和你敞开心扉,说说痛快话。"柳春富起身帮周宇泡了一杯茶,放到他面前,"你不要对我有戒心,我们是老同学,我真的想和你说说心里话。

"你呀,在组织部门干了这么长时间,官场上有些事,你还真不明白。"无论是表情还是语气,柳春富都显得非常真诚。

周宇心里咯噔了一下,不明白柳春富今天为什么和自己谈这些。

"我也不客气，不说是处室领导，只凭我长你几岁，读研之前就参加了工作，这些年风里来雨里去，又一直在领导岗位上，当然，是基层领导岗位，但毕竟积累了一些经验，嗯……当然也有教训。"

"那自然，那自然。"周宇随声附和道。

"知道吗，你为什么这么多年没有走上领导岗位？"柳春富直接抛出了一个尖锐的问题。

"为什么？"周宇有些不解地说，"我还真没有想过这个问题。"

"那好，我告诉你吧：问题就出在这里，出在你压根儿就没有认真思考过这个问题。"柳春富语气非常坚定。

"我想，应该干好工作，其他交给组织安排……"周宇说的是心里话，多年来，他不仅工作很勤奋，成绩也很明显。

"天真！"柳春富本想说"愚蠢"，话到嘴边，还是改成了"天真"二字，"咱们谈点历史吧。你知道韩愈吗？就是唐宋八大家之一，以名篇《师说》等作品而享有'不虞之誉'的韩愈韩退之。"

"哈哈！主任太小瞧我了吧？我再孤陋寡闻，也不至于连韩愈都不知道吧？"周宇觉得柳春富简直就是在侮辱自己。

"你先别急。"柳春富挥挥手打断他的话，"我是说韩愈的另一面。"

"另一面？"周宇有点奇怪地望着柳春富。

"世人只知道韩愈幼而好学，日记数千言，能通六经百家学，后来身居高位……却不知道韩愈一路艰辛，忍辱负重。"柳春富叹了一口气说，"自古仕途不易啊！"

周宇不知道柳春富到底想表达什么，故不便插话，继续听他说下去。

"韩愈认为，布衣之士身居穷约，不借势于王公大人，则无以成其志；王公大人功业显著，不借誉于布衣之士，则无以广其名。这实际上道出了官场的一个规律：王公显贵与贫民布衣互相利用的潜规则。"

周宇瞪大眼睛，有些惊讶地看着眼前的柳春富，他不像十五年前同宿舍时的柳春富，那时的他，坦荡大方，颇有"老大"风范；也不像平时的研究室主任，虽然油腻，但终究能在工作上兢兢业业。此时的柳春富，让周宇有些不认识了。

"明白了这个道理，也就摸到官场基本门道了。"柳春富似乎并不在意周宇是不是在认真听，继续说起他了解的韩愈。在唐贞元年间中了进士后，韩愈便上书时任检校工部尚书兼京兆尹的李实，表白自己进京十五年，见过的王公数不胜数，大多数人只是明哲保身但求无过，无人像李实这样赤胆忠心忧国忧民。

"你知道吗，相当于今天的建设部部长兼北京市市长的李实，其实是一个残忍贪暴的贵族官僚。韩愈为什么说这些言不由衷的话？那是为了生存而委曲求全，是一种生存技巧！"

"我不以为然。如果人人都这样，这个社会岂不乌烟瘴气？"周宇反驳说，"再说，那是封建社会的官场。"

"唉！"柳春富叹了一口气说，"我们关起门来说话，不讲大道理。"柳春富指指周宇，又说道，"就以你为例，你以为只有自己清高，以为只有自己在为人民服务，实际上是你自己格局太小了，站位太低了。"

柳春富走到窗前，朝远处望去，像是对周宇又似乎是对自己说："草根出身的人，你知道有多难吗？"

"这……"周宇发现柳春富颇为伤感，心想他是李朝东选调提拔的人，现在李朝东坠楼，莫不是与其有牵连？

果然，柳春富说道："这些天调查组找我了解情况，问及我与李朝东的关系。其实你最清楚，我与他非亲非故，能有什么关系？如果一定要说有什么关系，完全就是工作上的关系。"看得出，柳春富有些激动，但他仍压低嗓门说，"再说，我又不是他的家奴，而是共产党的干部，正常工作关系。玛勒格 B，有些人平时见我客客气气，现在落井下石，想把我与李朝东扯到一起，想从我身上挖点问题。

"我在 J 市没什么朋友，老婆孩子也没接过来，为的就是一心一意干工作，希望能混个一官半职、光宗耀祖。当然，我也可以冠冕堂皇地说是追求进步，更好地为人民服务，这两者有什么矛盾吗？"

尽管周宇不完全赞同柳春富的话，却也提不出反驳意见。相反，此时反倒有点同情他。同时，他能对自己吐露心声，说明对自己很信任，否则，这些话是不可能轻易对别人吐露的。

想到这里，周宇起身帮柳春富加了点水，说："老大，你不容易！"

"是啊！我并不想别人都理解我，但你应该能理解我，关键时能讲句公道话。"

周宇明白了，柳春富此时叫自己过来，是想让自己为他在关键时候说句公道话。周宇刚想张口，柳春富挥挥手打断他："我和你推心置腹说这些，你别多想，只因为咱们是老同学。作为老同学，我提醒你，也是提醒我自己，中国官场是一个非常复杂的体系，聪明者善于从别人身上总结教训、从自己身上总结经验，愚蠢者只能从自己身上总结教训、从别人身上总结经验。另外，我们都学过哲学，矛盾是不断变化的，好事会变成坏事，坏事也会变成好事。"

他知道这是柳春富的肺腑之言，也是多年人生经历和工作经验的积累，虽然不能说是振聋发聩，但这番话从他口中讲出，周宇还是感到很受震动。他能想象，李朝东出事，柳春富作为由其选调提拔上来的干部，心里一定承受着巨大的压力。此时能对自己吐露心声，看来他还是把自己当成老同学、老朋友的。

想到这里，周宇不觉为自己此前对柳春富的看法感到内疚：看来是自己格局太小、站位太低了。他站起来安慰柳春富："老大，你也别想太多了……"

柳春富显然被感动了："关键时候，还是老同学能理解啊！"他走到周宇面前，尽量压低声音，"不瞒你说，我和调查组坦率谈了自己的看法。李朝东出事前精神状况很不好，他是不是有什么问题我不知道，但就他出事前的表现看，我认为他很可能患有抑郁症。他这个人平时就多愁善感，不像是个管干部的组织干部，倒像是个搞文艺的宣传干部。凭我学习的一点心理学知识，他可能患有情感性抑郁症……"

"啊？！"周宇吃惊地看着他。对这类事情，大家都是问啥答啥，柳春富竟然敢对着调查组坦陈自己的这种想法，也太有胆量了！

"我与肖部长也是这么说的，他还详细问了情感性抑郁症的起因、症状。"柳春富有点得意地说。

"你真敢讲。"周宇半玩笑半佩服地说。

"当然，这些你知道也就行了。"

"呵呵，我知道。"

"草根出身，不容易啊！"柳春富再次感叹，"你若不是草根出身，怎么会到现在还只是个调研员？"

周宇愣了一下。

柳春富的话深深触到他的痛处。

2

"你好。"手机里传来一个女声。好像有点熟悉。

"你是？"周宇一下没听出是谁。

"不知道我是谁，怎么随便就给电话号码了？"手机里传出一女子的笑声。

"请问你是哪位？"周宇一头雾水，不记得最近给谁留过电话号码。

"过客。"对方仍然嘿嘿地笑着

"过客？"周宇还是没有明白过来。

"真是贵人多忘事呀！有天晚上，我加你微信……"对方说。

周宇终于想起来了。那天和钱嘉良他们喝酒回去的路上，见有人加他的微信，就通过验证并留给了对方电话号码，他却忘记问对方真实姓名了。

"呵呵，是不是上班不方便？那再见吧。"对方说罢挂断了电话。

周宇仍然没听出是谁，如坠五里雾中的他，有点不安地放下手机。

"老周，你那个同学对你不错啊。"小黄拿出热水瓶走过来，说，"以前怎么没听你说起过？"

"哦，他是我读研时的老同学。"周宇笑道，"你不是已久仰大名了吗？"

小黄未置可否地笑笑。

"他对我倒是真的可以。不怕你笑话，家里那套音响，还是我结婚时他送我的哩。"

"是吗？有个把好朋友，好啊！"小黄笑着帮周宇的杯子里倒满了水。

周宇看了看小黄，本想再说点什么，终究什么也没有说。

柳春富的话一直在他脑子里回荡。

回顾这些年的忙前忙后，周宇原本并没有想到过什么苦与乐、得与失，但柳春富一语点醒梦中人。周宇开始对自己的过往进行反思，想到自己几次与副主任岗位失之交臂，也想到自己那段失败的恋爱。

快下班时，他的手机又响了。

"哪位？"

"还不知道我是谁吧?"早晨的那个女人!

小黄回过头来,看着周宇。周宇浑身不自在地朝她笑笑,本想给小黄解释两句,想想既没法解释,也没有必要解释,便拿起桌上的晚报翻了起来。突然,他心里一紧:

难道是韩子霁?世上真有这么巧的事?

周宇靠在椅背上,微微闭着眼,努力让自己静下来。

过去的一切仿佛重新回到眼前,让他的心情难以平静。

那时的韩子霁,一年四季总是穿一条牛仔裤,春秋季节配乳白色夹克,夏日里时常穿搭一件白色暗格的衬衫,下摆随手打个结,冬季则是一件白色的羽绒服一直穿到开春。尽管衣着朴素随便,韩子霁骨子里却透着一股傲气,——不,准确地说,是一种与众不同的气质。因为一年四季总是穿着白色系上衣,加之平时不苟言笑,同学们背地里都叫她"雪人"。时间一长,很多同学甚至忘记她的名字,只知道"雪人"了。

"雪人"虽然不爱张扬,但与众不同的气质,还是惹得男生常常不由自主地多看上她几眼。有几个颇为自信的男生也曾半真半假地约过"雪人",——其实"真"是本意,"假"是掩饰,万一被拒绝了也好有个台阶下。"雪人"倒也来者不拒,约她看电影、吃饭,她都答应。只是,到时她不会一个人赴约,总是再带上几个同学,女生男生都有。弄得约她的人很尴尬,而且叫苦不迭:秘密公开了,钱也白花了。渐渐地,再没有人主动约她了,原本颇具吸引力的她,似乎被人遗忘了。

周宇一直关注着"雪人"。

他知道,"雪人"属于那种值得自己欣赏,却不是自己喜欢的类型。说不喜欢其实也不准确,主要他知道自己和她之间存在很大的差距。周宇来自农村,进入大学前,甚至连汽车都没有坐过。当他入学到省城报到,第一次坐上行驶在乡村公路上的汽车时,觉得速度之快简直令人窒息。不过，他的适应性很强，到大都市没几天，对那些曾经让他觉得很新鲜的事物，已不再感到陌生和隔膜，再看到从自己身边风驰电掣般驶过的小汽车，他简直为当初第一次坐公共汽车产生的那种感觉羞得无地自容。

这种特别的适应力，同样也适用于"雪人"。第一次见到韩子霁，他甚至没敢正眼看她一下。后来，有意无意地观察起她，一种难以名状的冲动油然而生。他曾好几次想约韩子霁到校园外找个地方坐坐，可见别的同学对她那种肆意的眼神，背地里议论她时那种不堪入耳的言语，觉得韩子霁太惹眼了，没准将来就是一"祸水"。

出身教师世家的周宇，见谁都彬彬有礼。就是和同学在一起，每天第一次见面都忘不了道一句"你好！"，不少同学觉得他太"老夫子"了，无形中感到了一种距离感，不像沙刚一句"你小子……"能迅速拉近彼此的距离。

韩子霁已记不起第一次和周宇接触是在什么情况下，更记不起是什么让两人走到一起，只记得研二时的一次秋游中，周宇在喝了点啤酒后，拿着易拉罐对着韩子霁说："韩子霁，我喜欢你！"在同学们的哄笑和使坏下，他很认真地把嘴唇贴上韩子霁……

"董事长，请您签一下字。"

秘书的声音，让韩子霁一惊，移开了贴在嘴边的茶杯，从半是甜蜜、半是苦涩的记忆中回到现实。她抓起笔，很快签下自己的名字，把文件夹往前一推："去吧。"

她的思绪像脱缰的野马，继续驰骋在记忆的草原上。

周宇是她第一个喜欢的男人。韩子霁从小观念开放，性格倔强，加之来自家庭的优越感，让她很少正眼看男同学。在她眼里，那些年龄相仿的男生肤浅且平庸，倒是周宇的冷峻让她有一种特别的感觉。

与周宇相处一年多的时间里，韩子霁享受了甜蜜，也感受到周宇时不时流露出的自卑和两人之间一种说不清道不明的隔阂。

她希望改变他、改造他,希望借助她的家庭关系助力他的发展,但周宇自己打起了退堂鼓,不愿意随她去北京发展。毕业前夕,韩子霁甚至拿出了女人最后的杀器,让周宇完成了从男孩到男人的转变。她相信,这对男人和女人永远都是刻骨铭心的。

但这一切努力都付诸东流了。初回北京,韩子霁还与周宇经常联系,但在父母和同学的不断劝阻下,两人的感情渐渐出现了裂纹,联系也慢慢少了。恰巧在这时,父亲同事的儿子出现了,韩子霁本打算把对方当成普通朋友交往,不料几次接触后,两人印象颇好,感情也逐渐升温。

韩子霁非常矛盾,其实这种矛盾复杂的心情早在毕业前已显现出端倪,她留恋与周宇的感情,否则不至于在毕业时拿出女人最后的招数。然而,努力也努力了,争取也争取了,离开浪漫的校园,自己不得不回到现实之中,毕业之后两人各奔东西,工作生活的城市相隔千里,想到将来分居两地的实际困难,韩子霁开始打起了退堂鼓,加之父亲同事的孩子发起一波又一波猛烈的攻势,她终于失守,痛下决心与周宇彻底分手。

韩子霁后来从机关辞职,仰仗副部长父亲的关系,又正赶上创业的好时光,外贸生意做得风生水起,五六年的时间就发迹了。但是,在她得到很多的同时,也失去了不少。特别是在事业如日中天之时,丈夫因为她整天不着家而义无反顾地离开了,这让她十分憋屈。

她从未想过有一天会被抛弃。

这也让韩子霁开始想念昔日的周宇。她开始反思自己,这一点非常难得,长这么大,她从来没有觉得自己有过什么错,如果有什么错,那一定是别人的错。此刻的韩子霁,平生第一次觉得自己错了,自己当年根本就没有顾及周宇的感情,是自己伤害了他。她很想知道,现在的周宇,过得怎么样?

正在这当口,两个在G省J市的项目要启动了,她干脆把办公地点搬到了 J 市。

无巧不成书，钱嘉良也有意从南方到 J 市发展。于是，昔日的几位同学又走到了一起。

3

"回来了？"妻子接过周宇脱下的外套，顺手挂到衣架上，说，"吃饭吧。"

"哦。"周宇说。

刘璇是个很贤惠的妻子，总是任劳任怨地把家里整理得井井有条。烧饭、洗衣、打扫卫生，几乎所有家务都由她一人承包了，有时周宇也想当当帮手，可刘璇对他干的活儿总不满意："行啦行啦，碍手碍脚，还不如我一个人干呢！"周宇知道，那是刘璇疼自己。

刘璇唯一的缺点，是醋意太浓。那天，同办公室的小黄给家里来了个电话，周宇在电话中和小黄开了两句玩笑，结果刘璇为此闹腾到半夜："有多少话，在办公室还说不够？""当着我的面，你都这么大胆，背地里还不知道会怎么样呢！"周宇只得哄着她。

晚饭不算很丰盛，但刘璇做的红烧鱼味道好极了。周宇忽然又想到柳春富白天和他说的那番话，顿时没了胃口，草草扒了几口饭，便放下了筷子。

"怎么了？"刘璇关心地问，"哪里不舒服？"

"嗯。"周宇点点头，但又立即摇摇头，"没有，没有。"

"到底怎么啦？"刘璇有点急了，"吞吞吐吐的，是不是工作上有不称心的事？"

"没有。"周宇有点不耐烦地抬头看了妻子一眼，"没有！中午吃多了点，还没完全消化呢。"周宇站起身子，没话找话补充了一句，"钱嘉良前些天过来了。"

"哦,是你那个老同学吧?怎么不请人家来家里坐坐?咱们家的那套音响还是人家送的呢。"刘璇有些兴奋地说。

"……"周宇望着刘璇,本想说点什么,张开嘴却什么也没有说出来。他知道,自己作为机关干部,在有的人眼里似乎很风光,但自己最清楚家里的日子过得很清贫。

周宇有些沮丧地走到电脑前。想到有些寒酸的家境,再想到柳春富白天对自己说的话,心里升起一股难以名状的苦痛。他有时感到奇怪,为什么同是机关干部,有的人能够呼风唤雨,家里也应有尽有,自己却如此寒酸?

"工薪阶层,唉!工薪阶层。"他无奈地摇了摇头,苦笑着坐了下来。刚准备打开电脑,忽然电话响了起来。

来电话的是滨海县县委办公室的汤主任。汤主任在电话中热情地转达了王书记对周宇的问候,并讲了一通诸如"下次什么时候再来指导"之类的客套话。周宇想了半天,竟然对王书记一点印象也没有,只依稀记得还是在大半年前,他陪同孙副部长到下面考核市委班子时,曾去过一趟滨海县。当时作为"笔杆子"的他,在孙副部长带队考核的几天时间里,一口气写了四篇班子讲评材料。其中有一篇就是关于滨海县委班子的讲评,但当时具体写了什么,已经没有什么印象。

"周主任,明天我到省里,王书记让我来看看您。您看什么时候方便?"汤主任急切地问道。

主任无大小,没有职务都可以叫个什么主任,也算是一种尊重吧。

"小汤,你别客气,你就叫我周宇吧。你来有别的事吧?你忙你的吧,我没什么好看的。"周宇心里有事,见汤主任没完没了,有点不耐烦地说。

"那不行,王书记专门交代的。谢谢您上次对我们的关照,您上次起草的班子讲评材料,对我们评价那么高,真的太谢谢您了。"

汤主任左一个"您"、右一个"您",说得拗口,周宇听起来也很费劲。周宇曾经专门研究过,当地的方言属于下江官话,其中一部分是中原雅音融合古吴语逐渐演变的产物,发音特点介于中原官话、北方官话与吴语之间,声母浊音清化,而且n、l不分,所以当地人称呼"你"时很少用"您"。周宇还记得,那次陪孙副部长考核当地班子时,一位当地官员为了刻意表现对孙副部长的尊重,也是左一个"您"、右一个"您",听起来特别别扭。晚上吃饭时,周宇还开玩笑说:你们哪,就别再多心了,多心了别扭。意思就是"你"字下面加了个心,太拗口。

"那好,明天我到省里了再联系您。"汤主任终于挂电话了,周宇如释重负,赶紧回到电脑前。

"谁来的电话?"妻子边说边系上围裙,开始收拾桌上的碗筷。

"哦,下面县里的。"周宇头也不回地应付道,在电脑上点开一个视频。

视频断断续续。

"什么破网络!"周宇有些恼怒地关掉了电脑。

无奈,只得打开电视,胡乱地调换着台,但心思却一直在手机上。

整个一晚上,周宇就这样心不在焉地看着电视,心里却一直惦记着那个神秘女人,他左思右想,确信那个女人就是韩子霁!

"早点休息吧。"刘璇幽幽地叫道。

周宇气恼地关上电视,冲了个澡爬到床上。

他突然闻到一股似乎有点熟悉的香水味,刘璇以前很少用香水。突然在床上闻到这样一股味道,周宇顿时有点兴奋,甚至有点不知所措。他猛然想起,小黄每次从自己身边走过,透出的好像就是这种味道。想到这里,他更兴奋不已,急不可耐地扯开刘璇的睡衣……

4

钱嘉良与杨震东相识于南方某市。

钱嘉良到南方创业时，只是一个跟班。跟的老板是他表兄，也是一位他从小就很崇拜的经商天才。有了这样一层关系，表兄对他全无提防，任何活动都让他参加。一来二去，钱嘉良慢慢摸出了门道，加上他是名牌大学研究生毕业，又懂外语，不久便如鱼得水。

表兄很识相，知道钱嘉良的经商能力远在自己之上。一天，他拿着一张支票，对钱嘉良说："以后，你还是自己干吧。"

钱嘉良有点不知所措："什么意思？我干得不好？"从心里讲，钱嘉良十分感激表兄，他从不把自己当外人，而且也不把自己当作打工仔。该给自己的，几乎都给了。钱嘉良不明白为什么要赶自己走。

"我们这一代人，没有什么知识，全是凭吃苦耐劳干出来的。眼前的成功，完全是我们赶上了好时光。再往后，我不可能有多大发展，只能吃老本、当'维持会'会长了。你有知识、有能力，脑子也活，另谋高就吧，我这里庙太小。"

"我……"钱嘉良一时还是回不过神来。

"你自己会干得更好的，在我手下干，屈才了。"表兄把支票塞到钱嘉良手上，"只是，以后发达了，别忘了我们这份交情。"

钱嘉良望着表兄，再看看手上的支票，一时不知道说什么好。凭良心讲，表兄待他不薄，单是手中的这张支票的金额，就足以说明一切。其实，钱嘉良也早有自己单干的想法，几年时间里，虽然手中的钱不是很多，但积累的人脉，加上对社会大势的判断和理解，他相信自己可以轰轰烈烈大干一场。只是当时这种想法一闪而过。毕竟，他找不出离开亲戚的理由，更难开口提出这样的要求。

现在，既然表兄主动提出，钱嘉良觉得机会来了。

当天晚上，钱嘉良便找到以前认识的市长江恩铭，这自然也是表兄带他认识的。江市长对他很欣赏，爽快地说："好好干，以后有什么事需要我帮忙的，尽管来找我。"

钱嘉良开门见山："您很忙，我就直说，不耽误您太多时间。今天我开始单干了，想注册一个IT公司，但手续比较麻烦，办起来时间太长，请您关照一下。"钱嘉良有点忐忑地说明来意。

江恩铭看着眼前这位两手空空来找他办事的小伙子，露出了一丝不易察觉的笑意。他觉得这小子不俗，将来是个干大事的料。如果今天钱嘉良提着大包小包来找他，他肯定会拒之门外。但他并不想和钱嘉良多说什么，只是淡淡地说："哦，还是自己干好，什么事可以自己做主。这样吧，明天你直接找我的秘书，他会帮你打招呼的。"

秘书就是杨震东。一来二去，钱嘉良与杨震东成了好朋友。凭着这层关系，他轻而易举地拿到很多IT项目。当时从机关到企业都要求搞信息化、无纸化办公，加之这是一个新兴产业，没有统一的定价，尽管钱嘉良不断提醒自己赚钱悠着点，但积累的财富还是呈几何级数上升。

钱嘉良不是一个忘恩负义的人，知道目前的这一切，都是因为有江恩铭的提携。所以，不时到他家去坐坐，"汇报汇报思想"，却从来不提生意做得如何，江恩铭也从来不问。钱嘉良每次去也就是陪领导喝喝茶，聊聊天。钱嘉良从秘书那里知道，江市长很廉洁，吃穿十分简朴，出身于书香门第的他，从小耳濡目染，对字画很有研究，他自己也写得一手好字。所以，钱嘉良偶尔会带去一两幅字画，留给他鉴赏。江恩铭对此倒也不拒绝：琴棋书画，君子之交。同时，也常常提醒他："钱少是自己的，钱多是大家的，钱很多了，就是人民的，所以中国的钱币叫人民币。生意做好了，钱挣多了，要多为老百姓做点好事。"钱嘉良心领神会，经常为学校、残疾人搞些捐赠，在当地一直有着比较好的口碑。

后来，江恩铭到龄退休了。退休前，他做了两件事：一是在大半年前帮秘书杨震东调回了自己家乡G省并推荐给省委办公厅，作为优秀干部交流使用；二是在自己的家乡，也就是G省下面的一个地级市买了套房子。退休后，他没有像许多领导那样眷恋什么位子，弄个什么基金会秘书长之类的头衔，而是在第二天便回到自己老家。

杨震东非常幸运，到G省工作不久，便被新到任的省委副书记秦毓常看中，担任大秘并兼任办公厅副主任。

钱嘉良深知，自己也应该离开让自己起步的地方了，便选择了到G省发展。

恰好这时沙刚的父亲调任G省军分区司令员，不久沙刚也调到位于J市的大军区谋得一处长职位。

杨震东早早来到省委大院，抓紧时间把桌上的文件浏览一遍，按轻重缓急把呈报给老板秦毓常的文件送到办公桌上。秘书们习惯把自己服务的领导叫作老板，而不是什么长或什么书记。见老板的办公桌上放着一张前几天的《××日报》，正准备收起来放到报夹里，突然发现老板在一篇文章标题上画了好几个圈。

秦毓常早年毕业于新闻专业，曾经当过记者，现在又分管宣传工作，他比其他领导更注意舆论的作用。每天的省委机关报，他都会仔细阅读。一些特殊时段的头条新闻，他甚至要亲自审定。对于一些关注的报道或评论，他常会画个圈或者打个五角星，有时还会找相关的单位或个人当面座谈了解情况。

杨震东发现，秦毓常画圈的是一篇小言论《领导工作不必面面俱到》。他觉得这个标题好熟悉，突然一拍脑袋：咦！这不是钱嘉良上次介绍他同学周宇时，提到的那篇文章吗？但他看了署名后又觉得可能是自己记错了。因为文章署名并不是周宇，而是黄宇。稍许纳闷后，没再多想，整理好办公桌后便回到自己办公室。

杨震东把秦毓常今天的工作安排看了一下，第一档是某高校汇报企业改制的事，参加汇报的还有省国资委主任。秦毓常对国有企业改制态度并不是很积极，他觉得仅凭改制解决不了一切问题，而且他对改制中推行私有化颇有微词。如果把国有企业都改制了，工人还是企业的主人吗？作为大秘，杨震东深知老板的脾气，老板态度不积极的事，千万要小心安排好，否则不但脸色难看，也许还会当众发飙。

把参加汇报会的人员安排到会议室后，杨震东来到秦毓常办公室，告诉他参加会议的人员已都到齐了。

秦毓常交代他，了解一下《领导工作不必面面俱到》作者的情况。

回到办公室，杨震东马上拨通了《××日报》总编的电话。他听得出，对方很是惊讶，并有几分惶恐。总编反复解释道："那只是一篇小言论，不是批评性报道，也没有具体指向，只是……只是……"

杨震东暗自好笑，知道这些总编的难处。媒体圈内有句话：不作检讨的总编不是好总编。还有一句话：作检讨多了下来也快了。所以，报社的总编，特别是各省委市委机关报的总编，大多有一种如履薄冰的危机感。想到这里，杨震东有些同情地安慰道："也没什么事情，只是问问。"总编在一番感谢后，告诉他，作者是组织部的一位同志，经常给他们写一些小言论。并告诉他，黄宇是笔名，作者真名叫周宇。

是他？真是无巧不成书。同时，杨震东感到周宇这小子运气来了。

G省在考核提拔处级以上干部时有一个非常独特的做法，就是会加上一项申论，也就是由有关部门出一个题目，让预提干部先阅读设定资料，然后以写一篇文章的形式回答有关问题，以此综合考查应试者的阅读理解、分析判断、运用政策解决具体问题、语言表达、文体写作等能力。这原本是有些地方在招考公务员时采取的考试办法，省委机关通过这种方式考核所有预提干部，始自卫星担任省委书记，他甚至每次都会亲自调阅部分考卷。上行下效，下面市县也纷纷模仿这种做法，并在省委领导到下面调研时，大谈这样做的好处。这样一来，一些"笔杆子"占了不少便宜，而那些文字功底差的人就吃亏了。有人为此向上面反映，这是回到了封建社会，是科举制度的变种。但省委组织部一直按照卫星书记的要求，把这个做法坚持了下来。

杨震东知道，前几天的一次会议上，秦毓常就曾讲到，一些干部事无巨细，表面上看工作很到位，实际上没有尊重管理科学的规律，经常一竿子插到底，还美其名曰"穿透"，其实是很天真的"穿越"；而基层干部往往大道理连篇，汇报工作十几分钟过去了，仍不知所云。秦毓常称之为"大干部干小事，小干部管大事"。所以，杨震东断定秦毓常是因为很欣赏这篇文章才让他了解作者情况的。

他并没有直接找周宇本人，而是拨通了钱嘉良的电话，告诉他相关情况。钱嘉良听后特别兴奋，连说："太好了！这下周宇有出路了！"并让杨震东先不要告诉周宇这件事，约好晚上一起坐坐。

5

韩子霁的突然出现，让周宇有点意外，也让他很兴奋。虽然他几番猜度后断定那个给他打电话的人就是韩子霁，但他并没有贸然回电话。

周宇期待地坐在办公室，案头上的文件翻了几遍，却什么内容也没看清，心里有点忐忑不安。想到十几年前离别的一刻，一种爱恨交加的感觉油然而生。当年与韩子霁交往，本就有几分自卑，毕业后韩子霁义无反顾地回到北京，他心里已经隐约感到两人的关系走到了尽头，内心深处却一直不愿意承认这个现实。

脆弱的自尊心受到毁灭性打击。两人分手后，为了弥补自己的心灵创伤，周宇经人介绍与公交车司机刘璇结了婚。结婚的理由很简单，刘璇人长得不错，家里有房子。特别是后者，对一个来自农村的男人来说很重要，凭他自己的工资根本就买不起省城的房子。

可是，一上午过去了，一个星期过去了，一个月过去了，他始终没再接到那个神秘女人的电话。

那个汤主任和他联系得倒是很勤，自从第一次到省里看望周宇后，隔三差五便会给他来个电话，少不了一番客套。周宇不太喜欢交际，觉得这种交往太不真实，有时间还不如看看书、读读报，或写点东西。中午快下班时，汤主任又打来电话，说是自己在大门外等他，待他出门时，汤主任给他两包当地的土特产，并神秘兮兮地说：这些土特产都是绿色食品，一定要留着自己吃。

虽然平时与外面交往不多，也很少到市县，鲜有人送他什么东西，但对这么一点农副产品，汤主任弄得神秘兮兮的，周宇觉得自己有点被小看了，不冷不热地说"代我谢谢你们王书记啊"，然后伸出手。汤主任以为周宇是来和自己握手，连忙伸出双手，但他把手一抬，冲他挥挥手："不好意思，今天我有点事，就不陪你了。多联系啊！"汤主任有点尴尬地缩回双手，也冲着周宇挥挥手，说："欢迎下次再到滨海指导工作啊！"

周宇有点为难地看着眼前的东西，带回办公室吧，有些不妥。看看表，已快到中午下班时间，索性提着两包东西，打了个车直奔家里。路上，他接到钱嘉良的电话："晚上一起聚聚。"又说，"你小子时来运转了。"

"你就忽悠吧。我是'运交华盖欲何求，未敢翻身已碰头'。平实过日子吧。"周宇似乎在借此安慰自己。

钱嘉良再三叮嘱："晚上一定要来！"

晚上聚会的地方在风景区里，远看似乎是一栋平房，走近一看，才发现酒店依山而建，有点半地下的感觉。推开门，周宇看到杨震东也在，背对着门还有一位女性。周宇有点歉意和惶恐地说："下班高峰，等了半天才打到一辆出租。"

"领导一般都是要迟到一会儿的。"杨震东看似开玩笑，却透着一丝不快。

"哎呀，不好意思，抱歉抱歉！"周宇和站起身的杨震东握着手，惊讶地发现，那个背对门坐着的女人，竟然是韩子霁。他有些茫然地朝钱嘉良看看："你们……"

钱嘉良微微一笑："不要我介绍了吧，都是老同学。"

"是的，老同学，老同学。"周宇脸上的笑有点僵化。他转向韩子霁，抬着的手半空悬着，还是韩子霁主动伸出手："老同学，好多年不见面了。你还好吧？"

"我……"周宇不知如何回答。其实当年两人没有走到一起，谁都觉得有点遗憾，如果说"好"吧，似乎对韩子霁有点伤害；说"不好"吧，虽然仕途平平，其实小日子似乎还过得去。犹豫了一下，笑道："就那么回事吧。"

"哪么回事啊？"韩子霁有点不依不饶，身上还带着当年的那种傲气。

此前，周宇曾经设想过多种重逢的场景。在街头偶遇，两人先是惊愕，后是不顾众人注目忘情拥抱；找到了联系方式，约好一个茶室或咖啡厅，两人坐下后默默对视，然后泪流满面；同学聚会时，两人丢下同学在一角尽情倾诉……

可眼前情形让周宇一点思想准备都没有。太突然了！他一时觉得心里很乱：干什么呀？耍我？他有点莫名的恼怒，嘴上却说："我还能怎么样啊？小办事员一个呗。"

杨震东看到两人奇怪的表情和对话，有点丈二和尚摸不着头脑。只有钱嘉良心里明白，两人还憋着一股气呢。他示意周宇坐下来："今天就我们四个人，这里很安静，慢慢聊聊啊。"

钱嘉良告诉周宇，他到J市来发展了。周宇纳闷，怎么都赶到一块了？"好啊！以后可以经常见面了。你怎么也不事先告诉一声啊？"

"这不就是来向你汇报的嘛。"钱嘉良说的是客套话，周宇觉得他还算真诚，情绪渐渐好起来，半开玩笑地说，"那以后见面就方便了。有大老板在，吃饭也有人买单了，哈哈。"

"你吃饭不成问题吧？"杨震东朝周宇看看，"组织部管干部，巴结的人多得是啊。"

"我管什么干部，领导你还不清楚，一个普通办事员，谁来巴结我啊。"周宇说的倒也是实话，他平时和人交往少，所在处室与下面打交道也少。

"那是以前。"杨震东笑笑。

"以前？"周宇觉得杨震东话中有话，但在机关多年的工作经验提醒他，尽管是小范围聚会，与高官的身边人说话不可太随便。他谦逊地给杨震东敬了一杯酒："以后还要仰仗杨主任多关照。"

"哪里哪里。周宇你很内秀，工作也很踏实，会时来运转的。"杨震东笑着看了周宇一眼，又转向钱嘉良，"我和嘉良也不是一天两天的交情了，你的事我会……"杨震东并没有再说下去，而是一仰脖子，喝下了杯中酒。

"来来来，我们斟满，一起干一个。"钱嘉良给每个人的分酒器都倒满后提议道。分酒器里最少有二两酒，大家纷纷响应，喝干了酒。周宇端起分酒器，不由自主地想起读研二时，自己因为喝多了酒，竟然大着胆子当众吻了韩子雾。

酒壮色胆！周宇提醒自己，要控制好自己，今天可千万不要出洋相。他轻轻呷了一下，放下酒杯。

"这怎么行？"韩子雾首先发现了问题，"他俩都喝了，你怎么回事？"

"我不胜酒力，你知道的。"周宇应道。

"韩总知道的？韩总，你还知道什么呀？"钱嘉良有点不怀好意地笑着问。

其实，周宇刚说完"你知道的"就觉得不妥，本意是想表达当年就是因为自己不胜酒力，才会在大庭广众之下吻了韩子霁，而想到毕业那天晚上发生的事，他又感到自己的话似乎有了一层别的意思。

"那不行。一定要喝光！"韩子霁表现得既淡定又毫无商量的余地，用有点飘忽的眼光盯着周宇。

"好像不可以这样吧？"杨震东有点不开心，他把喝光的分酒器口朝下对着周宇晃了一下。周宇觉得不喝是不行了，便一口灌了下去，然后忍不住咳嗽起来。

韩子霁端起一杯水递给他。

"周宇，你看你，别人多关心你。"钱嘉良坏笑着。周宇低着头不搭话，装作什么也没听到，心里却猜测着：钱嘉良和韩子霁之间现在是什么关系呢？

"聊聊天吧。酒嘛，放慢点节奏。"韩子霁朝服务员摆摆手，"你去忙吧。"服务员明白她的意思，退到门外，轻轻带上门。

"嘉良，你要好好放手干啊，最近上面有指示，有些企业要进行改制。"杨震东从钱嘉良手上接过一根烟。

突然见到韩子霁，周宇觉得很意外，很兴奋，心情也很复杂。尽管他现在已有一个不错的家庭，韩子霁毕竟是他的初恋，而在中国人的传统观念里，男女的第一次总是刻骨铭心的。或许是酒精的作用，周宇的头有点晕乎乎的，开始有点魂不守舍，仿佛有一肚子的话要问韩子霁：这些年你干什么去了？过得好吗？怎么一直不和我联系？对了，前些时候电话里的女人是你吧？但当着钱嘉良和杨震东的面，周宇什么也没问，只是默默地多看了韩子霁几眼。连着喝了两杯矿泉水，跑了一趟卫生间，晕乎乎不知飘到什么地方的脑袋，才又回到自己的脖子上。

杨震东还在和钱嘉良、韩子霁谈着企业改制的事。虽然这些年工作中或多或少接触到国有企业，可毕竟没有在企业干过，对企业的情况了解不多，周宇不太明白，国有企业为什么要改制，企业改制与钱嘉良有什么关系。他插不上话，便默默地听他们聊着。

"对了，周宇，你要有点准备啊。"钱嘉良忽然对周宇说。

"准备？准备什么？"周宇有点莫名其妙。

"准备上岗啊！"钱嘉良肯定地说。

周宇知道，"上岗"是行话，就是提拔的意思。"上岗？饶了我吧，这么多年，都习惯了。"周宇有点失落地说，但他并不想让杨震东、韩子霁看出自己的不满。

"你不要急，机会总会有的。"杨震东闪烁其词地说，"关键是把握好自己，把握好机会。"

周宇一头雾水。虽然酒精还在发挥作用，脑子还有些晕，但在组织部工作这么多年，他知道杨震东肯定话中有话。把握好自己，自然是说要谦虚谨慎，关键时候不要出岔子；把握好机会，分明是在暗示有自己还不知道的机会来了。

"说不定真的机会来了。"周宇心里美美地想着，表面上还是显得很平静："还请杨主任多关照啊！"

"当然。"没等杨震东说什么，钱嘉良先接过话茬，"好好听震东的话，注意把握好机会。"

周宇突然觉得，钱嘉良的话似乎有点居高临下，也有点不符合他的商人身份。

几番推杯换盏下来，不胜酒力的周宇说话时舌头已经有点打卷，钱嘉良见状对周宇开玩笑说："毕业这么久，酒量还是没锻炼出来啊？要不你先早点回去休息吧。"说着转向韩子霁，语气有点夸张地说："就有劳韩总送一下吧？"周宇和韩子霁都没有拒绝。

四人在酒店门口简单别过，韩子霁拉了周宇一把，向一辆越野车走去。周宇有点不好意思地回过头朝钱嘉良、杨震东看看。他俩摆摆手，走向另一个方向。那栋房子门前的草坪上布着别致的景观灯，大门紧闭，两个红色灯笼格外显眼。

周宇爬上越野车，突然想到韩子霁也喝了酒："还能开车吗？"
"哈哈，没事。服务员给我倒的是水。"韩子霁笑着说。
"什么？你从头到尾都是喝的水？"周宇狐疑地问。
"开始两杯是真的，"韩子霁笑了，"就你还那么老实。"
反而是周宇有点不好意思了，问："那他们也是喝的水？"
"他们当然是酒。"韩子霁说，"有时，眼见未必为实。"
周宇盯着眼前的韩子霁，感到如此熟悉却又陌生：不一样！与十五年前不一样了！但哪里不一样，他却说不清楚。

韩子霁把车开出停车场，见周宇朝钱嘉良那边望着，说："你看什么呀？他们还有活动呢。"

"活动？活动什么？"周宇不解地问。

"就是锻炼身体。"韩子霁噗地笑了。

"你没事吧？真是喝的水？"周宇有点不放心。韩子霁并不理会，慢慢把车开到景区一处开阔的草地上停了下来："下来走走吧。"

天上点点星星，忽隐忽现。远处的树林仿佛早已入睡，一动不动。只有一些不知名的秋虫偶尔叫几声，反让周围更显得幽静。

周宇不知道韩子霁为什么要把自己带到这里来。韩子霁在前面默默地走着，周宇默默地跟着，走了很长一段路，两人竟然一句话也没有讲。周宇心里一直在嘀咕：她和钱嘉良是什么关系？难道他们……"不像！"他马上否定了自己的猜想。

"坐一会儿吧。"韩子霁停了下来。

两人并肩坐着。周宇心里有很多话想问问韩子霁，一时却不知道如何说起。倒是韩子霁主动："是不是觉得今天很奇怪啊？为什么我和钱嘉良、杨震东他们在一起？为什么钱嘉良让我送你……"

"为什么？"周宇问。

韩子霁说自己是钱嘉良、杨震东的传声筒，代他们向周宇传递重要信息：秦毓常留意到那篇《领导工作不必面面俱到》的文章，还推荐其他领导阅读。并让人找到他之前发表在《××日报》上的好几篇文章，了解了周宇的情况，说这个干部有思想，要好好培养之类的话。

周宇觉得有点像天方夜谭，但相信韩子霁不会骗自己。只是有点奇怪，为什么他们刚才在饭桌上不当面说透。韩子霁似乎看出他的心思，叮嘱他以后工作上要一如既往，就当什么也没发生、什么也不知道。

周宇很想问问韩子霁现在的生活情况，可几次话到嘴边都咽了回去，只是有点发愣地听她不停地叨叨着。

今晚见到周宇，韩子霁原本有点激动的心情反而冷静了许多。是啊，斗转星移，一切都已时过境迁，一种莫名的失落涌上心头。她不禁想起一句诗："忽有故人心上过，回首山河已是秋。"她知道，自己与周宇再也不可能回到过去了。想到这里，不禁低声抽泣起来。

周宇一时不知所措，脑子里搜索半天，竟没能找到一句合适的安慰话。不仅如此，他甚至觉得，该受到安慰的应该是自己。这般想来，他默默地看着夜色里的韩子霁，竟有了一点解气的释然。

一阵风吹过，韩子霁隐约感到一丝寒意，说："不早了，送你回去吧。"

周宇也不知道自己怎么稀里糊涂就下了车，进了家门，只隐约记得自己好像连请她到家里坐的客套话都没有讲，关上车门便跟跄着径自朝楼上走去。到了二楼，才突然想起没有和她打声招呼，便从二楼楼梯窗口向外望去。见韩子霁正远远注视着自己，正思忖着折回去和她打声招呼时，越野车却一溜烟跑了。

刘璇还没有睡，正饶有兴致地看着什么电视剧。周宇看看表，已十一点多，便问："怎么还不睡啊？"

刘璇有点异样地看看他："干什么去了，这么晚？"

"不是和你说过了吗，嘉良请吃个饭。"

"哦。那也不至于这么晚啊？"

"怎么没完没了？老同学在一起聊聊不行啊？"周宇有点不耐烦地说。

"没有说不行啊。没喝多吧？"刘璇从桌头柜里拿出一个信封，"这怎么回事啊？"

"怎么回事？"周宇莫名其妙地看着刘璇手上的信封。

"你带回的纸箱里的。"

"什么？"

"购物卡。五千块钱呢。"刘璇掩饰不住地有点兴奋，"谁送你的？"

"谁送我的？"周宇有点糊涂了，"没谁送我啊！"他定神一想，怪不得汤主任反复强调是什么绿色食品，一定要留着自己吃，原来另有乾坤啊！

"是下面县里夹带在食品箱里的吧？这个不能动啊！"周宇告诉刘璇。

"为什么？他们送你的，又不是你跟他们要的。再说，不就是几张购物卡吗？"刘璇把信封扔到床头柜上，"我晚上去超市，已经用掉了一张。"

"你怎么成了个财迷啊？"周宇有点生气了，"你去买一张补上！明天我要给他们退回去。"说罢，周宇走进卫生间关上了门，稍后又打开门伸出头，"这种东西烫手！"

第三章　时来运转

1

　　早晨醒来，周宇觉得头昏脑涨。昨天晚上的事，他思前想后，弄得一夜就没睡几个小时。什么韩子霁，什么时来运转，一切来得如此突然，一切好像近在眼前又远在天边。

　　就说韩子霁吧，昨晚和她并肩坐在草地上，他几次想靠近一点，甚至想抱抱她，但她像陌生人一样，只是奉命传达杨震东、钱嘉良的指示。过去的一切，似乎已经从她脑子里消失殆尽。"女人真是奇怪的动物。"周宇暗自感慨。

　　至于什么时来运转，周宇更觉得不靠谱。过去几年里，自己几次与副主任的位置失之交臂，开始不是很明白，后来才渐渐悟出了门道。组织部的水很深，每个人都有自己的门路，就连一个扫地的老阿姨，也可能是哪个部长的妻子的弟弟的老丈人的同学的妹妹。每次被提拔使用的人，总能找到一点"关系"。有一次，同在机关工作多年快退休的老张，和周宇聊起升迁的事，意味深长地对他说："兄弟，你是找对了老婆，找错了老丈人啊！"周宇明白，老张是在感叹自己怀才不遇，感叹自己没有家庭背景。

消化了一夜，也没理出个头绪来。闹钟响后，他竟不知不觉又睡着了，等再醒来，已七点十五，这个点是往常进办公楼的时间了。周宇急匆匆起来冲了个澡，穿上衣服，几乎是以百米冲刺的速度跑到楼下，打了个车直奔单位。

还是迟到了。

周宇有点不安，他上班十几年，还没有迟到过。这倒不是他工作积极到什么程度，而是他有早起的习惯，喜欢早晨起来到公园转一会儿，回顾一下前一天的工作，看有没有欠账或需要弥补的事，再考虑一下当天的工作。长期养成的好习惯，使他的工作很少出现差错。

周宇一走进办公室，吴浩便告诉他："刚才孙部长找你了。"

"孙部长找我？"周宇有点奇怪。

"是的。孙部长让你来了以后去他办公室一下，有事找你。"

"哦。"周宇本还想问什么事，但想起昨天晚上韩子霁的一番话，便立即打住，"好的，谢谢啊！"

周宇没有马上去孙部长办公室，而是先去了趟洗手间，用凉水洗了把脸，回办公室后泡了杯茶，两口茶水进肚，整理了一下情绪和思路，才向孙部长的办公室走去。

孙部长其实是副部长，兼任机关党委书记，也就是说，机关干部的任用，孙部长掌握着很有分量的一票。现在孙部长找自己，莫非真的……周宇有点兴奋。

周宇轻轻敲了一下办公室的门，孙部长在里面按了一下遥控开关，门啪的一声开了。他轻轻推开门，走到部长面前，毕恭毕敬地打招呼："孙部长，您好！"

正在接电话的孙部长向周宇挥了挥手，示意他在沙发上坐下。周宇退后两步走到沙发边上，却没有坐下，依旧站着。

打完电话，孙部长笑容可掬地走过来："小周，坐啊。"这样说着，他自己先坐了下来。周宇见领导已落座，便也坐了下来，微笑着问:"您找我?"

"是啊。"孙部长点点头,"也没什么事,就是聊聊。"

"就是聊聊?"这么多年了,也没找自己聊过……周宇心里这样想着,笑着回道:"谢谢部长关心。"

孙部长详细询问了周宇的年龄、学历、个人经历、家庭情况——其实他手头有机关人员花名册,每个人的情况都在那上面,只是借此进一步观察一下周宇。当听到周宇还没有孩子时,他关心地问:"年龄不小了,怎么不要孩子啊?"周宇不知如何回答,他想要孩子,刘璇也想要,医院检查过了,他俩都没什么问题,但始终没有怀上。

"这……"周宇支吾着,有点难堪地笑了笑。

孙部长看出他有点不自在,换了一个话题:"小周,业余时间都干些什么啊?"

"这是在考查我!"周宇脑子一转,迅速想起前一天晚上杨震东、钱嘉良和韩子霁三人的话。

"平时工作挺忙,业余时间也不是很多,没事在家的时候,喜欢看点书。"周宇很注意此时的表达。"平时工作挺忙,业余时间不是很多",说明自己工作上很投入;"喜欢看点书",说明自己比较爱学习。他绝口不提写文章的事,在领导面前谈论自己的所谓特长是很愚蠢的,因为在领导眼里,下属的水平永远比自己差一大截。

"哦,还写点什么吧?"孙部长终于切入主题了。

"偶尔吧,结合工作学习写点小豆腐块。"周宇淡淡地说,"也都是些难登大雅之堂的东西。"

"呵呵!不错嘛!"孙部长夸奖道。

周宇断定孙部长肯定要和自己谈起《领导工作不必面面俱到》那篇小言论,迅速思考着怎样和他继续谈论才算得体:谈谈这篇文章的初衷,还是谈谈领导科学?抑或谈谈当前干部队伍中存在的问题?想想好像都不妥。正在他左右为难的时候,孙部长却意外地转换了话题:"你回去和柳主任说一下,让他把昨天那个材料给我送过来。"

周宇若有所失地离开了孙部长办公室。他没有乘电梯,而是选择了走楼梯。

孙部长为什么没有和自己谈那篇文章?如果和自己谈文章的事,岂不是就相当于告诉他省委领导在关注他吗?抑或,孙部长根本就不知道杨震东昨天讲的那些情况?

边走边想,不觉已到柳春富办公室。周宇转达了孙部长的话,柳春富奇怪地看着周宇,心想孙部长怎么不给自己打电话,而是让他转达?

周宇没有立即回办公室,而是沿着楼梯慢慢走到楼下,出院门右转。不远处有个包子铺,蒸笼热气腾腾,耳边传来包子铺姑娘带着山东腔的吆喝声,才想起早饭还没吃,他顺手买了两个包子,边走边咬,索性向边上的省图书馆走去。

这两天发生的一切太快了,快得让周宇感到窒息。他想找个清静点的地方,好好把发生的一切认真梳理一下。

他发现,孙部长和他谈话,问得最多的还是家庭和社会关系。

2

作为分管干部工作的省委组织部副部长,李朝东坠楼事件不但在全省,而且在全国引起了一波舆情,各种议论充斥网上,大家议论最多的是这些年出现的腐败,首先是用人的腐败。近几年,中央明显加大了反腐力度,一批大老虎先后落马,一些有腐败行为的干部惶惶不可终日,跳楼、上吊、溺水、车祸……原本侦探小说中才会出现的场面竟然成为现实生活中屡见不鲜的新闻。坠楼?跳楼?各种猜测不胫而走。

舆情给省委组织部带来巨大的压力,肖一帆一连多日夜不能寐。前段时间传闻,他有望被提拔为省政协主席,从副省部级到正省部级,这可是一个巨大的飞跃。在这个节骨眼上出问题,这不是添堵吗?

李朝东坠楼事件发生得很突然,在排除了被人推下楼和不慎失足坠楼两种情况之后,唯一的可能就是主动跳楼。但到底为什么跳楼,他没有留下遗书和哪怕只言片语的字条。纪委调查组先后找一百多人谈话了解情况,对他的办公室也认真进行了检查,但除了发现有一万多块钱的各种购物卡、两个各装有三千块现金的信封外,再没有其他财物。调查他的银行存款,也都是正常收入,家庭也没有非正常财产,这就基本排除了腐败问题。

让调查组感到困惑的是,他工作笔记本的最后一页上,有一首不知是抄录,还是自己写的题为《承诺》的诗:

承诺
是一颗露珠
即便太阳升起
随时蒸发
依然化作无形
滋润你的心田

承诺
是一片树叶
即便秋风乍起
随时飘零
依然化作泥土
滋养你的根须

承诺

是一杯烈酒

即便穿肠而过

随时醉倒

依然化作激情

伴你进入梦乡

承诺

本就是心灵的相依

无需海誓山盟

平淡中总有放飞的笑意

纵然海枯石烂

也不会独处寂寞的天堂

调查组在网上查了一下,并没有查到《承诺》这首诗,说明应该是原创。在分析这首诗想表达的意思时,有人认为,这是表达对事业的忠诚,有种革命理想主义情怀;也有人认为,这首诗很浪漫,应该是情人写给他,或他写给情人的。但此种说法立即就遭到调查组组长、省纪委副书记王必登的呵斥:"没有任何根据,不要只想着巴掌大的地方。"

话虽这么说,王必登还是安排人暗中调查了李朝东的生活作风情况。调查发现,李朝东确实与中央党校的一位女同学联系比较多,因此,调查组专门申请对他的通话记录、短消息、微信进行了分析,但内容除偶尔有几句亲昵的话语外,大多是讨论工作,不能证明两人的关系有什么不正常。

他们发现唯一的可疑线索,是李朝东与一个名为NGX的神秘人物的联系,在他们之间不多的短信联系中,出现了"宝贝,承诺本来就是心灵的相依,根本不需要别的海誓山盟"的内容。他们分析，这几句话与《承诺》有一定的相似度，而且，称对方为"宝贝"显然关系非同一般，这个神秘人物应该是一名女性。

后来，通过电信部门查找NGX机主时发现，这个手机号码没有进行过实名登记，更神秘的是，调查组通过技术部门分析串号得出的结论是：机主的这部手机只用过这一个号码，并且这部手机和号码只与李朝东一人联系过。

后来，他们通过技术部门查到机主与李朝东联系时的基站位置，分析机主可能是广电局或省电视台工作人员，但在排查时，并未找到姓名字母为NGX的人，工作一时陷入困境。

这让王必登十分为难。凭以往经验，身处敏感岗位的人发生跳楼这样的事，一般都会有重大问题。正因为这样，省纪委才把李朝东坠楼作为重大案件查办。

更让王必登进退两难的是，他先前就是省委组织部副部长，后调任省纪委排名第一的副书记。他与李朝东共事期间，由于年龄、资历相当，成为竞争对手，两人一度矛盾很深，甚至弄得水火不容。也正是鉴于此，组织上才对两人的工作进行了调整。李朝东出事后，让王必登出面调查处理，不少人认为他这是杀个回马枪，要报一箭之仇，甚至有人背地里议论王必登连死人也不放过，心胸过于狭隘，简直就是一个王八蛋……

平心而论，王必登与李朝东关系确实不咋的，但不至于狭隘到连死人也不放过的程度。他来之前，确实认为李朝东有问题，至于问题有多大，他没有也不敢妄加猜测，一切要凭调查的事实下结论。可调查的结果有点出乎他的意料，甚至有点让他失望，翻箱倒柜个把月，并没有查到李朝东有什么大问题。

倒是中间发生的一个小插曲，让这次兴师动众的调查似乎有了点成绩，也成为一个传遍全省的笑话。

W市副书记吴培林上任时，是李朝东亲自谈话和代表省委组织部宣布的任命。通常情况下，市委副书记作为副厅级干部，虽然是省管干部，但其任命一般由省委组织部安排一位委员宣布命令就可以了，用不着李朝东亲自出马。吴培林是全省最年轻的地级市市委副书记，又是李朝东一手考查提拔且对其未来十分看好的年轻干部，李朝东便借着下来调研的机会，专门出席了 W 市委班子的宣布大会。没想到，吴培林在大会表态环节，流露出对李朝东个人肉麻的感激，让他非常不自在，市委书记也提醒他"讲话尽量简洁一点"。

李朝东的死讯传到 W 市，吴培林深感不安，特别是调查组找其谈话后，他更是感觉大祸临头。思考再三，他主动找纪委坦白了自己此前任县委书记期间，先后受贿三十多万，还交代了曾经与自己的小姨子有过两次性关系。

事情至此，组织上只能对其作出撤职、开除党籍，并移送司法机关的处理。这件事由此传遍全省，成为老百姓茶余饭后的笑料，有人甚至开玩笑说：小姨子的半个屁股本来就是姐夫的，才搞了两次算什么呀。再说，这是人民内部矛盾嘛！

李朝东的老婆祁凤仙本来就是一个出了名的泼妇，平时左邻右舍都躲着她。李朝东死后，她起初倒也配合调查，但过了一阵子，感觉组织上并没有掌握李朝东有什么问题的证据，便开始闹腾："你们纪委这么大动静，不就是认定他有事吗？那你拿出证据啊，没有证据你们凭什么这么折腾？我家老李活着的时候，你们一个个点头哈腰像条哈巴狗，现在倒好，成了见人就咬的疯狗！"

祁凤仙提出，组织上要给李朝东平反。但组织上并没有认定李朝东有什么问题，平哪门子反？组织上提出先火化，有什么事以后再说，她坚决不同意。

祁凤仙这么一闹腾，纪委、组织部和调查组的人唯恐避之不及。可怜的李朝东便一直躺在太平间的冰柜里，迟迟没有火化。

3

果然，孙部长找周宇谈话不到半个月，周宇便升任研究室副主任。这一次，再没有领导提出他缺少基层经历。

正式上任前，孙部长、人事处长找他进行了任职前谈话。

谈话的气氛轻松中透着严肃，这种情况周宇经历过多次，只不过以前是他陪领导找别人谈话，而这一次，是组织找自己谈话。

孙部长开门见山："小周啊，对你的任用，我们已经考虑多次了。你平时工作踏实，领会上级意图快，群众基础不错，机关工作经验丰富，文字功底好。那年你执笔写的企业干部情况讲评材料，就很有高度。"

接着，孙部长又谈起有一年，他带队到某市考核班子的情况："起初，我对你的材料不是很感兴趣，主要是话说得太生硬。但是，你的悟性很好，和你说了几次后，上路很快。特别是那次几个讲评材料，领导班子的优点概括得到位，没有埋没他们的成绩；问题点得很准，说得他们心服口服。用一位中央领导同志的话讲，就是'成绩要讲够，问题要讲透'。"

孙部长继续侃侃而谈："当前，我们有些同志，就是该讲的话不敢讲，不该讲的话一箩筐。什么是该讲的话？就是你到一个单位考核，必须善于发现问题、指出问题，并帮助他们弄清问题的症结所在。这样，才能够帮助他们整改存在的问题。

"什么是不该讲的话？就是空话、套话、正确的废话。讲评材料变成了八股文，动不动就大唱赞歌。对下都这样，对上呢？还不知道会怎样吹牛皮、拍马屁哩。

"有些同志明明很清楚存在的问题，却躲躲闪闪，顾左右而言他。为什么？说到底，怕得罪人。为什么怕得罪人？还不是明哲保身，有私心嘛。市里的领导，说不定哪天成了自己的顶头上司，到时自己岂不被动？有私心，有私心哪！"

周宇听着对面孙部长讲话，仿佛在台下听孙部长作报告。是的，也许他就是以为自己在作报告呢。而且，他讲的那些问题，并不是自己身上的问题。

有点跑题了。周宇心里嘀咕着，表面上仍是非常认真地聆听。

"小周啊，现在你马上就要被提拔为副处长了，和你说这些，也是给你提提醒，多想想自己身上的责任。党的干部，应该敢于担当，实事求是。"孙部长的话语重心长。这么一解释，周宇顿时觉得他高屋建瓴，有一种大格局，马上感到自己存在的差距实在是太大了。

人事处长在一旁并不言语，只是不住地含笑点点头，偶尔说一声"对""是的"之类的话附和。

"小周，你也谈谈。"

终于要让自己说了！之前，周宇已多次考虑如何进行这次谈话。他理解，这次谈话，自己主要还是表表态："感谢组织对我的培养！感谢部长对我的栽培。"他顿了顿，"还有姚处长，平时对我就很关心。"他说的姚处长，当然就是眼前的这位人事处长。

"我觉得我的工作环境非常好，很温馨。同事们对我也很好。"周宇用最简洁的语言，把同事"表扬"了一遍。他清楚地知道，自己现在讲的话，很可能用不了多久，其他人就知道了。所以，"背后多讲好话"不仅是机关生存的一门艺术，也体现了个人的一种修养和心态。周宇表面上是在"表扬"自己的同事，心里却是想让领导感到自己光明磊落、心胸开阔。

周宇没有过多讲自己的优点长处。他知道，很多人想在领导面前表现自己，结果往往像孔雀开屏，本是想展现自己华丽的外表，结果却被人看见了不雅之处。但他也知道，此时如果不抓住难得的机会，以后还不知道什么时候可以这样近距离和部长正式交谈。于是，他说："我来自农村，父亲是一个民办老师，从小家境不是太好。但是，这样也养成了自己能吃苦的习惯。所以，熬个夜什么的，一点不成问题。"周宇的弦外之音是，自己能吃苦，经常熬夜，工作姿态很高。

同时，周宇不忘"批评"一下自己，说说自己的缺点或是存在的问题。这讲缺点也是一门高深的学问，有人就事论事，把自己的缺点一一抖出，看似很实在、很谦虚，实际上很愚蠢，因为一不小心亮出了自己最丑陋的地方，以后考查评语中，缺点很可能就是自己讲的这些。周宇心里字斟句酌，却让在场的人觉得他是不假思索、非常坦诚："我的性子比较急，肚子里也存不住东西，有什么马上就会讲出来，有时批评别人，也不太注意场合。还有，以前我没有当过领导，只是在读大学时，当过班里的团支部书记，但那不是什么领导，只是一个活动的召集人。所以，以后还请部长、姚处长在工作中多多指点，多多批评，请柳主任继续多多帮带。"

显然，周宇的一番话效果不错。孙部长不住点头，然后说："能看到自己的不足，很好嘛。不过，没有人天生就是领导，老人家教导我们要在战争中学习战争。今后在工作中，注意边干边学习，你会很快进入角色的。"

对周宇的任用，获得机关大多数同事的肯定。他平时人缘不错，见谁都客客气气，且小有才气，之前几次错过副主任岗位，本来大家就有点为他打抱不平。但也有人觉得这次任用有点突然，时间也不对。机关的任免，一般一个季度一次，在季度的最后一个月，这次却是在上一次公布任免名单半个多月后。"老机关"知道其中必有奥妙，但越是老机关，城府越深，心里有再多疑问，也不会轻易打听和相互交流的。

柳春富得知周宇的任命，也感到有些异样。为什么这个时候突然宣布对他的任命？事出反常必有妖！看来周宇这小子留了一手。

在宣布任命的当天晚上，柳春富为周宇举办了一个庆祝晚宴。

晚宴的范围不大，就是研究室的四个人，外加两个从市里抽调帮助工作的同志。

柳春富举着杯说："今天我们研究室六个人……嗯……中国有个传统说法叫六六大顺，那个……大家都很高兴周宇荣升副主任。这不仅是对周宇同志工作能力的肯定，也是对研究室全体同志工作能力的肯定。副主任这个位置空了一年多，而周宇本来就已经是正处级，可以直接提拔为主任或处长。"

柳春富向右侧过身，对着周宇继续说："你是处里最老的同志，工作能力和思想水平也是大家公认的……"然后高高举起酒杯，说，"大家一起举杯，共同祝贺周宇。"

"谢谢，谢谢！谢谢柳主任栽培，谢谢大家关照！"周宇也举起酒杯，连声说道，心里却总觉得柳春富的话有点虚。领导肯定下属的工作能力还可以，但肯定思想水平就有点假了，何况前些时候还批评自己格局小、站位低。

"周宇，你也给我们说几句吧？"

周宇明白，柳春富这是让自己表态呢。

"能到副主任这个岗位上，我有点意外。"他故意停顿了一下，这样的开场白再加上稍许停顿，会有一种意想不到的效果。

果然，柳春富瞪大眼睛盯着他。周宇不想过于故弄玄虚，知道此时谦虚和低调有多重要。否则，今后不仅与柳春富关系难处，平时几个相处不错的同事，关系也会发生微妙的变化。

"倒不是不想当这个副主任，是自己的能力、水平还有差距。我知道，这次让我当这个副主任，主要还是因为我年龄大一点，进机关时间长一点，是组织对我的照顾。"周宇的话，不觉让人对他产生了几分同情。

"今后，我一定会积极配合柳主任的工作。您呢，一定要对我多批评、多指教。"周宇知道，此种场合容不得自己多讲，该表达的意思表达到就好。

"谢谢柳主任，谢谢大家。我敬大家一杯酒。"周宇端起了酒杯。

"周副主任，你好谦虚啊。"小黄看着周宇，似乎是开玩笑，又似乎看透了他的内心。

周宇心里一紧：这丫头，怎么好像啥都知道？

周宇上任不久，部里安排他接待上访的部队转业干部。

这项工作其实并不是研究室分管，组织部为了锻炼干部，让新提拔的处室负责人参与接待信访人，成为一条内部规定。

他知道这是个难干的差事，搞不好会出问题。前一天下午，他专门找了一些有关军转的政策文件，但看了半天，还是没理出个头绪。正当他有点不知所措时，突然想到在大军区当群工处长的沙刚。

于是，他开始搬救兵："老同学，明天我有个接待，请你帮个忙。"

起初沙刚以为是让他陪客人喝酒，说："我最近戒酒了，干别的事可以。"

"哈哈！"周宇忍不住大笑，一下午的紧张顿时得到释放，"想什么呢你？明天是军转干部接待日，我负责接待，但我对这项工作不熟悉，你来帮帮我？"

"哎呀！我是现役军官，一般不参加地方上的这种接待。"沙刚有点为难地说。

"正好快八一了，军地共同接待不正合适吗？"周宇硬拉沙刚说。

沙刚见周宇大有不答应誓不罢休的决心，便不再推却，说："我请示一下部领导。"

大门外二十多个人，都穿着旧军装，年龄大的有七十来岁，小的也六十出头了。他们整齐地坐在自带的小马扎上。

周宇知道这是个头痛的事。这些人组织纪律性强,分工明确,能说会道,提出的问题,有的涉及政策方面,有的属于历史遗留问题,无论哪一种情况,处理难度都很大,甚至有些问题根本就无解,只能留给时间去慢慢消化。

周宇硬着头皮走到他们面前,从口袋里掏出一包烟,打开后准备分发给他们,套套近乎。

"少来这一套!"一个六十好几的人大声说,"你就告诉我们,我们的问题怎么解决。"

周宇赔着笑脸:"不要急,不要急嘛!你们的问题,上面会考虑的。"然后周宇显出一副为难的样子,"咱们有话好好说,先到接待室坐,天气这么热,你们也这么大岁数了,坐在外面中暑了,不划算嘛。"

周宇的话有点奏效了。有两三个人起来收起小马扎,跟着周宇走进接待室。

沙刚穿着两杠三星的军装站在接待室里。

上访的军转干部有点惊讶:今天怎么还有现役军官参加接待?

沙刚不说话,只是掏出香烟,给领头的几个人一人一支,并随手把打火机给他们,让他们自己点烟。

原本乱哄哄的接待室,顿时安静了许多。

这时,一个瘦高个儿拿着一份复印的文件,对周宇说:"这位同志,我们不是为难你,只是想弄清楚,我们是企业里的退休人员,当了十几二十年的部队干部,在企业大小也是个头儿,怎么现在就变成了普通工人?"

"我们呢,你看看,十八九岁进部队,干了快三十年,回地方工作前,团长都已经干了七八年,现在却给我们一个副处调研员的岗位,对我们这些退役军人不公啊!难不成之前几十年,我们不是给共产党干的?"眼前自称"团长"的人,声音有些哽咽。

"这位同志,话不能这么说……"周宇说。

"中央明文规定对我们要平级安排,你们为什么不执行中央规定?""团长"突然愤怒地吼道。

"这……"周宇对这项工作的政策规定不是很清楚,他一时不知道该怎么回答他们,只能很坦诚地回应,"非常抱歉,首长你说的这项政策规定我不是很清楚,能给我看看吗?"

或许是周宇"首长"两个字起作用了,"团长"态度好了许多:"政策规定我们不会造假吧?"说着,把一个复印的文件递给了周宇。

周宇认真地看着,心里觉得有点奇怪。是啊,文件是这么规定的,为什么没有落实呢?

多年的工作经验告诉他,回答这类问题一定要谨慎:"哦,是这个文件啊。"周宇显得好像很熟悉这个文件,"各地情况不同,比如县里,正处岗位就那几个,假如接收几个转业团长……"他停了停,看着"团长"。

"你这样说我就不爱听了。""团长"又吼了起来,"我们并没有要正处实职,只是要求享受中央文件规定的待遇。"

"就是!就是!"边上几个人附和着。

"我不是这个意思,我理解你们的心情。"周宇很认真地说,"你们辛辛苦苦在部队干了几十年,奉献了自己大半辈子,现在提什么要求都不算过分。我的堂兄也是一个有着二十多年军龄的老军人……"

周宇动情地说起自己的堂兄以及大学时去军营玩的情景,并说自己当年很想参军,但体检时身体不合格,难过了好几天,直到现在还觉得遗憾……周宇就这样和他们唠着,不知不觉间已快到晌午。

"你是现役军人,你得为我们说说话。""团长"指着沙刚说。

沙刚站起身敬了一个礼,然后说:"各位,我是军区政治部群工处处长沙刚。群工处,顾名思义,就是做群众工作的,今天很高兴能来与大家面对面聊聊。军转干部的安置,从中央到地方都高度重视,部队自然更加关注转业安置工作,包括我本人,终有一天会脱下军装回归地方。所以,今天我来这里,也是想了解了解情况,以便可以多向上面提出建议,改进安置工作。但是,军转干部安置是一个系统工程,全国这么大,人这么多,一定需要一个过程,这一点还请大家理解……"

沙刚一口气讲了十几分钟,周宇想,以前小瞧了沙刚的口才了,原来他不只会说粗话,做思想工作也有一套。

沙刚边讲,上访人边点头。等他说完,周宇起身说:"你们都是经过党教育多年的老同志,我知道你们主要是要一个名分。今天的情况我会给上级反映,也请各位配合我们的工作。时间不早了,你们先回去,好不好?"周宇只觉得口燥舌干。

还好,这些人见周宇态度不错。说了几句诸如"你们不要再拖了""下次我们还要来听你的答复"之类的话,就起身走了。

偌大的接待室只剩下周宇和沙刚两人。

"你可以啊,讲起来一套一套的。"周宇由衷地夸了沙刚一句。

"士别三日,当刮目相看。工作这么多年,你以为我原地踏步啊!"沙刚也不谦虚,说,"你也可以啊,昨天做了不少功课吧?"

"那必须的。不打无准备之仗嘛。"周宇笑笑,"到饭点了,尝尝我们食堂的饭菜吧。"

"好啊。"

"走!"

4

一个风和日丽的春日下午。

钱嘉良专门开车去 K 市看望退休回老家的江恩铭。大半年没去看他，钱嘉良觉得自己只顾忙着自己的事，竟然把老领导给疏忽了，心里非常不安。现在这个社会，最缺的可能就是真情。钱嘉良曾经和别人一起研究过有些领导为什么会贪，他们总结出有三大原因：一是体制原因，台上台下的生活保障有天壤之别；二是社会原因，现在的人特别功利，人不走茶就开始凉了；三是本性使然，人不为己，天诛地灭。古人的话自有其道理。但归根到底，还是现在这个社会人与人之间缺少一种真情。

见钱嘉良来，江恩铭很高兴。他泡了壶好茶，和钱嘉良一起坐在阳台上，海阔天空地聊了起来。江恩铭早知道他现在移师省城，便问："到这里发展得顺利吗？"钱嘉良很谦虚地告诉江恩铭，还算凑合，接着向江恩铭详细汇报了自己在IT行业发展的情况。

江恩铭饶有兴趣地听着，不住地点点头，然后问："还有什么规划吗？"

"规划？"钱嘉良看着江恩铭，仿佛没有听懂他的意思，"请老领导指教。"

江恩铭翻出一张报纸，指着一篇文章："年轻人，平时要多看看报纸，了解政策的变化调整。"

钱嘉良看到，那是一张去年的老报纸。

"在中国，经济学的全称是政治经济学，也就是说，经济是服务政治的，政治决定经济走向。这和你以前学的经济学不太一样吧？"江恩铭笑笑，"以前是经济基础决定上层建筑，现在呢，上层建筑决定经济基础。"钱嘉良听得云里雾里，似懂非懂。

"当然，我说的上层建筑决定经济基础，主要是说国家的政策对经济的影响。我们国家，毕竟搞的是社会主义市场经济嘛。"江恩铭给钱嘉良添茶，钱嘉良马上站起来，双手端着茶杯伸到他面前，江恩铭示意他放下，接着说，"经济体制不改革不行啊。以前人们习惯于吃大锅饭，现在，是打破大锅饭的时候了。"江恩铭把那张旧报纸递给钱嘉良，说，"搞经济要善于享受政策红利。"

钱嘉良看到，报纸上用蓝笔、红笔画了许多条条杠杠。看得出，江恩铭虽然已经退休，仍然很关心国家大事。

"对了，老领导，您现在还练字吧？"钱嘉良问，"我给您找了本很好的字帖，您看看。"钱嘉良从带的一堆东西中，拿出一本字帖，字帖里夹着一个大信封，是前几天他托人专门从省城的一位老书法家里请来的墨宝。

"哦，好啊好啊！现在退休没什么事，也只有练练字打发时光喽。"江恩铭爽朗地笑道，丝毫看不出他有什么失落。

钱嘉良跟着他走进书房，他发现房间里挂满了各种字画。走近一看，这些字画大多出自名家之手。有的画作市面上价值数十万。钱嘉良粗略估计了一下，光是挂在屋子里的字画，就得近千万。

真是不得了！真是了不得！钱嘉良暗自感慨。

"你看，这幅画还是以前你送我的呢。"江恩铭见他有点发愣，指着一幅画说。

可不，那幅《岭南春晓》是岭南画派名家阿丁的力作，当年就花了十几万呢。那次送画，钱嘉良担心老领导不识货，曾想告诉他这幅是真迹。现在看来，江恩铭是行家，根本用不着自己提醒。

看得出，他很喜欢这幅画。

"唉！"江恩铭忽然叹气道，"可惜啊，他们只知道这些东西值多少钱，却不懂得这些是艺术。"钱嘉良知道，江恩铭是在说他的一双儿女。想到刚才自己正在考虑着这些字画值多少钱，不禁脸上微微一热。

"我送你一幅字吧。"钱嘉良以为他是要从书房里挂着的字画中挑一幅给他，却见他铺开纸，稍稍凝神，提笔迅捷写下四个大字：道法自然。写毕，江恩铭摇摇头，似乎有些不满意，又重写了一幅：厚德载物。然后问："你喜欢哪幅？"

"我……"钱嘉良犹豫着。他对字画并不是很在行，当年买字画送江恩铭，其实是想表达谢意，并请他继续对自己多关照。但说到底，钱嘉良是在变相行贿。他坚信江恩铭不会不懂得这一点，只不过是隔着一层窗户纸，谁也不捅破而已。现在，江恩铭说送他自己写的字，并让自己挑一幅，他觉得有点为难。与名家相比，江恩铭的字虽逊色不少，但在当地倒也小有名气。

钱嘉良对两幅字的内容都很喜欢，说："我都喜欢。您这两幅字都送我吧。"

江恩铭见钱嘉良真心喜欢的样子，便痛快地说："好吧，都送你！"停了一下，他又说，"不过，有空好好琢磨琢磨这八个字啊。特别是'厚德载物'。"

"我知道，这是《道德经》里的话。"钱嘉良对这四个字并不陌生。事实上，很多书法家都写这四个字。为此，他专门查过这四个字的含义。

"'厚德载物'四个字，值得琢磨一辈子。"江恩铭意味深长地说。

钱嘉良本以为他会由此继续说下去，江恩铭却打住了话题，"咱们吃饭吧。"

太平湖位于J市东区，东枕紫霞山、西靠古城墙，曾经是皇家园林湖泊，已有两千五百年的历史。太平湖在六朝时面积要比现在大三倍左右，并直接与长江相通，后经多次整治与建设，一度被废为耕地，直到宋代后期才逐渐蓄水还湖，但复活的太平湖湖面较六朝时期大为缩小。即便这样，这里仍然是中国江南皇家园林和江南地区最大的城内公园。

雨后的紫霞山影影绰绰，若隐若现，朦胧而妖娆，缠绕在半山腰的雾带宛如白练飘逸。

秋香茶馆就坐落在紫霞山脚、太平湖畔。

这是一栋青瓦十字脊梁、四角飞檐起翘的平房，厅堂内正中悬有"繁花山房"匾额，厅室内摆设着精美的红木家具，墙壁上悬挂着梅、兰、竹、菊条屏。房前土岗，立一湖石，瘦漏皱透，尽显湖石特征。这么雅致的茶馆，不知为何取了这样一个庸俗的名字？或许，这就是大俗大雅？

"我们自己来吧，有事再叫你。"杨震东朝泡茶小姐摆摆手，示意她去外面。然后，他介绍说："这位是方圆公司董事长成建新。"成建新脸色白皙，鼻梁上架着一副得体的金丝边眼镜，显得温文尔雅。他是紫金大学的教授，也是方圆公司最初的创办人之一。他微笑着与钱嘉良、沙刚、韩子霁一一握手。

方圆公司是一家由成建新所在的大学于上世纪八十年代投资创办的公司，最初从IT行业起家，创造了国内多项IT核心技术。目前，旗下有多家上市公司，涉及房地产、医药等多个行业。

"各位，请大家来，是想和大家商量一件事。"杨震东用征询的眼光看着所有人，"你们都是我的知心朋友，帮我出出主意，我准备到方圆公司任职，你们看怎么样？"杨震东是秦毓常书记的秘书，也是市委办公厅副主任，副厅级，刚过五十，在官场打拼既有人脉优势，又有年龄优势，现在却突然说要到企业工作，大家都觉得很意外。

原来，杨震东服务的秦毓常还有一两年就到退休年龄了。按照通常惯例，老书记退了，新书记都会重新物色秘书，杨震东自然要考虑自己的去处。一般情况下，到市委办厅或下面的地级市任个主官问题不大。但他有自己的考虑：现在一切以经济建设为中心，勇立经济潮头不失为上乘选择。再说，几经折腾，虽然是省委副书记秘书，与省里几位四十刚出头就担任厅长的少壮派相比，自己的年龄并不占优势。而深层次的原因，在于身居敏感岗位，帮助的人很多，得罪的人也不少，此时选择企业，不失为明智之举。

"嘉良，你看怎么样？"杨震东问钱嘉良。

"那当然好啊！我们可以成同行了。"钱嘉良帮杨震东添上茶，"以后可以直接对我多关照了。"钱嘉良给大家倒上了茶。

"不是我对你关照,是以后你要对我多关照。"杨震东真诚而不失矜持。

钱嘉良露出一丝不易察觉的笑意,他知道,杨震东早已拿好了主意,说是和大家"商量",不过是给好友吹吹风罢了。其实,杨震东的去向也是钱嘉良的主意。钱嘉良在商场打拼多年,拥有几家规模不算大的控股公司,发展正处于一个关键的瓶颈期,要突破这个瓶颈,必须利用外部力量,整合各方资源。杨震东在省委书记身边工作多年,有广泛的人脉资源。如果说以前杨震东是在后台给他支持,钱嘉良觉得,目前是他走到前台的时候了。

韩子霁显得很兴奋:"我们可以放开手脚大干一场了。"

钱嘉良有点不屑地扫了韩子霁一眼,他总觉得,韩子霁天生的傲气中带着些肤浅。韩子霁似乎没有看到他的神情,或者说并未理会他,继续说道:"方圆公司需要你这样一位熟悉政府运作的人。"

见韩子霁捅破了那层窗户纸,钱嘉良也就不再遮遮掩掩:"关键是下一步我们要好好整合资源,同时用好现有政策。"

"是啊,是啊。"

成建新附和一句后,端着茶杯,反复转动,眼睛似乎全神贯注地盯着杯子里的茶。汤色红浓剔透,犹如上乘的红酒,但醇厚回甘的味道,又比红酒多了一种陈年普洱特有的茶香。

5

周宇的副主任干了约莫三个多月,虽说没有干出什么了不起的业绩,但还算顺当。处里的小黄、吴浩和后面刚进来的蒋悟之几个人对他都很尊重,柳春富也不再称他"小周"。周宇在机关工作时间长,各方面情况都熟悉,所以工作上很快便独当一面,用组织部门的话讲,就是"熟悉情况、进入角色比较快"。

慢慢地，周宇开始体会到当官的好处，首先是应酬明显多了。每次在餐桌上，周宇听到的赞美之辞也多了起来，什么"笔杆子""文豪"，起初觉得很刺耳，甚至反感，时间长了，便不再反驳，全当是调侃。而每次应酬之后，总会带点什么回家。刘璇去商场的次数少了，家里吃的用的东西却多了起来，茶叶、食品、白酒、红酒应有尽有。周宇有几次应酬喝高了，第二天早晨起床，竟然发现口袋里被人塞着几百几千不等的购物卡。

周宇心里很清楚，别人之所以对自己很敬重，不一定是因为他周宇本人，而是因为组织部这块牌子，以及手中的一点小权。他觉得现在还不如以前那样有空看看书写写东西自在，很多业余时间都耗在饭桌上、闲聊中，所以，他急切地想离开这种环境。

省里要派一批干部到西南边陲挂职，周宇想也没想，便主动报了名。回到家里把情况一说，刘璇死活不同意："你看我们都多大了，到现在孩子还没有，你准备什么时间要孩子啊。"周宇经她这么一说，想想也是，不孝有三，无后为大。双方父母都很急，巴不得早点抱孙子，但他们结婚八九年，人已到了不惑之年，至今一点动静也没有。

第二天，周宇到单位，找柳春富说明情况，想改变主意。柳春富有点为难："其实我本来就不赞同你过去挂职，你说你这个年龄，到现在还没有孩子，可你非坚持要去。听说昨天都已经研究了，而且……"柳春富继续说，"这事不是儿戏，你得好好掂量一下，不能一会儿说去，一会儿又说不去，这会影响到你进步的。"

停了一会儿，柳春富劝道："还是去吧，对你不见得是坏事。"

事到如今，也只能去了。回家后，周宇哄着妻子，反复说明去的好处。

让周宇没想到的是，几天后他接到的不是到西南边陲挂职的通知，而是调他到省委办公厅工作的指示。

临行时找他谈话的，还是孙部长，只是这次孙部长没有叫上人事处的姚处长,而是单独与周宇谈话。

在办公室,孙部长起身,亲自给周宇泡了一杯茶,而后拉着他一起坐到沙发上。

孙部长显得很随和,关切地问:"小刘怎么样啊?工作环境还好吧?"

周宇没想到孙部长如此嘘寒问暖。他一怔,随即说道:"还好,还好。"其实,刘璇的工作并不怎么样,开公交车多年,之前曾多次吵着让周宇找人换换工作,哪怕当个调度员也行。但他觉得工作的事很麻烦,自己一个普通办事员,找人家也不一定能买账,弄得自己讨个没趣,岂不丢人?

"小刘岁数大了,开车太辛苦。再说,你们到现在还没个孩子,还是调整个工作吧。"孙部长的语气非常坚决和诚恳,完全不是领导关心部属,而是像兄长对弟弟一样的关爱,周宇顿感一股暖流涌上心头。但他嘴上还是说:"不麻烦组织,不麻烦部长了。还是让她再开几年车吧。再说,她也没有学历,没有别的什么特长。"

周宇讲的是实在话。之前刘璇吵着要找人换工作,周宇也是考虑到这些因素,所以没有轻易开口。现在孙部长主动关心,当然是个好机会,但在这个当口儿让组织出面安排妻子的工作,是不是有些不太合适?而且,这次自己去的地方比较敏感……想到这里,周宇也诚恳地对孙部长说:"还是过些时候再说吧,这当口儿我怕影响不好。"

"也好。"孙部长不再坚持,转移到下一个话题,"对今后的工作,有些什么考虑?"

"没有。"周宇老老实实地回答,"我觉得很突然,也很惶恐。"

"哦——"孙部长微微一笑,"自己要有信心,你能干好的。这次工作调动,本身就是对你个人品质、工作能力的肯定。"孙部长停了停,继续说道,"当然,到省委工作,压力也会很大的。"见周宇用期待的眼光看着自己,孙部长像和老朋友交心一样,给他传经送宝："我个人的体会，在领导身边工作，首先讲究忠诚、踏实。"周宇知道，孙部长曾在北京工作过，并担任过某领导的秘书。

"忠诚，既是道德品质，更是政治品质。从政治角度讲，就是要忠诚党的事业，在政治上保持坚定性、敏锐性，在政治上与党中央保持高度一致；从小的方面讲，就是要忠诚可靠，处处维护好领导的形象。"孙部长见周宇很虔诚地听着，稍作停顿，拍拍他的肩膀说，"这次调你到领导身边工作，说实话，这一步跨度很大，可能需要一个适应过程。但是，对领导一定要忠诚，这一点切记！"

周宇望着孙部长，听得有点头皮发麻。此前他就不太喜欢与领导走得太近，更没有想过自己能到领导身边工作，甚至，有时他还从内心深处瞧不起那些秘书，特别是那些拉大旗作虎皮，在领导面前唯唯诺诺、在他人面前趾高气扬的秘书，他觉得那些人就像奴才。不过，此时听孙部长的一番话，他从心底感到，孙部长不仅仅代表组织与自己谈话，还在手把手教导自己。他不住地点头，眼光里流露出感激之情。

周宇的调动在部里引起了阵阵涟漪。几个平日里并无联系的处长，先后打来电话约周宇"一起坐坐"，态度之真诚，让他简直无法回绝，特别是综合处的殷处长，语气中除了诚恳，还带有几分神秘："晚上小范围坐一下，有两位朋友你有必要认识认识。"

周宇望着不停响起的手机，忽然想起一些富有民间智慧的话：

贫居闹市无人问，富在深山有远亲。
谁人背后无人说，哪个人前不说人！
不信但看筵中酒，杯杯先敬有钱人。
有茶有酒多兄弟，急难何曾见一人。
门前拴着高头马，不是亲来也是亲。
门前放着讨饭棍，亲朋好友不上门。

　　　　世上结交需黄金，黄金不多交不深。
　　　　三穷三富过到老，十年兴败谁知晓。

　　唉！人啊，人！周宇不由自主地叹了一口气。
　　他主动给殷处长回电话，编了个瞎话，说明自己晚上不能"一起坐坐"的理由，殷处长在电话里很是失望，说："好好好，那我们改日。"
　　"周大秘春风得意，门庭若市啊！"小黄回过身，看着周宇，"怎么没有请我们吃饭啊？"话里带着几分嘲讽。
　　"那我请你吃饭，你得赏脸啊！"周宇随口说。
　　"真的？"小黄两眼紧盯周宇，"可别忽悠我啊。"
　　"只请美女，不请我们可不行啊。"吴浩开始发难。
　　"带上我吧，我可以帮你们倒倒水。"蒋悟之也跟着起哄。
　　"大家一起。"周宇说，"正好你们送送我。"
　　"哈哈！我们送你得我们请，算了，你本来就不想请我们。我们还是下次吧。"吴浩说，"今晚正好我老家领导来了，约好聚一下。"
　　蒋悟之见状，也找台阶下，说："我有几个同学，半个月前就约了，答应了不去不礼貌。"
　　周宇也不勉强，说："你们看自己方便。"
　　正在这时，钱嘉良来了电话。
　　"哈哈！周大秘在忙什么呢？"钱嘉良在电话里大笑着，"晚上一起坐会儿吧？"钱嘉良主动发出邀请。不等周宇回话，他又说道："还有震东他们。"
　　"哦，哦。"见钱嘉良口气很坚决，周宇说，"那好吧。"
　　"一会儿我把地址发你。"钱嘉良没等他回答，便搁下了电话。
　　周宇看了小黄一眼，问："你怎么说？"
　　"心不诚嘛，敢情不是想请我吃饭，是你们另外有事吧？"小黄的笑容依然灿烂，周宇却觉得她的话有点刺耳。

"不是……是……"小黄这么一说，周宇不知道如何回答，便使出了激将法，"你是不是不敢去了？"

"敢与不敢，胆子在我身上，你用不着激我。"小黄说，"正好晚上没饭吃，也顺便送送你。"周宇见她如此爽快地答应了，心里有了一种说不出的开心。"那过会儿一起走。"

"你先走吧。我自己去。"小黄见周宇发愣，又没头没脑地补了一句，"你不邀请我，自然也会有人邀请。"

钱嘉良安排的地方环境非常安静。周宇进去的时候，钱嘉良、沙刚、韩子霁正在聊天喝茶，看样子已坐了好一会儿。见周宇进来，忙招呼坐下，同时对带周宇进来的迎宾小姐说，"重泡一壶茶吧。"

不一会儿，杨震东也走了进来。他主动与周宇握了个手，又朝钱嘉良他们挥挥手算是打了个招呼，然后说："吃饭吧，饿了。"

"先喝杯茶吧。"周宇有点为难地看着他们，"我请了办公室的小黄一起来坐坐。"

沙刚看了周宇一眼，表情有点怪异。

"哦，就是上次那位美女吧？那要等一等。"杨震东笑笑，对着沙刚说道，"是应该等一等吧？"

沙刚笑而不语。

"不用等，小女子来也。"小黄推开门走了进来，身后的迎宾小姐提着一个黑色马夹袋。

韩子霁露出一丝不易察觉的不悦，但马上伸出手，把小黄拉到自己身边："坐我这儿吧。"

小黄似乎什么也没看见，落落大方地挨着韩子霁坐了下来。

"带的什么好酒？"钱嘉良从迎宾小姐手上接过马夹袋问道。

"两瓶茅台年份酒。"小黄很随便地说。

周宇瞟了一眼，15年的。这两瓶酒价格不菲，出手如此大方，小黄到底什么来头？周宇一直心有疑问，好几次想打听，可话到嘴边终于没好意思问。

"两瓶少了吧?"沙刚说,"不是让多带几瓶吗?"

"就是怕你们喝多了。"小黄瞅了沙刚一眼,又看看周宇。

周宇有点蒙:他俩什么关系?

这时,沙刚主动开腔了:"不知道吧?她是我妹妹。"

"妹妹?"周宇狐疑地问。他不知道沙刚口中的妹妹是什么意思。

小黄见状,赶忙解释道:"同父异母的妹妹。"

周宇恍然大悟,觉得被他们耍了。认识这么久,竟然……周宇心里五味杂陈,特别是自己不经意间对小黄流露出的好感完全暴露在众人面前,仿佛被当众剥光了衣服,既羞怯,又恼怒。

"别想太多,是我让他们先不要告诉你。"小黄看出了周宇的窘态,忙解释说。

"周宇光明磊落,不会多想,对吧?"韩子霁带着些许嘲讽说,"当然,周宇好眼力。"

"你胡说什么呀?"小黄有点不好意思地嗔怪道。

周宇羞得满脸通红,恨不得挖个洞钻进去,原本超好的心情顿时变得无限沮丧。

小黄继续和韩子霁聊着什么,看那架势,她俩好似久别重逢的老友,之间没有任何生分。

聚会在愉快的气氛中进行着。杨震东与钱嘉良商谈着今后的发展计划,韩子霁时不时插上一两句话。周宇心里明白,杨震东与钱嘉良谈论的发展计划,应该是他们三人的共同计划。主要是公司的改制问题。

最后,他们还是回归主题,杨震东率先举起酒杯:"来,共同为周宇庆贺一下!"

韩子霁也举起酒杯:"周宇喜事不断啊!"说着用眼睛余光瞟了小黄一眼。

小黄似乎什么也没有察觉,举着杯子朝周宇笑笑。

第四章 爱上层楼

1

肖一帆习惯性地在办公室踱着方步,边走边用双手向后梳着自己稀疏的头发。可能是他偏瘦的缘故,原本让领导干部很干练的行政夹克,在他身上松松垮垮的,整个人看上去很不精神。不过,这并不影响他的威严。在这栋楼里,他是一号人物,地位赋予他不一样的尊严。

肖一帆曾一度怀疑李朝东有贪腐问题,但凭他对李朝东的了解和直觉,小问题肯定有,却不太可能有大问题,更不应该有值得跳楼的严重问题。当然,知人知面不知心,肖一帆所有的想法都只是一种猜测。现在摆在他面前的问题是,如果李朝东有问题,他作为部长起码有失察之过;如果没有问题,总得有个什么原因、有个说法,否则难以平息各种猜测和谣言。

事情发生在组织部,省纪委参与调查处理,这种关系就变得很微妙,肖一帆无法直接出面参与调查处理。王必登不主动找自己,他不好随便了解情况。事情迟迟下不了结论,不但组织内部议论纷纷,社会上更是谣言四起,这样不仅不利于早日了结此事,也不利于全省组织系统工作。

更重要的是,肖一帆是最不愿意看到李朝东出事的人。现在离明年初换届只有几个月的时间,如果查出李朝东真有问题,作为一把手的肖一帆很可能在提任上受到影响,这对苦熬多年的肖一帆而言,无疑是一个巨大的打击。

李朝东坠楼一事,迟迟下不了结论,同样让王必登处于骑虎难下的尴尬局面,他想早日结束调查工作,但最后总得有个说法。怎么个说法呢?经济上找不出大的问题,那个NGX又不知道是谁。无奈,他打电话给肖一帆,用非常谦卑的语气说:"肖部长,关于李朝东副部长坠楼一事,我想过来给您汇报一下。"

肖一帆同样很客气,说:"要不,我来玛勒格宾馆一趟?"

"哪能劳驾您亲自跑一趟,我去您办公室。十五分钟左右到。"说罢挂了电话。他怕肖一帆坚持来玛勒格宾馆。

肖一帆办公室茶几上放着提前泡好的茶。

王必登走进办公室,两个人的手紧紧握在一起,相互嘘寒问暖,像久别重逢的老朋友。肖一帆明明知道他的来意,却不急于道破,而是把王必登前面的茶杯象征性地移了移:"请喝茶。这是上好的'汉中仙毫',陕西一位同学前几天专门寄过来的。"然后,开始谈起茶经。

不少人把绿茶与龙井画等号。以为龙井是绿茶,这是对的,但绿茶可不只有龙井,苏州的碧螺春、成都的竹叶青都是上等绿茶。

王必登抿了一口,夸赞说:"好茶!确实是好茶!"

肖一帆点点头,继续说:"前几天陕西的同学给我寄来了两盒'汉中仙毫'。说实话,以前我还真不知道西部也能产上好的绿茶。后来,查了一下资料才知道,北依秦岭山脉、南屏巴山浅麓的汉中,气候温和温润,产茶历史悠久,茶区生态优越。难怪这茶叶称为'仙毫'。"

肖一帆津津有味地讲着"茶经",王必登想打断他的话,与他谈李朝东的正事，可肖一帆兴趣盎然，继续侃侃而谈：

"说来惭愧，虽然我很喜欢喝茶，却从来没有认真研究过茶叶，对于茶叶，我就认定一条：好喝是王道。其实，喝茶时间长了，就会觉得各种茶叶都有自己独特的味道，并且觉得什么茶都好喝。你想想，闲时泡上一杯茶，借着灯光翻翻书，或闭目养会儿神，一种难得的享受啊！"

王必登不知道今天肖一帆怎么对茶这么感兴趣，也不好打断，只得耐着性子听他滔滔不绝。一会儿，不知道是热茶作用，还是因为心里有事憋得慌，额头上竟沁出汗珠。

肖一帆知道他目前处境尴尬，也知道他这次登门是想寻找退路，却不急于切入主题，而是故意把他晾着，心想：刚开始调查时，怎么没想到与我商量一下？现在走进死胡同知道来找我了？哪有那么便宜的事！

当看见王必登额上的汗珠，肖一帆知道把他遛得差不多了，便开始收起话题：

"有道是'茶如朋友，朋友如茶'。不管什么茶叶，只要你喜欢，绿茶也好，红茶也罢，好喝就行，无需过于讲究形而下的东西。就像是朋友，不必先入为主，或把朋友划成三六九等，'好相处''谈得来'的朋友基本上就是好朋友。"

"是的！是的！"王必登不住点头，不自觉地伸手抹了一下额上的汗珠，心想，妈的，分明是在给我上课嘛！

肖一帆看在眼里，见气场上已把他压住，便不再遛他，显得很随意地问："怎么样啊？"

双方都知道，这是问李朝东的事调查得怎么样了。

"我来就是想给您汇报一下进展。"王必登字斟句酌，不敢随意，但过于公事公办又怕肖一帆不但不会给自己出主意，可能还会为难自己，就诚恳地说："之前没先和您商量，请您理解和谅解，这个……那个……"王必登清了清嗓子，继续说，"目前并没有了解到李朝东同志有什么明显问题。"他把到嘴边的"调查"改成了"了解"。

"哦……"肖一帆靠在沙发上，眯着眼，一副若有所思的样子。

"我考虑，要早点结束这项工作，以免搞得风风雨雨。"王必登双手放在膝盖上，显得毕恭毕敬。

"已经弄得风风雨雨了。"肖一帆提高嗓门道。他看了王必登一眼，又轻轻地问，"那你们准备如何下结论？"

"这个……"王必登身体前倾，左半个屁股坐在沙发上、右半个屁股悬空，斜着身体对着肖一帆，全无平时的霸气："今天，我就是想来请教您……"

肖一帆皱了一下眉头，问："查到什么问题或可疑的线索？"

"没有什么大问题。倒是在他笔记本上，不知是抄录还是他自己作的一首诗，让我们百思不得其解。"说罢，王必登从包里掏出一张写有《承诺》的复印件，双手递给肖一帆。

"哟！看不出，李朝东同志还是个诗歌爱好者。"肖一帆接过那张纸，说，"我看看。"默默念了一遍，深思片刻，问，"你们怎么研判这首诗？"

"没有结论。网上没有查到这首诗，不知这首诗出自何人之手，也不知道这首诗是不是李朝东写给那个神秘女人NGX，还是NGX写给他的。"王必登如实回答，并把李朝东与神秘女人NGX的通信记录递给他。

肖一帆看到NGX的通信记录，联想到王必登前面讲的广播电视局、电视台的定位，突然心里咯噔一下：难道是……？他不想让王必登看出自己的异样，试探性地问："那你们考虑过李朝东坠楼的原因吗？"

"肯定是他自己跳下去的，但为什么跳楼不清楚，我们综合分析，倾向于个人……"

"个人什么？身体原因？"肖一帆边小心翼翼地问，边观察王必登的表情。长期从事组织人事工作，察言观色是他的基本功，也是他的拿手好戏，在他面前，任何细微变化都能被他及时捕捉、准确判断。多年的经验告诉他，王必登并没有对他隐瞒什么。

"应该是的。"王必登说，"但法医检查并没有发现他身体有什么疾病，也没有发现他患有精神疾病的医疗记录……"

"哦。精神疾病不一定有医疗记录啊！有些人碍于面子，就算服药，也不一定让同事，甚至家人知道。"肖一帆说，"李朝东多愁善感，就像刚才这首诗里，什么烈酒啊、激情啊，发出那么多感慨，你说你会这样吗？"

王必登赶忙说："我当然不会！"

"是啊。"肖一帆沉吟了一会儿，说，"我听说有一种抑郁症，叫情感性抑郁症……但老李到底是什么情况，你们还是要请专家认真、慎重研判！"肖一帆说罢，把那张纸还给了王必登。

"对了，这些情况，你们给国栋书记和毓常书记汇报了吗？"肖一帆问。

"还没有。"王必登讨好地说，"这不是先给您汇报嘛。"

"哦。"肖一帆一脸严肃地说，"这段时间你辛苦了！李朝东的事，我的意见是宜尽快作出结论，免得全省上下议论纷纷。你是不是回去给国栋书记商量一下，把相关情况给省委领导尽快汇报，听听领导的指示。"

"好的！好的！"王必登不停地点着头，"回去我就给袁书记报告。"说罢起身离开了肖一帆办公室。

待王必登快走到门口时，肖一帆似乎很随便地问了一句："那个NGX到底是什么人，还有别的什么线索吗？"

王必登转过身，说："没有。或许就是一个普通联系人吧。"

"哦。"肖一帆说，"现在有些人对各种腐败问题，总喜欢盯在男女之事上，对桃色新闻有特别的嗜好。我看还是实事求是，不要随便往桃色事件上靠，你说呢？"

"是的，我同意您的意见，我们没必要作践死者。"

肖一帆点点头，不再说什么。

王必登转身离开办公室后，肖一帆拨通了秦毓常的电话："秦书记，您现在方便吗，有件事我想现在过来给您汇报一下。"

对方并未马上回答，话筒里传过来嚓嚓的声音，估计是用手捂住了话筒。过了一会儿，肖一帆才听到话筒里传过来一句话："好，你过来吧。"

2

当肖一帆听到王必登说，李朝东那个神秘的联系人 NGX 可能是广电局或电视台工作人员时，肖一帆的脑子里瞬间蹦出一个人：南宫玉霞！

他知道这是自己的直觉，现实生活中的直觉虽然没有什么逻辑性，有时却是最可靠的判断。南宫玉霞四十出头，是 G 省电视台《社会与市民》的节目主持人，之前曾经是 X 市的新闻频道主持人，在当地说得上是家喻户晓的人物了。据说李朝东当年在 X 市任市委副书记时，与南宫玉霞关系非同一般，甚至有关部门还收到过举报信。但最后的调查结果认定，两人只在工作上有过接触，并无举报信中说到的男女关系。

肖一帆心里明白，关于他们两人有没有男女关系，调查报告并不能完全说明问题，个中原因众所周知。关于官员的问题，一般情况下还不是大事化小、小事化了？更何况即便有点什么情况，既没有影响到家庭，也没有影响到社会，何必因为几封匿名信而小题大做。

肖一帆凭直觉想到南宫玉霞，是因为他知道现任省委副书记秦毓常的老伴去世后，经人介绍撮合，他们两人谈上了。这些年，高官找美女主持、美女主持嫁高官似乎成为一种时尚，而且想想似乎也有其合理性，那些心高气傲的女主持见多识广，一般男人压根儿就瞧不上，找有钱的老板又显得有点俗了，找一个高官，省却了现实生活中的诸多困扰，还显得层次高，这不是两全其美吗？

直觉归直觉，对 NGX 与南宫玉霞画等号毕竟没有十足的把握。通常情况下，这种事情需要有十分把握才可行事，肖一帆从事组织人事工作多年，对这一点自然很清楚。但他也知道，领导之间的关系都是很微妙的，仅凭在会议室那点交集，很难加深个人感情，通过此事与秦毓常加强沟通，正是增进感情的绝好机会。

这也是一步险棋，处理不好，很有可能弄巧成拙。人家正在恋爱之中，你告诉他，与你打得火热的女人与别的男人有一腿，而且这个人是坠楼的李朝东，让秦毓常情何以堪？更重要的是，尚未抱得美人归，倒先戴上了一顶绿帽子，这不是恶心人吗？

肖一帆自然不会这么没脑子。走进秦毓常办公室，两人寒暄了几句，肖一帆汇报了最近的干部调整方案，十几个人的简历，足足聊了半个多小时。末了，肖一帆征求秦毓常的意见，秦毓常考虑片刻，问："之前后备名单里 C 市的潘思扬，这次怎么没有上？"他说的潘思扬，是 C 市下面县里的县长。

"是这样。"肖一帆望着秦毓常说，"原本考虑这次让他到 C 市担任副市长，但前段时间连续接到多封举报信，有些情况还没有完全弄清楚，考虑他还年轻，准备这次就先放一放。"

"哦。"秦毓常听罢，端起茶杯喝了口茶，慢慢放下茶杯，沉默了十来秒，说，"这样也好。"

肖一帆从他短暂的沉默和"也"字，听出了弦外之音，说，"这是个初步方案，潘思扬的情况如果来得及弄清楚，没有什么问题，可以重新考虑一下……"

秦毓常笑了笑，说："这个……我尊重组织部门的意见，他们的情况你们最清楚。年轻干部要爱护，要培养，但千万不能'带病提拔',这是原则性问题,一定要把好关。"

"那是,那是,"肖一帆点头道,"原则问题不能让步。"

说罢,两人又海阔天空地聊了一会儿,最后,肖一帆才把话题引向李朝东坠楼一事:"这个事大半年了,一直没有一个结论,弄得组织部比较被动。"

"是啊。但事情出在你们组织部,又是一位副部长,省委也被动啊!"秦毓常轻轻地敲了敲桌子。

"刚才王必登找我聊了聊……"肖一帆说。

"哦,有什么进展?"秦毓常问。

"似乎没有查到李朝东有更多的问题。"肖一帆说,"中间他提到李朝东有一个神秘联系人NGX,但一直没有查到这个人的真实身份……"

秦毓常脸上闪过一丝不易察觉的异样,但很快恢复正常,说:"可以通过技术手段查一下嘛。"

"听王必登讲,他们已做过技术分析,但联系很少,除了几次电话外,唯一的一次短信联系,似乎也没有什么实质性内容。"肖一帆看似很随意地说。

肖一帆轻描淡写的这几句话,其实是经过深思熟虑的。纪委办案有许多规定,有关案情不可以随便外泄,但在他们这个层面,谈及案情倒也是分内的事,没有什么违反纪律的嫌疑。他想透露的是联系人NGX这一信息,从秦毓常刚才露出的不易察觉的神情,肖一帆知道,对方对这一信息是很敏感的。

"没有别的线索了?"秦毓常问。

"没有!"肖一帆很坚决地回答,"如果没有什么大的问题,希望他们早点结案,这样对组织部、对李朝东本人都有好处。"

"是啊。你们这个部门本来就敏感,现在出这档子事,各种没有依据的猜测、谣言满天飞,确实不利于工作。"秦毓常直了直身子,说,"现在信息发达了,应对舆情成了各级部门的一项重要工作。"

"是啊。"肖一帆说,"还好,这一切都在省委掌握之中。外省市有些离谱的谣言就由他们去了,这倒反过来说明我们G省的开明,身正不怕影子斜。"

"话虽这么说,毕竟谣言容易扰乱人们的思想和行为啊!"秦毓常站起身,挥了一下手,说,"如果没什么大事,让他们早点结案!"

3

周宇有点怯生生地走上了新岗位。

省委所在地是一处闹中取静的大院,和省政府大院毗邻。早年经常经过这里,周宇总是好奇地朝里望几眼,心想那些在电视新闻里经常看到的人,会是什么样呢?是一个个都正襟危坐、不苟言笑,还是也像自己在办公室里一样,忙起来鸦雀无声,闲下来谈笑风生?时间长了,便不再那么好奇了。特别是有一次参加部里的一个会,副部长讲了一个并不是很幽默甚至有点粗俗的笑话,看到其他几个部领导笑得前俯后仰,突然觉得他们也不过如此。

事后周宇觉得,大概机关都差不多吧,无非有些官大一点的干部,面对下属要显示出自己的身份,平时就比较严肃,一副忧国忧民的样子,仿佛中国五千年的沧桑都写在他们脸上。但当他们与那些同自己级别差不多的人在一起时,就不会那么严肃了。

话虽这么说,周宇还是提醒自己要处处小心谨慎。他的任职通知是省委办公厅综合处正处级调研员。

上班第一天,办好正常手续后,杨震东将周宇叫到办公室。尽管此前与杨震东已不陌生,周宇还是觉得有点惶恐不安,毕竟,杨震东是大BOSS的大秘。

"到这里要大胆工作，有什么事你就直接找我。"杨震东似乎看出了周宇有点拘谨，给他倒好水后，和他并肩坐到一起，说，"目前先发挥发挥你的特长，搞点文字工作，明天书记有个调研任务，你一起去。记住：要大胆工作！"

周宇反复品味着杨震东的话。其实，在此之前，他已明确告诉自己，先到机关来适应一段时间，下一步可能就让他担任秦毓常的秘书。周宇猜到，杨震东一定是有更好的安排了。

第二天，周宇带着换洗衣服早早地赶到办公室。七点半，书记带着杨震东登上自己的小车，其他随行的十个人登上了一辆考斯特。司机发动好车辆，正准备开动时，杨震东从小车上下来，跳上考斯特，招呼省政府农业农村厅的李厅长："李厅，书记请你坐他的车。"

"好的。"李厅长带着一丝惶恐应声而起，走下考斯特，坐到前面的小车里。

车子里的其他人争相和杨震东打招呼，他也客气地和前排的几个人一一挥手，嘴里不停地说："王厅长早！""龚部长早！"待车子开动以后，杨震东大声说道："各位领导，我给大家介绍一下，这位是新调到省委办公厅的周宇同志。他原来在组织部研究室工作，以后请大家多多支持周宇同志的工作。"

随着杨震东的声音，大家的眼光一下子集中到周宇的身上，周宇顿时成了车子里关注的焦点，他脑子嗡的一声，有些不知所措地站起来，"我叫周宇，请各位领导多多关照。"

让周宇感到非常意外的是，其他几位厅长、处长都扶着车座位的靠背，和蔼可亲地走到他身边，一一递上名片进行自我介绍。

这让周宇更加不自在。以前，都是他走到领导面前毕恭毕敬地介绍自己，今天突然这么多领导这样主动介绍自己，让他有些受宠若惊，额头上也不知什么时候渗出细细的汗珠。

秦毓常书记调研的是 H 市。这个市下辖六个县，在全省经济排名中等，但市里领导决心很大，誓言这届任期下来，要力争进入全省排名前三位。

秦毓常是个喜欢轻车简从的领导。据说临行时，他让杨震东通知，——不，准确地说是要求下面不要搞迎送，只要市里的姜明伟书记陪同。

在接下来的几天里，秦毓常遍访六个县，每个县只有半天时间，照例是直接到农村或工厂调研，和农民、工人面对面交谈。有时，他还直接到农民、工人家里坐坐，和他们聊上几句。

在通往阳茶县的路上，秦毓常问姜明伟，目前农村有多少留守儿童，这给姜明伟出了个难题。全市各种常用统计数据少说有三五百个，此行前姜明伟专门做了功课，把各种数据记到本子上，又反复背记，怕的就是秦毓常突然问起时自己答不上来，没想到他还是问了一个让自己没有思想准备、也从来没有统计过的数据。

不过，他也算是久经沙场的老将了，在官场浸淫多年，这点反应能力还是有的。他看着书记，很从容地说："这个数据没有统计过，但我知道人数不少。全市外出打工的十几万人中，不少人把孩子交给了老人，这些孩子一年里难得见到父母。"姜明伟皱了一下眉头，露出了沉重的表情，"现在都是一个孩子，本来应该是父母的掌上明珠，但现在不少年轻人把孩子交给了爷爷奶奶，而爷爷奶奶年纪又大了……唉！"

"孩子是家庭的希望，也是祖国的明天！"秦毓常显然被姜明伟的话打动了，"抚养孩子，不是父母亲寄点钱回来就能解决问题的。"说完，他一直望着窗外，再未发一言。

"停！"秦毓常突然大喊一声。姜明伟大惊，不知发生了什么事。

后面的考斯特显然也有些猝不及防，险些撞上前面的小车。

"下去看看。"秦毓常简短而果断地说。于是，一行人纷纷下车。

这不是事先安排的调研路线，随行的姜明伟很是紧张，不知道秦毓常为什么选这个地方下车。他赶紧走到前面并四处张望，希望能找到当地的村干部，或者哪怕随便是当地的一个什么人当个向导，令他失望的是，根本就没人。

秦毓常一行人前往的地方，是一个有十几户人家的小村庄。看得出，这个村子并不是很富裕，甚至让人觉得比较贫穷。大部分是砖瓦结构的平房，也有两幢土坯茅草房。另外有几栋似乎是没有盖好的两层小楼——其实当地农村没有那么讲究，因为条件有限，所盖的房子不会像城里进行内外装修。尽管外面没有粉刷，和低矮的平房比起来，小楼还是给人一种鹤立鸡群的感觉。

秦毓常走到一户土坯茅草房前。房子的门虚掩着，里面传来轻轻的歌声，推门进去，一对老夫妻正坐在家里看电视。见有人进来，老汉起身，诧异地看着来人："你们是？"

"老人家，我们路过这里，来看看。"秦毓常和老人聊起来，"家里就你们俩？"

"是啊，儿子、儿媳下地干活儿去了。"老人搬来一张长凳，热情地邀请客人坐。

秦毓常并不落座，边和老人聊天边四处打量。这户人家经济条件一般，屋子里收拾得还算干净。从墙上张贴的十几张奖状看，人家的孩子正在上学，而且成绩不错。

"再到别处看看。"秦毓常招呼姜明伟，朝一家二层小楼走去。这是一栋红砖红瓦的小楼，外墙没有任何装饰，有点像城里的烂尾楼。

门半掩着。姜明伟敲了两下，便直接推开门走了进去。楼下没有人，姜明伟沿着楼梯的台阶往楼上走。楼梯边上没有护栏，周宇主动走在外侧，确保秦毓常的安全。

行至二楼，走在前面的姜明伟霎时愣住了，脸色变得铁青。

大家看到恐怖的一幕：卫生间里有一个老人和小孩。老人趴在卫生间的地板上，已经没了气息，身体发出臭味还生了蛆。卫生间的水龙头没有关紧，水流在孩子的身上，孩子脸上和身上爬了许多蛆虫，小脚被水泡成了白色，在奶奶的腋下发出极低的哭声。这一幕来得如此突然，秦毓常、姜明伟始料未及，其他人也都慌张地扭过头去，有的当场呕吐不止。

周宇显得很冷静，马上拨通了120，但当他把这里的情况讲过后，里面传来了不耐烦的声音。姜明伟抢过电话，用斩钉截铁的口吻说："我是姜明伟。你立即转告尹浩宇主任，我命令他马上带人赶到这里。"

回去的路上，秦毓常一言不发。到县委招待所后，他直接走进房间。洗了个澡后，他把姜明伟等人叫到会议室，专题讨论留守儿童的问题。

这次的H市之行让秦毓常的心情很沉重。

秦毓常不是一个回避矛盾的领导，相反，从基层一步步干上来的他，经常深入一线了解情况，现场解决问题，但这次看到的农村留守儿童问题太出乎他的意料了。此前，他自认为对基层情况非常熟悉，虽然不能说是了如指掌，但应该都在他的视线范围内。这次碰到情况的严重程度，让他无论如何也不曾想到。G省是个农业大省，这些年他在"三农"问题上没少花精力。虽然知道之前听取的情况汇报有"水分"，但他判断基本情况还是乐观的，农村的面貌有了很大改观，特别是农民通过外出打工这种劳动力输出形式，收入有了明显提高。但凡事总有两面性，农村年轻人离家打工，也就带来了留守老人、留守儿童的问题。

让秦毓常心情沉重的还有一个难以放在桌面上讲的原因。他是一个很传统的人，传统到有点迷信。这次到H市调研，去农民家里遇上老人死在家里，让他有一种触霉头的感觉。自己快退休了，平平安安降落、安安心心养老是最大的心愿。所以，那天他回到招待所，不仅彻底地洗了个澡，还把换下的衣服统统扔进了垃圾桶。

这趟H市之行，让他对周宇有了面对面的了解。从陪他上楼梯到打120电话，周宇处理事情周到且遇事不乱，没有半点造作和故意表现的成分。秦毓常是通过周宇的文章知道他的，起初还担心他会不会是个书呆子，H市之行让他消除了原先的疑虑。

不久，周宇便正式出任其秘书，但给他的任命是综合处处长。

4

周宇担任秦毓常秘书的同时，杨震东也离开省委到方圆公司任职，原先的"杨秘书""杨主任"也随之变成了"杨总""杨老板"。杨震东换下了那件穿了十几年的行政夹克，穿上了钱嘉良专门为他定制的一套暗条西装。这一身行头，让他顿时精神活泼了许多。

对于杨震东来说，离开省委机关到方圆公司任职，实际上也意味着个性的解放。在政府机关，人与人的关系是很微妙的。表面上，每个人都是满脸堆笑，态度和蔼可亲，见面热情有加。关于机关那个"门难进、脸难看、事难办"的说法，起码"脸难看"的说法不准确。其实，每个人的微笑背后，都隐藏着他的道行。道行越深，待人越热情；相反，只有刚刚入门的人，才会自我感觉良好，流露出浅薄的自大。这也是"老机关"与"新机关"最大的区别。

杨震东自然深谙其道。长期工作在领导身边，绝大部分时间里都是身不由己。无论是每天的工作行程，还是八小时之外，杨震东只有一个目标：一切围着秦毓常转。用他的话说，就是过着机器人般的日子。

但杨震东是个聪明人，几年的秘书没有白当。长期在领导身边,有时他就是领导的化身。下面的一些领导,要给秦毓常汇报工作自然要先和他联系,关系好的还会先探探口风:书记最近身体好吗?心情如何?主要关心什么方面的工作?要知道,遇到领导心情不好,汇报工作时领导往往会对一些细节问题问得很具体,准备不充分就很容易被问住,轻则尴尬丢面子,重则挨批影响仕途。对比较熟悉、关系比较密切的人,杨震东都会帮他们选个适当的时候"单独会见",由此他聚得了很多的人脉,这一切,为他今后在企业的发展打下了良好的基础。

周宇担任领导的"大秘"后,工作上手很快,几乎是很自然地进入了状态。秦毓常发现,周宇不仅不迂腐,而且悟性好,同时文字功夫也过硬,时常在处室给他起草的讲话稿中,发现一些表述不准确的地方。而那些以前经常通过杨震东打探领导口风的人,现在则在与周宇看似漫无目的的寒暄中侧面了解秦毓常的近况。这一切,周宇心知肚明,会时不时给他们透露一些无关紧要的情况,但对一些关键问题,他始终守口如瓶。

当然,对杨震东是例外。一方面杨震东是自己的"师傅",关系很特殊;另一方面,杨震东离开省委后,依然与秦毓常保持着密切关系——有些情况,即便自己不告诉他,他也有办法了解,周宇这么判断。

就在工作顺风顺水的时候,一个意外事故彻底打乱了他的生活。离开组织部时,孙部长就曾问起刘璇工作的事,有意帮助她重新安排工作。周宇拒绝了孙部长的好意,原本想过些时候再说,刘璇也觉得周宇刚当上处长,并且还是领导秘书,自己要支持他的工作。

没想到的是,一天,刘璇驾驶的公交车被迎面驶来的混凝土车撞了个正着,她本人被卡在驾驶室座位上,等前来救援的消防队员用工具切开座椅抬出时,她已没有了呼吸。

事发时，周宇正随秦毓常在外地调研，知道情况后立即赶回省城。当他见到从太平间冰箱里拉出的刘璇，顿时昏厥过去。

操办丧事的过程中，他伤心地，也非常内疚地给刘璇买了一套她生前多次说起的某品牌的衣服。周宇知道，那个品牌的衣服价格不菲，刘璇喜欢，但舍不得买。有一次经过那家专卖店，周宇曾提议给她买一件，但她说"算了，太贵了"，周宇也就没有勉强。两人结婚十多年，虽说不上是那种如胶似漆式的夫妻，但日子过得还算踏实。在周宇心里，刘璇不是那种体贴入微的女人，却算得上是一个贤惠的妻子，包括有时莫名其妙的酸劲醋意。因为他知道，那是一个女人本能的反应，也是对丈夫内心深处的一种依赖。

除了周、刘两家的亲戚，周宇没有通知其他任何人，但刘璇火化那天，来了一百多号人。在向刘璇遗体告别时，周宇想到平日里任劳任怨的妻子对自己的好，控制不住自己的感情，放声痛哭起来。他这一哭，整个告别大厅哭声响成一片。

在处理事故过程中，肇事方问周宇有什么要求，他什么也没提。人已走了，无非是提些经济补偿的要求，用死人讨价还价，这有什么意义吗？尽管周宇没有提任何要求，肇事方和刘璇的单位，还是给了一笔不小的补偿。他很明白，这与他现在所处的位置不无关系。他想也没想，就把那些钱全部给了刘璇的父母。

处理好后事的第二天，周宇就到省委上班了。秘书长关心地问他要不要休息几天，周宇摇了摇头说"不用了"，便开始自己的工作。但是每天晚上回到家里，他总会禁不住想起与刘璇一起生活的点点滴滴。都说"摸着老婆的手，就像左手摸右手"，意思是夫妻时间长了，就没有什么感觉，此时的周宇却感受到自己被砍去一只手的苦痛。

刘璇走了，家里变得空荡荡，工作之余的生活也变得空荡荡了无牵挂。为了减少内心的悲伤与落寞，周宇便全身心地投入工作，后来干脆搬到了省委招待所。

秦毓常也住在省委招待所。他家在外地，来G省工作多年，并没有把家搬来。周宇住到省委招待所，省去了"买、汰、烧"的麻烦，又方便秦毓常随叫随到。当然，最主要的原因，还是晚上回去后，害怕见到刘璇在遗像上紧盯自己既深情又有些许幽怨的目光。

5

凤凰家化厂是J市指定的改制试点企业。对钱嘉良他们来说，方圆公司那个"饼"太大，目前凭他们的实力还无法下口。他们感兴趣，也觉得有把握的是J市政府准备通过改制放手的小型国有企业。凤凰家化厂本是一家著名的化妆品生产企业，也是本市效益不错的明星企业，八九十年代，凤凰家化生产的化妆品曾经家喻户晓、风靡全国。后来，随着进口化妆品的大量涌入，厂子风光不再，却仍然是国内少有的能够盈利的化妆品企业。

钱嘉良与韩子霁一起，开始谋划收购凤凰家化。

收购凤凰家化需要一笔不小的资金。这些年钱嘉良虽然赚得盆满钵满，可要收购凤凰家化，还显得势单力薄，但这难不倒他。

钱嘉良与韩子霁有同学这层知根知底的关系，作为生意上的伙伴，彼此依赖，更重要的是钱嘉良看中韩子霁在北京的人脉资源。虽然韩子霁也算是见过世面，但在资本运作方面，她还是个外行。

钱嘉良坦率地道出了他的详细计划后，两人一拍即合，马上付诸行动。韩子霁利用父母的关系，轻松通过某地资产管理公司借款两亿八千万。接着，钱嘉良通过金融机构股票质押融资，融资年利率6%，还款期限为三年，又获得三亿元资金，加上他自己的两千多万，六个亿的资金便拿到手上。

有了这六个亿，他们便紧锣密鼓地开始了收购进程。

韩子霁找到J市分管工业的副市长李永民。"李叔叔，父亲让我来看看您。"说罢，递上一盒茶叶，"这是他上个月去武夷山疗养带回来的。"

"哦，大红袍？谢谢韩部长啊。"见到韩子霁，李永民既高兴，又有点意外。

"可别再叫叔叔了，还是叫李哥比较好。"李永民说得对，其实他大不了韩子霁多少岁，只不过当年李永民是她父亲部下。既然是父亲的部下，也就当作父亲的同事，叫声"叔叔"算是尊称。

"好吧。我也觉得叫叔叔别扭，把李大市长叫老了。"韩子霁半开玩笑半认真地说。

"咱们好多年没见了，都好吧？"

"还好吧。"韩子霁淡淡地说。接着，韩子霁与李永民聊起了家常，"单位调整后，编制少了，人员需要分流，为了减轻单位编制上的压力，我就成了第一个吃螃蟹的人。"当年韩子霁在单位调整时下海不假，但凭她父亲的关系，怎么分流也不会分到她头上的，对这一点，李市长自然很清楚。

"这不，现在在您的地盘上创业呢。"韩子霁说。

"哦？什么时候过来的？"李永民问。

"刚刚过来啊。"其实，韩子霁已经来J市近一年了。

"现在创业不容易啊。"李永民说。

"是啊，太不容易了！"韩子霁念起了苦经，也开始谈及实质性问题，"创业就需要创新，但创新谈何容易？你说我一个学文科的，还能搞什么发明创造不成？以前进出口基本上是垄断的，就那么几家企业做。现在放开了，谁都可以做，手下五六十号人，吃饭都成问题。"韩子霁之前做的是国际贸易，仗着父亲的那层关系，跑个条子批文，很多事也就成了，但现在这一套行不通了，进出口贸易，特别是出口贸易的放开，企业间的竞争越来越激烈了。

"可以考虑转型，搞多种经营啊。"李永民接过话题。

"是啊，我也这么想。"韩子霁顺着李永民的话题继续讲，"目前省里正在改制试点，有些无关国计民生的企业，在政府手上是包袱，放手交给民营，既减轻了政府的负担，也让民营企业有了生存空间，同时，还可以带动就业。"

"你的思路很对上面精神啊。"李永民饶有兴致地看着韩子霁，"看来对韩董事长要刮目相看了。"李永民停了一下，问，"有什么具体打算吗？"

"嗯……"韩子霁本想说出与钱嘉良、杨震东收购家化厂的计划，但话到嘴边又咽了回去，"目前具体想法还没有，李市长您这里有好的项目，可别忘了我。"韩子霁转守为攻。

"那自然。"李永民随声附和道，"也希望韩董事长对我市，特别是我分管的这块工作多支持啊。"

"哈哈哈！"韩子霁大声笑着，"我是小萝卜头，李市长支持我才是。"

韩子霁讲自己是"小萝卜头"其实另有含意。当年李永民第一次到韩国引家汇报工作时，见他还没回来，便没话找话问韩子霁："上初中了吧？初几啊？"其实那时她已是高二学生，听到问话有种被小瞧了的感觉，韩子霁不开心地应付："高二了。""啊，看不出嘛，小萝卜头，都上高二了？！"李永民的话彻底惹恼了韩子霁："你才是小萝卜头！"李永民说韩子霁"小萝卜头"，意思是她年纪小小就读高中了，有奉承之意；而韩子霁说李永民"小萝卜头"，明显有嘲讽之意。

"还念念不忘啊！"李永民哈哈大笑起来，这么多年过去了，李永民已由当年韩子霁口中的"小萝卜头"变成了"市长"，当然，这其中离不开韩子霁父亲的栽培。

"韩部长还好吧？"李永民问。

"他还好。"韩子霁这么说，其实已经三四个月没回去了，她说茶叶是父亲疗养从武夷山带回来的，其实疗养是真，茶叶是假。自父亲续弦后，韩子霁心里一直容不下那个后妈。

"好。有什么事，你随时打我电话。"李永民站起身。

"好啊。我有事随时给李大市长报告。"韩子霁也站起身，向李永民伸出手。

钱嘉良对收购凤凰家化非常慎重，这是他到J市的第一个大动作，也是一次尝试。

为了搞好对凤凰家化的资产评估，他把全省十几家大评估公司的情况翻了个底朝天，待对每一家情况都弄得很清楚后，就开始拜访其中几家列入政府名录的评估公司。

钱嘉良拜访的最后一家天平润评估公司是同行中处于中等规模的公司。由于之前联系过，当他走下车时，公司总经理茹意早就等在那里了。评估这个行业，是靠别人赏饭吃的，别人不委托，不给活儿干，企业只能喝西北风。所以，就评估企业而言，与方方面面搞好关系，才能揽到活儿。

钱嘉良开宗明义，说明这次是礼节性拜访，"与茹总认识一下，以后有可能的话，多合作。"茹意是一个既干练又精明的人，她亲自帮钱嘉良泡上茶并递到他手上，然后挨着坐了下来，又帮他点上一根香烟："我们是个小公司，以后还要仰仗钱总多照顾啊。"

钱嘉良感兴趣的，并不是这家公司的规模，他是想通过这家公司，详细了解资产评估的流程。所以，钱嘉良很谦虚地听茹意介绍自己的公司，介绍公司专职的、兼职的业务骨干，介绍曾经做过的业务。钱嘉良认真地听着，时不时提问并做着笔记。

临别时，茹意拎出一个不知装着什么的纸袋，把一份介绍公司的宣传册插了进去，说："里面有公司情况的介绍，钱总今后多关照。"

钱嘉良微微一笑，从纸袋中抽出宣传册，把纸袋还给了茹意，说："谢谢你啊！"

第五章　夏娃的苹果

1

肖一帆终究还是小看了王必登。

王必登亲自登门给肖一帆汇报李朝东的调查情况，似乎是在不经意间抛出了神秘联系人 NGX 这条线索，目的是想看看肖一帆的反应，也希望从他这里找到一点思路，但肖一帆一副居高临下的派头，话也讲得滴水不漏，便不再对他抱什么希望。再说，毕竟是组织部部长、省委常委，肖一帆不可能与自己平起平坐地交换工作意见。

但王必登也有自己的考虑。李朝东此前在 X 市任职，与当地电视台主持人南宫玉霞关系密切，虽然不是路人皆知，但在圈子里并不是什么秘密，只不过两人关系深到什么程度，只能靠猜测了。当通过技术手段得知 NGX 可能是广电局或电视台的工作人员时，王必登第一时间就把 NGX 与南宫玉霞联系在一起。与肖一帆一样，他也只是凭直觉，并没有任何证据。通常情况下，这样一条重要线索应当认真查下去，但摆在他面前的问题是，南宫玉霞与秦毓常正在密切交往中，在这样的情况下直接找南宫玉霞查证情况，显然只能碰一鼻子灰。于是，他想到一条"借尸还魂"计，借给肖一帆汇报情况之机，透露这条线索，凭他对肖一帆的了解，几乎可以肯定，他会给秦毓常汇报。

秦毓常听肖一帆提到 NGX 时心里咯噔一下，这个情况对他而言，是件非常尴尬的事，如果李朝东是因为南宫玉霞跳楼，这意味着自己莫名其妙地卷入了此案。

他从内心深处爱着南宫玉霞。之前的妻子宋宝香来自同村，在他考上大学离开家乡的那天，奉父母之命、媒妁之言与她订下了婚事。说起来，当年的宋宝香也是方圆几十里出了名的大美女，人也贤惠，秦毓常在外读书几年，她几乎包下了准婆家的所有农活儿。秦毓常大学毕业时，正是那个大学生被称为天之骄子的年代，尽管从内心里看不上农村的未婚妻，但在父母的软磨硬泡下，他还是在毕业后就结婚了。

可以想象，两人婚后的生活并不幸福，秦毓常难得回趟农村老家，长期的两地分居让两人的婚姻有名而无实。后来，秦毓常在县里安了家，给宋宝香安排好工作，但不久他又调往省城工作。宋宝香自知两人差距很大，内心经受着巨大的煎熬，自觉能做的就是加倍孝敬他的父母。她把秦毓常年迈的父母接到县里住下，无微不至地照顾着两位老人的起居，直到给他们送终。而秦毓常每每动起离婚的念头，便又想起她对自己父母尽孝的种种场景和父母对自己的絮叨。秦毓常是一个有良心的人，尽管对妻子和这段包办婚姻有百般不愿，却从未从嘴里吐出离婚二字。

秦毓常一直忍受着感情的巨大痛苦，把更多的精力放到工作上。他的表现得到组织的高度认可，很快被提拔为省委副书记，这也让他成为同龄人中的佼佼者。一次到下面的市里调研，出了一场剧烈的车祸，在医院足足躺了两个多月，宋宝香天天为他端屎端尿，让他第一次感受到妻子的温暖。然而，每每有领导和同事探视，她都躲到一边，问起原因，她说："我土里土气，别让领导和同事笑话你。"那一刻，秦毓常感动得泪流满面，暗自下决心，康复后一定想办法解决长期两地分居的问题，和妻子一起好好生活。

可悲的是，宋宝香没有这个福分。就在他伤愈出院不久，就被查出患有肝癌。尽管他再三让妻子到省城医院治疗，她却始终不肯，无奈之下，秦毓常只能把她安排在县城医院，并从上海请到一位著名的肝胆外科医生，专程赶到县医院给她做了手术。尽管当时手术很顺利，但几个月后，她还是因为癌细胞转移而离世。

为宋宝香守夜那晚，他想到妻子含辛茹苦的一生，又想到自己奔波大半辈子落得个中年丧妻的结局，禁不住泪流满面，彻夜长叹。与宋宝香之间名存实亡的婚姻给自己带来无尽的痛苦，宋宝香何尝不是这桩婚姻的受害者，甚至比自己更痛苦？自己没日没夜、加班加点地工作，究竟是为了事业还是逃避现实？苦短的人生如此蹉跎，到底值不值得？秦毓常由悲痛转入沉思。

宋宝香去世后，钱嘉良介绍他与南宫玉霞认识。尽管两人相差十五六岁，但对于两个相爱的男女而言，年龄根本就不是什么问题。南宫玉霞姣好的面容、活泼的性格、妩媚的微笑，无不吸引着曾经在感情的沙漠踯躅几十年的男人。而秦毓常略带忧郁的神情、果断坚毅的性格、风趣幽默的谈吐，尽显成熟男人的魅力，让南宫玉霞痴迷不已。她知道，自己寻觅数年的男人终于出现了。

别以为恋爱专属于青年男女。"春天来了，万物复苏，又到了动物们交配的季节。"《动物世界》节目中，播音员带有磁性的声音让这句话家喻户晓。人自诩为高级动物，毕竟也还是动物。年轻人的恋爱，或许只是到了特定季节的自然之举，而中年人一旦进入恋爱状态，会比年轻人更加炽热和疯狂。试想一下那片干涸龟裂的土地，久旱逢甘霖，曾经了无生机的土地顿时恢复了活力，于是，万物复苏，无穷潜藏的能量蓬勃激荡，那是多么震撼的景象！

秦毓常正是这种状态。活到快六十岁，他从未感受过男女之情，不，准确地说，是男女之欢，竟然那么美好！

"说什么王权富贵，怕什么戒律清规，只愿天长地久，与我意中人儿紧相随……"这首电视剧的歌词，此时正成为秦毓常情感生活的最好写照。

虽然NGX与南宫玉霞中间差了一个字母"Y"，但那天肖一帆提到NGX可能是电视台工作人员时，他还是很自然地想到南宫玉霞。她与李朝东曾经在一个城市工作过，两个人会有什么瓜葛？秦毓常颇觉意外，但当着肖一帆的面必须保持淡定如常。当天晚上，秦毓常直截了当地问了南宫玉霞与李朝东的关系。

南宫玉霞觉得很突然，稍一愣神后，趴在秦毓常身上哭得梨花带雨，说当年李朝东确实追求过自己，但她要的是婚姻而不是男人的毒誓，而且她与他只是一起吃过几次饭，并没有实质性的关系。

南宫玉霞其实并没有完全和秦毓常说实话。当年李朝东死缠烂打，她根本无法招架却并不想只有床上的短暂欢愉，她需要有一个真心爱她的男人，有一个属于自己的心灵避风港，因此，最终还是离开了他。直到两个人都来到省城，李朝东反复约她，她也只是勉强答应见了个面，并告诉他现在自己与秦毓常的关系。

秦毓常爱怜地托起南宫玉霞的下巴，深情而又威严地说："我不管以前发生过什么，我只要你从此以后别再有什么！"

他很明白，年已四十多的南宫玉霞，感情生活不可能是一片空白，但现在既然能彼此相爱走到一起，那就继续爱下去，并好好过日子，没有必要纠缠过去而浪费眼前的大好时光。人生苦短，何况自己已是快六十岁的人，黄昏的阴影眼看着就要落到脚尖，属于自己的好时光岂能被无谓消耗掉？

南宫玉霞知道秦毓常是真正爱自己，点头答应并很认真地告诉他："我知道你对我的爱，你也知道我对你的爱，我的身体不会骗你！"

南宫玉霞本想以此表达自己的真诚，却引得秦毓常体内无限的烈焰于瞬间开始奔腾……经历了这件事，他们之间的感情更深一步,也更坚不可摧了。

王必登见到秦毓常时,详细汇报了查案的情况,以及调查组的分析判断。至于那个神秘的联系人NGX,王必登只是顺嘴提了一下,那首《承诺》的诗根本没有提及。

"李朝东跳楼这件事过去很长时间了,您看……"王必登问秦毓常。

"你们有什么考虑?"秦毓常看看王必登,深入一步说,"你们是什么结论?"

"我们做了大量调查工作,总体感觉李朝东这个同志并没有什么大的问题。之前在X市市长位置上的一些问题,主要是工作上的失误,也没有造成太大的损失,前几年也已经说清楚了。对他的结论,我想还是大道至简,就事论事……"王必登看上去似乎在边思考边谈自己的想法,其实现在的这番话,他已演练多遍了。

"哦……"秦毓常站起身走了两步,回过头对他说,"你们是一线工作的同志,情况最清楚,也最懂得政策和处理方法,我尊重你们的意见。"

"前几天和肖部长聊起这个案子,根据李朝东生前的情况,他倾向于跳楼的原因系情感性抑郁症所致……"

"情感性抑郁症?"秦毓常愣了一下,问,"和谁的情感?"

王必登听罢差点笑出声,但他知道,此时如果失声而笑,很可能会让秦毓常以为自己是在嘲笑他的孤陋寡闻,下级嘲笑上级无知,这是大忌。于是,他强压住快要迸出的笑,整张脸也因此显得有些扭曲,然后竭力显得平静而又谦卑地说:"这是一种心理疾病。我第一次听说这个名词,也觉得奇怪,还专门在网上查了一下,是什么人给抑郁症取了这个怪怪的名字。"说罢,他详细描述了情感性抑郁症的症状和特点。

"哦,是这样啊。"秦毓常刚刚有点紧张的表情明显放松了,接着问道，"肖一帆这么说有什么根据？"

"他可能咨询过精神卫生中心的专家吧？"王必登觉得，此时自己没有必要为肖一帆背书。如果秦毓常认可肖一帆的判断，他也就顺水推舟以此定性；如果不认可，自己这么表达只是汇报了肖一帆的想法。反正不管怎么样，自己都不会陷入被动。

"唉！"秦毓常忽然叹了一口气，表情略带伤感地说，"这个李朝东啊，也真是！有病治病，何必走上不归路……"

王必登听罢，立即明白秦毓常同意肖一帆的判断，但他并不明说，只是含蓄地感叹，这正是秦毓常的高明之处。王必登接触过很多大领导，发现他们都有一个共同的特点：对重大问题从不轻易下结论，即便已经有了明确判断，也总会引而不发，而是让其他人说出结论，然后再用赞赏的眼光看看对方。许多浅薄者自以为高明而得意，殊不知自己只是别人掌控的一枚棋子而已。

"我们回去再找专家论证一下，争取早日了结这个案子。"王必登表情认真而又严肃地点点头。

很快，调查组得出结论，李朝东同志长期工作压力大，饱受情感性抑郁症折磨，他在任职期间，为全省干部工作付出了辛勤的努力，做出了重要的贡献。省委组织部对李朝东的不幸逝世表示沉痛的哀悼，同时，向李朝东家属致以亲切的慰问。

几天后，李朝东火化，送别的人们发现，李朝东身上覆盖着庄严的党旗。

G省官场风平浪静，并没有发生有些人想象中的大地震。

2

J市的紫霞山是全国闻名的风景胜地，也是著名的天文台所在地。周宇平时最喜欢去的地方,便是紫霞山天文台。

他不懂天文,但就是喜欢一个人静静地坐在山顶眺望远方,或在天气晴朗的夜晚看看星星。有时他很好奇,天文台的工作人员是如何借助天文望远镜观察深邃天空的?他们看到的若干年前的宇宙究竟与当下是什么关系?有几次他甚至想找关系进去体验一下。

之所以这样,是因为他对道家思想的好奇与研究。他手头有十几位名家书写的"道法自然"的书法作品,书法家风格各异,似乎让四个字的内涵也飘忽不定。老子主张"致虚极,守静笃",让人们用虚寂沉静的心境,去面对宇宙万物的运动变化,实际上都是道法自然的引申。万事万物的发展变化都有自身规律,从生长到死亡、再生长再死亡,自然界的一切,也都遵守这样的规律。

有研究表明,仙女座星系正以每秒三百公里的速度向银河系移动,大约在四十亿年后就会与银河系相撞,到那时,两个星系会随着爆炸融合为一个椭圆星系。周宇想,那会是一个缓慢的过程,还是一个瞬间的过程?缓慢也罢,瞬间也罢,说到底还是个时间概念,但根据量子引力学说,时间是不存在的。果真是这样,世上的一切岂不都是幻象?

周宇感到一阵茫然。

令他最茫然的,还是眼前变幻莫测的一切。

从省委组织部到省委办公厅,在许多人看来,这为今后个人的发展打下了很好的基础,周宇却总有一种浮在空中的感觉。他清楚地知道,杨震东之所以离开办公厅,很大程度上是因为秦毓常副书记快退休了,换句话讲,自己只是一个过渡性的秘书,一旦秦毓常退休,自己如何安置还很难说。

他对自己"末代秘书"身份的认识越深刻,便越是觉得自己处境尴尬。

到省委办公厅工作后,柳春富与他的联系频繁起来,而对他的称谓也耐人寻味,有时称领导,有时称主任,但很少称其为处长,因为称周宇为"处长",就意味着柳春富与他平起平坐,就体现不出"上级领导"之尊了。

柳春富在称谓上如此大费周章,周宇感到没有必要甚至有点无聊,他曾对柳春富说:"老大,不必如此。"柳春富马上回应说:"应该的!应该的!读研那阵子就叫'领导'叫习惯了。"周宇想,读研时叫我"领导",是调侃,让人觉得亲切。而放到现在,味道显然变了。

柳春富自有其道理。多年的机关工作,养成了他的谨慎作风。谨小慎微总比莽撞大意好,在高级机关工作,有时犯错连改正的机会都没有。他清楚地记得肖一帆部长讲过一件事,某省发生强烈地震,省政府在给国务院领导书面报告情况时,起草文件的人把"关于××省地震情况的汇报"写成了"关于××省地震的请示汇报",结果国务院领导批示"这个事我管不了",成了个大笑话,这位起草文件的"笔杆子"的结局可想而知。

时间又过去了几个月。组织部传出考查干部的消息,岗位是W市市委副书记。此前,吴培林主动投案,虽然获得轻判,但三年刑期还是跑不了,位置也就空了出来。

经过综合衡量,基层处提出了五个人选,其中三人是下面市里的:W市政法委书记王次第、副市长许得为、L县县委书记刘火。省委组织部两人:企业领导人员管理处处长夏丛、研究室主任柳春富。

柳春富刚知道这个消息时并没有太在意。因为下面的三人中,两人相当于平级调动,而L县县委书记刘火是全国先进,早就进入预提名单,这三人都比自己有优势。从组织部内部看,自己任职刚满三年,而企干处处长夏丛已任职四年,并且还是部务委员,自己明显处于劣势。

更重要的是,研究室掌握的资源有限,平时无非是给领导写写材料，领导重视还好，领导不重视其实就是废纸一张。有人开玩笑说：领导的讲话稿只有两个人看得最认真，一个是写稿的人，因为他怕自己写错；还有一个就是领导本人，因为他怕念错。企干处却不一样，企干处的全称是企业领导人员管理处，顾名思义，它管理着省属几十家企业的董事长、总裁，这些人都是省管干部，因此企干处实际上就是一个小组织部。更重要的是，企干处直接与省属企业打交道，领导的亲朋好友要就业什么的，一个电话就解决问题了。至于一些拿不上台面的事情，比如领导私下迎来送往的接待，企业的办法比机关多多了。

柳春富思前想后，觉得自己纯粹是陪练，并不抱太大希望。但既然列入名单，不争取一下似乎也不甘心。找谁呢？自己没有特别亲近的领导，找其他人又没有什么作用。想来想去，柳春富打了个电话给周宇，约他出来碰个面，并让他请钱嘉良一起。正好这天秦毓常没有什么活动，周宇便一口答应了。

柳春富提前订好包间等着，周宇、钱嘉良一前一后走了进来。

"嘉良，发财了也不带上我，不够意思啊！"柳春富用开玩笑的口吻说。

"你不是说我掉钱眼里了吗？"钱嘉良说道。

"这么多年了，你还记得这句话？是不是太小气了？"周宇怕两人尴尬，忙抢过话题。

"你现在不是掉钱眼里，是掉到金库里了。"柳春富夸张地说，"早知道我也跟你混了。"

钱嘉良哈哈大笑，说："我还不至于那么有钱吧？再说，柳大主任官运亨通，我们等着听你的好消息呢。"

周宇看着柳春富问："突然找我，一定有什么事吧？"

"我说你这人当领导了，怎么离群众越来越远了？"柳春富拍了一下周宇。

"你别老是领导领导的，要说领导，你是我的领导，你当主任时，我还是办事员。"周宇说的是实话。

"同级别官员，京官高人一等，这个道理你不知道？"柳春富说。

"哈哈哈！好像很有道理，但你别搞错了，我可不是京官啊！"周宇笑着申辩说。

"你们都是领导！都是领导！只有我是平头百姓。"钱嘉良若有所失地说。

"好吧，嘉良，我与你换一下，我当老板，"柳春富问，"你干不干？"

"你干不了我的活儿，我也干不了你的活儿，所以，你这话纯属白说。周宇，你说是不是？"钱嘉良边说边从包里拿出两瓶酒。

周宇连忙说："可别让我喝酒了。伴君如伴虎，我还是小心点，万一突然有个什么事，麻烦！"

柳春富也附和道："算了，就不喝酒了吧。"

钱嘉良半真半假地生气说："你请我吃饭不备酒就算了，我带酒你还不肯喝，是诚心请我吃饭吗？"

柳春富见此情景，说："得！一醉方休，反正我今天没事了。"

"我现在整天战战兢兢，柳主任你别自己没事轻松了，让我喝多了出纰漏。"周宇说，"总量控制，三个人就一瓶，行吧？"他望着钱嘉良。

"喝到哪算哪吧，你不是经常说顺其自然吗？"钱嘉良说着打开了一瓶，等分三杯，一人面前摆了一杯。

三人没等热菜上来，已经杯底朝天。

钱嘉良问："还喝吗？"

柳春富似乎正在兴头上，说："还有一瓶劳驾你再带回去，我们也不好意思啊！"说罢，把另一瓶也打开了。

其实柳春富的真正目的，是怕酒喝少了，话讲不开，难以推心置腹。所以，他又领着喝了几杯后，终于切入了正题："周宇，你好久没回部里了，最近在考查干部……"柳春富说了半句停下来。

"听到什么风声了吧？"周宇望着他轻轻一笑。

"是啊。"柳春富坦率地说，"正想为这事听听你的意见呢。"

"我知道啊！"周宇说，"你应该争取一下。"

"估计我是陪练的。"柳春富试探道。

"为什么？"周宇酒量虽然有进步，但三四两下去，还是有点晕乎了，幸好思路还很清晰。

"我任职时间最短，与夏丛比没有优势。"柳春富如实说了自己的担忧。

"夏虫应该叫夏草，冬虫夏草。"钱嘉良开玩笑说，"怎么取这么个名字？夏虫不可语冰，见识短浅，不明事理。"

"人家是两人一横的丛。"周宇也笑了起来，"这个名字确实有点……"

周宇帮他分析了两人情况的优劣："你的劣势，也许正是你的优势。"周宇说，"因为你没有什么实际权力，也就没有机会为领导办事。夏丛有机会给领导办事，但你想想，他能把所有领导都摆平吗？所以，办的事越多，就越可能摆不平，特别是没有实际权力的领导，夏丛就可能忽视甚至不理不睬，这些领导自然会对他有看法，他们到时候可都有自己的一票啊。因此，你应该发挥好自己的优势。有道是'天下莫柔弱于水，而攻坚强者莫之能胜'，此所谓'弱之胜强，柔之胜刚'。"

钱嘉良听得有点不耐烦，说："搞得这么复杂，直接找领导摊开说清楚不就行了吗？"

周宇哼了一声，说："哪有那么容易，当初我为了当个副主任，绞尽了脑汁……"

"你还有个最大的优势，你知道吗？"周宇深思片刻，问道。

"什么优势？"柳春富不解。

"你记得给李朝东的结论是什么吗？情感性抑郁症！记得你说，

当初跟肖部长也说过……"周宇提醒说。

柳春富一拍大腿，心想：我怎么把这事忘记了？他突然感到了十二分的自信。

"你就和领导说，夏虫不可语冰，这个人见识短浅，不明事理。"钱嘉良调侃说。

说者无心，听者有意，柳春富记住了钱嘉良的话。同时，他觉得，周宇是真心在帮助自己分析情况，且入木三分。

这顿酒没有白喝！

想到这里，他举起杯，说："感谢两位老同学！"

第二天早晨，柳春富走进饭堂，见肖一帆也在吃早饭，便与他打了个招呼，坐到对面，这时，正好夏丛也端着餐盘走了过来，也与肖一帆打了个招呼坐下。

肖一帆心情很好，和他们边吃边聊，还难得开起玩笑说："你们年轻人，头天晚上消耗多，早饭要多吃点。"

夏丛听罢只是笑笑，并不说话。

柳春富见状，突然想到前一天晚上钱嘉良的话，便开起了夏丛的玩笑："夏处厉害，都说是冬虫夏草，可夏处倒好，冬天是虫，夏天还是虫。"

肖一帆听罢，哈哈大笑，说："夏丛你也真是，取这么个名字，夏虫不可语冰……"

夏丛涨红了脸，但还是附和着笑笑，说："是啊，不知道父母当初怎么想的。"

3

对宫维健而言，凤凰家化就是他心头的一块肉，他对凤凰家化的感情，甚至超过了对他的家人。

凤凰家化的前身，要追溯到1903年香港粤生行。那年，香港粤生行有限公司成立，并于二十世纪三十年代在J市建厂。后因"香妹"产品获巴拿马奖而名噪一时，而四十年代的国货运动，更让粤生行的产品享誉全国。五十年代，粤生行与江南化学工业社、中国平和化妆品厂合并为巨星家用日化厂，其后推出的"芭蕾""雅颂"护肤品，成为几代人的美好记忆。二十世纪七十年代，巨星家用日化厂改名为凤凰家用化学品厂。历时一百多年，凤凰家化在中国化妆品历史上始终领导着国内美容业潮流，成为中国化妆品发展的历史见证。

改革开放后，外国品牌大量入侵，凤凰家化受到从未有过的冲击，到九十年代末，中国唯一的化妆品百年老字号竟然面临倒闭。正是在这个时候，宫维健临危受命，接手凤凰家化，进行了一系列大刀阔斧的改革，增加科研经费，学习引入法国著名化妆品企业的技术和经验，创立了香妃、雅欣、宸洁、妃乐、珊珊等系列品牌，成为全国唯一的化妆品民族品牌上市企业。宫维健也被家化人敬称为"宫老"。其实，他的年龄也就五十出头。

改革让凤凰家化得到迅速发展，也让宫维健尝到改革的甜头，他迫切希望自己能有更大的自主权，把凤凰家化做优做大。他在多个场合表示："国企现行管理体制不改革的话，状况会越来越差。凤凰家化得益于改革，但目前管理体制已经严重制约企业的进一步发展，应该加大改革力度。"

凤凰家化被列入改制试点企业后，公司掀起了阵阵波澜。起初，公司上下不了解J市政府出于什么考虑作出这样的决定，包括当初迫切希望改革的宫维健在内都持观望态度。不久后陆续得到消息，下一步并购凤凰家化的企业，是三家房地产投资公司，这其中就包括钱嘉良与韩子霁以及杨震东暗中共同出资成立的京宁投资。消息传出后，在凤凰家化引起轩然大波，他们不相信，房地产投资公司能经营好这家具有百年历史传承的化妆品企业。为此，公司几百人打着"谁出卖凤凰谁是罪人""坚持保护民族品牌"的标语，排着队到市政府集体上访，坚决反对如此混改。

J市信访办出面，让参加上访的几百人选出代表进行对话，但立即遭到反对。"我们代表自己""我们不吃这一套"。后来，派出民警，仍然没有效果。再后来，又派出武警，当十几辆载有武警战士的车子到达现场后，上访的群众愤怒了："我们正常上访，凭什么把我们当敌人？"

眼看场面失控，一直躲在幕后的副市长李永民，只得亲自出面做上访群众的工作。他承诺，在没有统一思想之前，绝不轻易搞改革；即便改革，也会充分考虑经营者的意见。李永民很聪明，他不提改制，只说改革。

随后，他让市信访办组成工作组深入凤凰家化，面对面加强政策宣传，做好群众思想工作。

谁知，市信访办、市国资委等几个部门组成的联合工作组刚到公司，就碰了一鼻子灰。负责接待的党群工作部主任骆少川不客气地说："火是你们放的，你们还想再来火上浇油吗？"工作组组长、市信访办副主任文海远再三表示，他们是来帮助做好政策宣贯和群众稳定工作的。骆少川冷笑一声，说："我们这里稳定得很，你们不来添乱就烧高香了。"

不得已，联合工作组只得撤离。

就在他们陆续上车准备离开时，围在面包车周围的群众不停地喊"滚！滚！滚！"，混乱中，不知是谁向工作组扔了一个装有粪便的塑料袋，正好洒在文海远和几名工作组成员身上，弄得整个车厢里臭气熏天。

凤凰家化开了一个很坏的头。

国有企业改制试点是上面作出的重大决策，如果试点工作不成功，就意味着下一步无法推进这项工作。市政府研究后，责令主抓工业的李永民全程负责这项工作。

李永民知道，这项工作非常棘手。目前凤凰公司上上下下人心惶惶，特别是管理层，原先吵着要进行改制、股权激励，但得知几家房企参与并购的消息后，管理层分成对立的两派。赞成的一派认为，民企出面并购，管理层激励方面应该可以放开，可以通过股权激励掌握公司管理更多的主动权。反对的一派认为，凤凰家化是优秀的民族企业，又是全国知名企业，卖给私人老板不合适，更重要的是，企业将来的发展前景不明。

凤凰公司集体上访，导致混改的事耽搁了下来。

韩子霁带着杨震东找到李永民，共同商量解决方案。

杨震东与李永民并不陌生，他在当秘书时工作上就有交集。

"杨总你好自在啊！一会儿官场，一会儿商场，到哪里都是如鱼得水！"李永民与他打着招呼，"你不是在方圆吗，怎么关心起凤凰？"

"受人之托嘛。"杨震东寒暄两句后，开门见山地说，"混改是一个新生事物，凤凰家化的职工不理解也很正常，但出现群体性事件，这就显得很不正常了。"

"你是说有人故意搞事？"李永民问。

"你想想，公司几百号人一起上访，没有人挑动怎么可能有这样大规模的集体行动？"

李永民点点头，说："应该是这样。"

杨震东见李永民赞同他的分析，继续说："问题是，他们的主要目的是什么？就是反对混改这么简单吗？是不是有敌对势力在挑拨？"

李永民笑了，说："那不至于吧，不要上纲上线。"

"反对上面的决策部署，本身就是政治问题。"韩子霁也附和说。

"关键是要找到挑头的，适当敲打一下。"杨震东说。

"幕后挑头人其实很明显，就是宫维健。"李永民分析说，"他是主要领导，又旗帜鲜明地反对现在的并购。"

"不会吧？当初他不是到处说要加大改革力度吗？再说，他是党员吧？那就要听组织安排。"杨震东很懂得组织原则。

"他是全国知名的企业家，凤凰家化也是在他手上起死回生……"李永民感到很为难。

"也没说要抓他嘛。"杨震东说，"先组织出面找他谈话，实在不行公安部门出面。不服从上级决策部署本来就是问题，影响稳定大局更不是小事。"

"反正，这事不能一直拖着。"韩子霁看看李永民，说，"再说，这也是我们共同的事业……"她暗示收购成功，到时会有他爱人的股份。

"我也急啊。这件事上面交给我……"李永民摇了摇头，"这样吧，我让市国资委林主任找他先谈谈吧。"

4

又是一个周六。难得清闲，周宇一觉睡到快十点，想到好久没回去看看了，便和服务员打了个招呼，收拾下东西打了辆车，回到家里。

地面上积了厚厚的灰尘，一路走过，瓷砖上的脚印清晰可见。周宇一抬头，发现一扇窗户大开着，记不清是上次离家时走得匆忙忘记关，还是当时没关牢被风吹开了。

"幸好家里没什么值钱的东西。"周宇自言自语道。一抬头，看到了妻子的照片。照片上的刘璇，似乎正在用幽怨的目光望着他。周宇拿起照片，忍不住潸然泪下，猛然想起，今天正是刘璇的生日。

周宇拿起几根线香，在刘璇的遗像前点燃，双手合十，把香插到香炉里，深深地三鞠躬。然后，搬来一把椅子，对着照片静静坐了下来。口中不停念叨："刘璇，好久没回来陪你了。"说着说着，又止不住泪流满面。

周宇就这样呆呆地坐着，竟然不知不觉中睡着了。直到口袋里的电话响起，才被惊醒，掏出电话一看，原来是钱嘉良："在哪呢？一起坐坐吧？"周宇这才注意到，已是下午两点多了。

"我在家里哩。"周宇其实哪里也不想去。

"我来接你。"钱嘉良说。

"那好吧。"周宇早饭没吃，午饭也没吃，肚子真有点饿了。

他赶紧把家里收拾了一下。刚刚忙好，钱嘉良的电话又响了，告诉他车子已在楼下。

"怎么今天想到找我？"周宇有点奇怪。

"这不是好久没碰面了嘛。前段时间忙晕了，总算告一段落。"

"忙什么？"周宇问。

"收购凤凰家化的事。"

"收购凤凰家化？"周宇有点惊讶，问，"你？"

"不是我一个人，是我与韩子霁、杨震东共同成立的投资公司。"钱嘉良如实相告。

"你现在是不是搞得动静太大了？IT、房地产，现在又开始搞化妆品……"周宇盯着钱嘉良，好像坐在身边的是一个陌生人，说，"多头出击啊！"

"难得现在赶上一个好的机会。"钱嘉良又想起老领导的话，"要学会享受政策红利。"

"凤凰家化收购成功了？"周宇问，"这可是一家明星企业啊。"

"还没有完全成功，但内定是我们，分管的李永民市长对我们有信心。"钱嘉良踌躇满志，然后又说，"还有一个好消息。"

"什么？"

"柳春富要荣升W市副市长。"

"你的消息真快,下周才正式上会。"周宇知道,柳春富虽然没能如愿升任 W 市市委副书记,但副市长同样是副厅,当初的研究生同学中,他成为第一个走上厅局级岗位的佼佼者。

这也是柳春富非常及时抓住机会的结果。当初请周宇、嘉良帮助他出主意,周宇酒后激动之余,把自己的分析和盘托出,有意无意帮了他的大忙。李朝东的死,给省委组织部,包括肖一帆部长带来了工作上的被动。正是柳春富说到情感性抑郁症的情况,让肖一帆心头一亮,困扰他多日的难题找到了解决途径。但他一直不出手,直到王必登上门找他,他才暗示李朝东存在的精神问题。他并没有说透,只是含糊地一提,他知道王必登本身就要找台阶下,有了这么好的理由,岂有不顺坡下驴的道理?李朝东坠楼一事,一旦定性为情感性抑郁症,对他本人、对他的家庭、对省委组织部,也包括对王必登的调查组,都是一件皆大欢喜的好事。否则,无论问题大小,都是有百害而无一利。

通过这件事,肖一帆对柳春富有了新的认识。此前研究室出来的材料,肖一帆并没有太多的印象,其实,他根本就不指望研究室能产生什么思想。单就干部工作而言,他知道,这些年使用了太多的庸才甚至蠢才,究其原因,就是在常态下考查干部,无非是比资历、学历。至于政绩,与很多因素有关,比如一个单位的既有基础、班子其他成员的能力与配合度等,当然也不排除运气因素,一个领导干部能力再强,遇到政治生态不好的单位,下面天天整事儿,天天折腾,怎么出得了政绩?

还有,考查一个干部,平时的表现固然重要,关键时的表现却更加重要,一些唯唯诺诺的干部,当个太平官还可以,遇到棘手问题往往束手无策,这种庸才,实在难以指望他们振兴一地、发展一方。相反,关键时刻遇事不乱,敢讲话、有担当的干部,往往能力强、能办大事,组织上把重大任务交给这些人尽可放心。

当然,领导干部的智慧也很重要。聪明与智慧是两个不同的概念,"智"体现了一个人先天的优势,"慧"则体现了一个人后天的修炼。柳春富关键时候敢提醒肖一帆,又能做到滴水不漏,没有半点张扬和卖弄的意思,恰恰反映出他的内功。而在饭堂里他与夏丛看似开玩笑,但在两个竞争对手二选一的特殊时刻,这分明就是一场暗斗,可惜夏丛连招架的功夫都没有,甚至还说出"不知父母当初怎么想的"这样的蠢话,这种人指望他在关键时候发挥作用,只怕是一种奢望。所以,最终柳春富胜出,也就一点不奇怪了。

正说着,车子已经来到紫霞山脚下的秋香茶楼。柳春富、韩子霁已等在门口,两人聊得正欢,看得出,柳春富心情很好。

没见到杨震东,周宇感到有点奇怪。钱嘉良解释:"难得有个轻松的时候,今天就我们五位同学一起聊聊,沙刚稍晚一点到。"说罢又问,"要不要请你以前的办公室同事小黄一起?"

周宇看出钱嘉良不怀好意的笑,瞪了他一眼:"这个玩笑不能开。"

钱嘉良装得一脸严肃:"没有开玩笑,我是很认真的。"

"去你的!"周宇推了他一把,然后问柳春富,"柳大市长,什么时候上任?"

柳春富笑笑,说:"这还要感谢你和嘉良。柳青说过,人生的道路虽然漫长,但要紧处常常只有几步。这要紧处有个人提醒一下,真不一样啊!"这是他发自内心的感叹。

"是啊!可惜当年在我个人生活上的岔道口,没有人及时提醒,以致走错一步,影响了整个人生。"韩子霁也感叹道,故意看了周宇一眼。

周宇扭过头,装着什么也没有看见和听见。

正说着,沙刚腋下夹着军装匆匆走了进来:"不好意思,来晚了。今天总部过来检查工作,我应付好工作组马上就赶过来了。"

"今天不容易,我们五个人都到了。上一次这么齐全,还是毕业的那天晚上。"

"时间过得真他妈快！"沙刚突然飙出一句粗话。

"可不，那天晚上喝了那么多酒，玩得那么尽兴……"柳春富眯着眼睛，似乎陷入回忆之中。

谈起那天晚上，周宇、韩子霁都沉默不语。

沙刚见状，揭起他俩的老底："那天真正玩得尽兴的应该是周宇和子霁吧？"

周宇五味杂陈，不知道说什么好。上午回家，看见遗照中刘璇幽怨的眼光，感到自己并不是一个称职的丈夫。凭良心说，刘璇虽然文化程度低一点，只是一个公交车司机，但作为妻子，一点也不亏欠他。相反，周宇对家里不闻不问，看起来好像是因为工作忙，实际上是心里对刘璇总有些不满意。深层次的原因，则是他与韩子霁分开后，自尊心受到打击，在心理上留下了阴影。因此，他对韩子霁一直有一种爱恨交加的感觉。

韩子霁则洒脱得多。虽然曾经有过与周宇重归于好的念头，特别是刘璇车祸去世以后，她曾想与周宇谈谈，但这个念头也就一闪而过，她知道，时间可以改变一切。过去的一切难说是谁的错，很多事情根本就是命运的安排，人的能耐再大，也搏不过命。她深信这一点！命中已经这么安排了，那就听命，没有必要与命较劲。既然如此，还不如打消念头，避免二次伤害。

见两人沉默不语，柳春富撇开话题，说："嘉良神闲气定，想必最近很顺当吧？"

"托各位老同学的福，最近都还好。"钱嘉良说，"毕业这么多年，老同学重新聚到一起不容易。这些年在社会上闯荡，我有个体会：同学是宝贵的资源，同学之间的关系最可靠。今后我们同在一个城市，应该整合好资源，互相帮衬。"

柳春富马上接话说："可惜我要发配到边远地区了，以后不能与你们一起在省城混，你们可得多照顾我。"

"我发现一个问题，周宇平时研究《道德经》，也有不少心得，但真正用得好的，还是春富。你看人家这身段，放得多低？明明是第一个混到厅局级的领导干部，说得好像最可怜的就是他。"沙刚半认真半调侃地说。

周宇听后，心情很复杂。他觉得沙刚有时比较粗犷，但观察分析问题并不比自己差。相反，自己空有所谓的思想，真正行动起来，却似乎总是慢了一拍。

柳春富忙说："老天作证，我说的真是心里话。"

韩子霁看似很认真地说："柳市长的心里话留着回去和嫂子说吧。"然后又说，"去当市长了，第一件事是把嫂子接过去，否则容易给自己创造犯错误的机会。"

"是的是的，柳市长千万注意不要在巴掌大的地方犯天大的错误。"沙刚也开着玩笑说。

大家哈哈大笑。

5

J市国资委正式挂牌出让凤凰家化100%的股份。

与此同时，公布了三条改制考核方案原则：一是坚持国资全部退出的改制原则；二是不以价格作为唯一评选条件；三是选择战略投资者要充分考虑经营者的意见。

这三条基本原则很让李永民费了一番脑筋。第一条是上面定的原则，具体讲，就是上次凤凰家化职工集体上访后，J市给省委省政府提交了书面报告，秦毓常副书记专门批示："改革必须彻底，不能瞻前顾后，不能缩手缩脚，不能拖泥带水。"J市市委市政府班子研究讨论时，李永民谈了自己对秦毓常批示中"三不"的理解，认为秦毓常副书记态度很明确，不但支持凤凰家化的改制工作，还认为要当机立断，否则会给试点工作造成麻烦，产生恶劣影响，还会丧失改革发展的大好时机。同时，李永民指出，副书记的批示应该是省委的意见，他们要从讲政治的高度领会和贯彻。

第二条原则通过时很艰难。班子在讨论中认为，改制的实质，就是把国企卖给民企，既然是卖，为什么不卖个好价钱？而要卖个好价钱，当然选择出价最高者，为什么不把价格作为唯一评选条件？李永民解释，凤凰家化是一家成长型企业，选择以这样的企业作为改革试点单位，目的是探索一条改革的道路。操作过程中不能只看价格，否则今后大家在改革中，都采取谁出价高就卖给谁的方式，这不就变成简单的拍卖吗？上面专门要求，改制不能用简单的"一卖了之"的方式。同时，还要考虑战略投资方，能够留有企业今后发展需要的资金。尽管不少班子成员对此持有异议，认为李永民的这些理由根本就站不住脚，但最后大家还是顾全大局，勉强通过了。

第三条原则是非常有技巧的。凤凰家化许多人不同意改制，虽然理由不一，出发点却是一致的：都是围绕自身利益。就凤凰家化这个群体而言，职工的工作总体还是好做的，充分考虑他们眼前的利益就可以了，难的是凤凰家化的管理层，他们既担心换成民企老板后，自己会失去管理岗位，也担心自己今后成为资本家的剥削对象。所以，围绕凤凰家化改制闹腾的，表面看是普通职工，实际上背后的推手是管理层。况且，李永民当初已经承诺，改制过程中选择战略投资者，会充分考虑经营者意见。现在加上这一条，也算是兑现了自己的承诺。市委市政府在讨论这一条时，几乎没有人提出反对意见。

这条原则的高明之处在于"充分考虑"四个字。什么叫充分考虑？1%？10%？20%？80%？还是90%、99%？反正绝对不是100%。因此，经营者可以充分发表自己的意见，不讲白不讲，但听多少、听进去多少，完全在于最后拍板的人。与拍板者意见一致、正中下怀，可以说成是采纳了经营者的意见，100%听进去了；与拍板者意见相左，不符合拍板者的想法，拍板者听了，但没听进去，有什么问题吗？没有任何问题！所以经营者讲了也白讲。

"充分考虑"更深奥的妙处在于，所谓"充分考虑"，是一个对出现的事情作出无声的推测推演及辩论，以便作出决定的过程。一个人的无声世界，别的人怎么可能知道？同样，是否"充分"岂是他人可以揣测和度量的？

但宫维健对此十分高兴。市政府、特别是李永民副市长不但对他个人非常尊重，而且能从凤凰家化实际出发，集思广益，为此他感到非常欣慰。

J市国资委根据市委市政府意见，让凤凰家化管理层宫维健他们先行筛选。宫维健首先排除了外资企业收购的可能。他认为，作为有百年传承的民族品牌，不能重蹈此前一些民族品牌被外资收购后束之高阁的覆辙。而基金公司追求的是绝对的利润回报，五年要两三倍的回报率，一旦套现，便会拍屁股走人，这对管理层而言，根本就不可能实现企业发展战略。同时，基金都是合伙制，一旦实现投资回报，就会把凤凰家化包装后再卖给别人甚至外企，所以，基金公司也被他排斥在外。

筛选到最后，竞购方只有三家：定远投资、京宁投资、交威投资。不久，定远投资宣布退出并购，理由是定远母公司虽然涉及多个行业，但从未在日用化工方面有过布局，而且觉得凤凰家化估值偏高，名不副实。

最后，京宁与交威两家进入竞标阶段。宫维健经过调查，感觉交威这些年四处并购，膨胀过快，步子迈得太大了，因此，凤凰家化对外宣布：董事长决议未来三年内不再考虑融资，这实际上是为了约束交威的资本运作。

京宁的资金实力虽然不及交威，但它提交的竞标书中承诺，将投资若干亿把凤凰家化做成高端时尚品牌，并针对凤凰家化拓展产业链、化妆品专卖店、直销品牌，同时表示将只管资本，不介入公司管理层的日常经营。

宫维健对此非常满意，他以"佳偶天成"形容这次收购。

经过专家委员会小组投票后，京宁最终以五亿八千万元实现了对凤凰家化的全资收购。

第一次资本运作便获得如此战绩，这让钱嘉良他们非常兴奋。

长剑既铸，笑傲江湖之日当不远矣！

第六章 红尘世俗

1

柳春富上任时，正碰上W市百年未遇的洪灾。

就像在和平环境里生活时间长了，便对战争没有任何概念，更甭说战争防备了，多少年来，W市一直是严重缺水地区，每年旱灾造成的损失数以亿计，因此，每任领导都把抗旱工作作为头等大事。每次看到别的地方遭遇洪灾，许多人甚至说，老天不长眼，这雨怎么不下在我们W市？！

然而，令很多人都没有想到的是，一向闹旱灾的W市，今年竟然闹起了洪灾。进入七月，W市的天空好像被人捅了个窟窿，一连十几天，天天下雨。起初，人们还颇感欣慰：今年终于不会闹旱灾了。谁承想，雨越下越大，到后来简直就是倾盆大雨，而且连续几天都是这样，起初以为是天降甘霖，现在却是灾从天降。由于当地一直处于干旱状态，河道两边的大堤土质变得松散。水位持续上升后，没有及时加固的大堤便出现坍塌、溃口，农村许多年轻人都已外出打工，抗洪的任务便落到上了年纪的老人身上。

紧急情况下，人民子弟兵再次冲到一线，每一个出现险情的地方，都有穿着迷彩服的军人。面对滔天巨浪，不怕牺牲的子弟兵站在洪水中，组成了一道坚不可摧的人墙，用生命守护着人民群众。

柳春富从电视中看到W市抗洪画面后，心里十分着急。他出生于农村，深知风调雨顺对农民的重要。省委组织部考虑到W市正在全力组织抗灾，市领导都奋战在抗洪一线，准备推迟几天再宣布班子调整。柳春富却没有了平时的沉稳，主动要求马上去W市，可以不宣布副市长的任命，自己作为一般工作人员先到一线参与抗洪，这样也方便了解掌握情况。

在赶赴W市的路上，柳春富就发现实际情况比新闻里看到的还要严峻，尽管当时灾情有所缓解，可洪涝引起的次生灾害还在扩大，冲毁的道路桥梁让许多地方处于与外界隔绝之中。一些老百姓的房屋被洪水冲毁后，没有了居住的地方，下一步如何解决这部分人的困难，也将会是政府的一大难题。

抵达W市后，柳春富办理好相关登记手续，不等安顿好住处就让相关人员带着，匆忙奔赴受灾最严重的城南堤坝区。正当柳春富在大堤上视察灾情，忽然听到呼救声。原来，对岸一个正在参加抢险的农民，想打捞上游漂来的家具，不慎落入水中。"真他妈不要命了！"柳春富嘟囔了一句便迅速脱掉外衣跳入水中救人，身边的几个武警见状也跳入湍急的水流中，经过几番努力，几个人终于一道把落水者拉上了岸。

柳春富正准备上岸，却发生了尴尬的一幕。刚才他只顾救人，短裤不知道什么时候被洪水冲掉了，自己竟然一丝不挂！

他一时不知如何是好。正在犹豫时，大堤上参与抢险的人以为他力气耗尽爬不上岸，不由分说以最快的速度合力把他拽了上来，无奈，赤条条的柳春富只得急忙抓起一旁的救生衣遮在私处。这一幕恰好被正在采访的当地电视台记者录了下来，当时记者并没有注意到有人赤身裸体，新闻播出后，是细心观众发现了其中的不同寻常之处。

几天后，省委组织部正式宣布W市领导班子调整决定。会议开始前，大家知道了前几天那个光着身子救人的人，就是身边这位即将上任的副市长，不觉对他多了几分敬意。柳春富在会上表态时，带着几分幽默说："我这人很坦诚，对W市毫无保留，希望大家今后多支持我的工作……"一席话让参会者顿时笑成一片。

2

凤凰家化易主后，宫维健踌躇满志，心想这下可以挣脱体制束缚，放开手脚大干一场了。在此后一年多的时间里，凤凰家化与一家中药企业合作，陆续推出了"百草香""百草缘""百草情""百草趣"四个系列、三十多个品种的化妆品，并与一家著名中药企业合作，推出配套的内服补品。

传统的化妆品大多只考虑皮肤的清洁、保湿，有的也号称有滋养功能，但这一切都只是外在保养，治标不治本。中医药强调大宇宙观，不仅认为人体是一个以脏腑经络为核心的整体，而且把人与宇宙作为一个统一的整体，强调道法自然、天人合一，阴阳平衡、调和致中。凤凰家化正是基于这样的理念，把"以内养外"与"内外调和"结合起来，标本兼治，把化妆品与保健品形成一个有机整体，产品一上市，立即受到广大消费者的欢迎，特别是年轻女性的欢迎。

同时，宫维健的管理团队还把美容与健身结合起来，推出了以凤凰冠名的城市定向赛、马拉松等市民乐于参加的体育赛事。一时间，凤凰系列化妆品名声大噪，企业的品牌影响力日益提高，宫维健也频频出现在各类媒体上。

凤凰的成功腾飞让宫维健心花怒放的同时，也让他有了更大的发展计划。他认为，中医药经过几千年的发展，有无数尘封于史书或散落于民间的秘方,哪怕从中开发出一两个用于化妆品和保健品,都会让凤凰飞得更高更远,并且也会让中医药在世界大放异彩。到时候,其意义就不仅仅局限于企业本身的发展了。想到这里,凤凰家化美好的发展前景仿佛已成为现实,展现在他的面前。于是,他向京宁投资郑重提出了增加投资的要求。

钱嘉良看在眼里,乐在心里。当时,考虑到自己的资金和社会资源毕竟有限,便拉上韩子霁、杨震东以弥补自己的部分不足,总算成功将凤凰揽入怀中。目前凤凰的发展,正是他所期待的结果。

收购凤凰家化,是他进行资本运作的第一步棋,虽然对此充满信心,但商场如战场,各种情况瞬息万变,天知道接下来会有什么不测,所以,他希望按照预想及时套现,毕竟,钱到了自己手上,才可以继续进行下一步运作。

宫维健在凤凰家化苦心经营多年,对凤凰的深厚感情,成为他取得钱嘉良信任、放手让他经营的根本原因。现在,宫维健提出增加投资,继续做大凤凰,从企业长远发展看,肯定是一件好事。但是,钱嘉良醉翁之意不在酒,收购凤凰家化的目的,只是小试牛刀,他有自己更大更宏伟的计划。

当然,要实现最后的目标,既要有"谈笑间,樯橹灰飞烟灭"的气魄,也需要有把握时机、当机立断的果敢。经过一段时间的运作,凤凰已经成功地飞到天上,而如果把凤凰养得太肥,就飞不起来,只能落到地上了,到时可能只是一家比较好的家化企业,却不一定是资本炒作的最好对象。"落地的凤凰不如鸡",这对他在凤凰家化进行的资本运作而言,真是太确切不过了。

在这个关口,钱嘉良清醒地意识到,攥在他手上的线该适当收紧了,要让飞上天的凤凰知道,谁才是真正的主人。

人们常用"前人栽树、后人乘凉"比喻前人为后人造福,但乘凉的后人不应该忘记栽树的前人。前些年，有些老职工在岗时，为企业发展做出了很多贡献，当时工资标准低，退休工资跟着低。在解决退休职工收入偏低的问题时，一些单位采取每月发放几百元生活补贴，或逢年过节以发放过节费的方式，让他们享受企业发展成果，这就是所谓的"共享费"。

共享费是预算之外的经费，无法从行政口支出，于是，各单位各显神通，有的干脆采取打擦边球的方式解决这笔经费。凤凰家化就是通过公司每年数亿元的业务派生出许多利益，从中提留一部分作为共享费。钱嘉良很早就发现了这一情况，但刚刚收购成功，加之共享费是个普遍性做法，当时便没有较真。但是共享费标准越来越高，不仅退休职工，连在职的管理层也开始享受共享费用，并且认为此举合情、合理、合法，拿得心安理得……

钱嘉良终于找到了敲打宫维健的把柄，他以出资方代表身份，在管理层会议上明确指出，个别高管涉嫌私设小金库、侵占公司利益，是严重的违法行为。

宫维健做梦也没有想到，在凤凰家化做得风生水起之时，钱嘉良突然来了这么一出，让他猝不及防，也非常沮丧。他解释道："这是公司此前的习惯性做法，合情合理。企业退休职工工资低，本就是中国社保制度的一大问题，公司这种做法正是为了解决这一问题。同时，让退休员工享受企业发展成果，每月发几百元生活补贴，一年最多也就百来万，这笔钱公司业务上完全可以省下来。"

然而，话虽这么说，合法性却受到质疑。以前作为国有企业，这么做也就做了，现在企业已被私人收购，这实际上是从钱嘉良私人口袋里掏这笔钱，如果没有合法性，就很难站住脚。

更让宫维健感到难过的是，京宁投资收购凤凰家化后，企业文化也发生了变化。企业需要文化积淀，这是一个长期过程。为此，宫维健要求公司加强文化熏陶，走廊里要挂名画，这样可以影响员工，但京宁风行的就是KPI文化，需要的是绩效，挂几幅名画岂能给企业带来绩效？

京宁投资与凤凰家化之间的矛盾逐渐显现，一些好事的记者向京宁公关部询问相关情况，钱嘉良让公关部起草了一个声明。

> 自京宁投资凤凰家化以来，京宁与凤凰之间一直保持以互相尊重、互相理解、互相支持的方式处理各种问题。京宁认同以宫维健董事长为核心的凤凰管理团队，并感谢凤凰管理团队为公司目前快速发展所做出的贡献。
> 未来，京宁会继续支持凤凰管理团队围绕主业做大做优，为凤凰创造更大的价值。

在对宫维健关系的处理上，钱嘉良不愧是一个高手。私下里，他对宫维健表现得非常尊重；声明也写得冠冕堂皇，挑不出毛病来。但双方的矛盾分明已产生，且日益扩大、严重化。看着这份声明，宫维健感觉到无懈可击的同时，也感到后背一阵阵凉意。

这时，他才真正理解自己早已不是老板，也开始后悔当初的选择，更对J市出售这样一个效益良好的国有企业感到难过。

3

柳春富分管农村工作，到任后马不停蹄跑遍了W市六个县。在调研中发现，当年省里下大力气推进的社会主义新农村建设，使农村面貌大有改观，比如现在村子里大多是水泥道路，道路旁有统一制作的垃圾箱，让农村的交通、卫生条件大为改善。但他也注意到，这些改善只是表面上的，涉及农村的许多深层次问题并没有彻底解决。

农民对土地有一种特别的感情，土地曾经就是他们的命。进入二十世纪七十年代末,"包产到户、自负盈亏"的联产承包责任制,把农民的责、权、利紧密结合起来,在一定程度上提高了农民的生产积极性,解放了农村生产力。但几十年过去了,中国社会发生了深刻变化,特别是社会人员可以正常流动,许多年轻人不再留恋祖辈几千年以来赖以生存的土地,纷纷跑到城里打工,有的干脆在城里买房置业安下了家,使得农村年轻劳动力大为减少,不少家庭的土地只得由老人耕种,有的良田干脆就抛荒了。在这样的情况下,调整完善土地使用政策成为一个很现实的问题。

看着不少被荒废的土地和日益落寞的乡村,柳春富心里隐隐作痛,他迫切希望能够探寻到一条能够改善农村现状的有效路径。

经过反复考虑,柳春富脑子里渐渐形成了解决方案。他觉得上任后的第一个动作非同小可,为慎重起见,他先找到自己比较熟悉,又同样是空降干部的市委书记段长风,汇报自己的想法。

"长风书记,我觉得咱们市农村经过四十多年的变迁,已经发生了根本变化,当年实行的联产承包责任制政策,应该进行调整完善了。"

段长风看了看柳春富,摁了摁他的肩膀,示意他坐下,然后递上一根烟:"来一根?"

柳春富摆摆手。

段长风自己点了一根烟,笑着说:"说说你的具体想法。"

柳春富汇报了自己上任后在农村调研的情况和想法,说:"过去农民要依靠分给他的一亩三分地吃饭过活,种不好地就可能没饭吃,所以心思都集中在土地上,对土地的依附性很强。现在情况完全不一样了,农民种地基本上是投入不小,产出不大,依靠每家每户那点土地赚钱可谓难上加难,所以部分农户宁可出去打工,也不愿意种地。这是一些农民庄稼地抛荒的主要原因。"

段长风把香烟点着吸了一口后,便一直放在烟缸上。听罢柳春富的汇报,他才把香烟拿起来吸了一口,看着自己吹出的烟圈逐渐散开，又猛吸一口，吐出后一个烟圈，说："嗯，你继续说，有什么具体想法？"

"我考虑市政府是否可以出台一个政策，优化土地资源配置，适度发展规模农业，把分散的土地集中起来，形成规模效应，让愿意种庄稼的人来经营。"

"经营？"段长风问。

"是的，是经营。"柳春富坚定地点点头，继续说，"国外粮食之所以相对价格便宜，主要是因为历史原因让农场主拥有大量土地……"

"什么历史原因？"段长风问。

"这个原因就复杂了，比如当年白人通过屠杀土著掠夺大量土地……"

"哦。"段长风说，"这个我知道，当年欧洲殖民者乘坐'五月花号'船抵达北美大陆，就是通过血腥屠杀当地印第安人掠夺了大量土地。"

"是的。"柳春富喝了一口水，又把话题拉回现实，"农业机械化作业、未来的数字化管理，前提条件是必须具有一定的规模。所以，我们可以考虑在保持土地承包关系不变的基础上，不改变土地用途、不违背承包农户意愿、不损害农民权益，通过聚零为整、小田变大田的方式，引导农户把原先零散土地相对集中起来。"

"你想没想过，农业、农村、农民问题，历来都是看似简单，实则非常复杂。这里面有三个基本问题：其一，农民是否愿意？农民能否100%愿意？有一户不愿意就很难推动；其二，其中涉及土地置换，土地肥沃程度不一样，如何让农民觉得是公平交易？其三，小田变成大田后，交给谁种这个问题有无法理依据？"段长风掰着手指说。

"这个我考虑过，到时首先要做好思想发动工作，讲清这样做的好处，同时，在充分征求群众意愿的基础上，选择基础设施较好，群众积极性高的村组先行试点，然后由点到面推进……"柳春富显得很有信心。

"我不反对你的想法，而且我可以坦率地告诉你，类似的想法我也曾经有过，之所以一直不敢推进，除了上面三个矛盾之外，还有一个更重要的问题，你想过没有？"段长风一脸严肃地问。

"您是说涉及突破联产承包责任制这项政策？"柳春富问。

对于柳春富的回答，段长风未置可否，却说："你有决心推动这项工作，很好，不妨先试一下，如果行，全市推；如果不行，及时收手。"稍事停顿，段长风下了很大决心似的说，"但有一条，就算试点成功，也要有计划、按步骤推进，绝不能搞一刀切。"

"这个自然。"柳春富长舒了一口气。

"你先拿出具体方案，详细地给曹方林市长汇报一下，然后再上会研究。"段长风说，"你年轻，有干劲，好！保持下去！"两人握了握手。

4

柳春富离开省城走马上任时，周宇正陪着秦毓常到北京开会。等回J市，得知柳春富已前往W市，心里曾因为没有为他送行有点内疚，后来才知道，柳春富当时不辞而别，钱嘉良、沙刚、韩子霁他们也没有给他送行。

知道这一情况后，周宇不再内疚，只觉得好歹同学一场，又同在一个办公室待过，这种缘分很难得，他柳春富不打招呼就迫不及待去上任，也太不把同学感情当回事了。

周宇反反复复地想着，忽然觉得自己很无聊也很无趣。为什么想那么多？无非是柳春富当副市长了，成了他们这届研究生中的佼佼者。

从走进省委大院那一刻起，周宇曾多次设想自己今后的发展。但他对自己的仕途并不特别看好。这不是过于悲观，也不是甘于平庸，而是他对自己有一个比较清醒的评估。

说到底，周宇是一个读书人。读书人的最高境界，莫过于北宋大家张载概括的四句话："为天地立心，为生民立命，为往圣继绝学，为万世开太平。"可惜，知易行难，明白这个道理是一回事，真正能付诸行动又是另一回事。天下哪个读书人起初不是胸有大志，可惜"早岁那知世事艰，中原北望气如山"，岁月无情地将人的棱角磨平，曾经意气风发的少年，终将"泯然众人矣"。

周宇曾经试着与当年同宿舍的三位同学作过比较。与柳春富相比，不如他功利现实，自己过于理想主义；与钱嘉良相比，不如他世故精明，自己过于忠厚实诚；与沙刚相比，不如他果敢干练，自己过于患得患失。当然，周宇并非妄自菲薄之人，他知道，之所以能够反思自己并正确评估自己，说明有自知之明，而这或许恰恰是自己优于其他三人之处。

人的命运并非完全能由自己把握，在省委组织部工作多年，因为一篇小文章峰回路转、柳暗花明，这纯属小概率事件，今后的发展，不可能再次指望发生这样的好事。平常人、寻常命，自己混到现在，没有好到哪里，但也没有差到哪里，正应了那句歇后语：络腮胡子相面——比上不足、比下有余。

这么想着，周宇心里平静了许多，对柳春富的埋怨也变成了理解，自言自语道：春富不容易啊！然后拨通了柳春富的电话，故意压低嗓门，问："柳市长在吗？"

柳春富立即听出了周宇的声音，说："'领导'你搞什么搞？你一喘气我就听出来了！"

周宇哈哈大笑："哎呀，柳市长明察秋毫，没人能忽悠你啊！"

柳春富没有接他的话茬儿，而是主动检讨说："前阵子W市洪灾，怕报到晚了被动，就先过来了，没来得及和你们打个招呼……"

"我们都知道你毫无保留，非常坦诚，了不起啊！一去就当英雄了。"周宇半开玩笑半认真地说。

"哪是什么英雄？不做狗熊就烧高香了。"柳春富知道周宇在调侃他。

"柳市长太低调，这样少了一点市领导的气魄啊！"周宇故意说。

"不是低调，是无法高调。"柳春富说，"领导什么时候来 W 市视察，提前通知啊！"

"哈哈！那到时必须突然袭击，突击检查。"周宇笑着说，"不多打扰柳市长了，否则外面等着给你汇报工作的人要排长队了。下次回 J 市提前说一声，我们给你补送个行。"

周宇刚放下座机，手机就响了起来，是秦毓常："明天的早餐会安排好了吗？方案拿过来我看一下。"

早餐会就是利用早餐时间，一边用餐一边进行交流的会议，西方经济发达国家比较流行的这一做法，近年来也被政府部门某些领导"引进"，据说是因为早餐会与其他会议相比，气氛格外轻松活泼，更有利于激发人的创造性思维，同时还有利于提高效率，减少大吃大喝。

这次早餐会的主题是打造政企对接的跨领域良性生态圈，根据秦毓常的要求，邀请了六家国企、六家民企领导。周宇颇为惊讶的是，杨震东、钱嘉良竟然也在受邀之列。

省委副书记召开企业家参加的早餐会，大家都觉得很新鲜。由于 G 省版图呈南北长、东西窄的长条状，省城 J 市的地理位置偏南，为了准时出席，有的参会者凌晨四点便乘车出发，甚至有的提前一天赶到省城。

早餐会安排在紫霞山东麓的东郊宾馆。紫霞山风景区占地二十多平方公里，是首批国家森林公园，被称为"J市绿肺"。早晨五点半，周宇陪着秦毓常来到东郊宾馆。停好车后，秦毓常让工作人员打开通往森林公园的侧门，拒绝了东郊集团董事长等一拨人的陪同，带着周宇开始散步。

身着运动服的秦毓常神闲气定，心情极佳。周宇不知道今天秦毓常会过来散步，没有准备运动衣，穿的又是皮鞋，走在山路上特别费劲。秦毓常的步速很快，不一会儿，跟在后边的周宇便气喘吁吁，汗流浃背。

"怎么样？跟不上了？"秦毓常回过头问。

周宇不好意思地说："您的步速有点快。"

"哈哈！"秦毓常大笑，有点得意地说，"不是我快，是你慢了。"又问，"你今年不到四十吧？"

"我今年四十一了。"周宇说。

"我四十一岁时，任经贸委主任了……"秦毓常说。

"哪能与您比，像您这样的领导毕竟是凤毛麟角。"周宇说的是实话，秦毓常在仕途上起步早、能力强，当年是公认的政治明星。这些年虽然升迁速度慢了下来，但官至省委副书记，也已经是寥若晨星。

秦毓常无论从外表，还是此时矫健的步伐，都看不出是五十八九岁的年纪。他边走边问："过来以后工作怎么样啊？"

"很好。到大机关，到您身边工作，学到了很多东西。"周宇如实回答。

"是啊，社会是一个大课堂，会有很多课本上学不到的东西。"秦毓常说道，"到高级机关工作，关键是要有悟性。有很多东西，要靠自己悟。"

"是的，是的。"周宇"悟"着秦毓常这句话的意思。

"社会是一个万花筒，五光十色，精彩纷呈，我们的思维不能太单一，更不能僵化。"秦毓常兴致勃勃地说着，抬起手腕看了一下表:"时间不早了,我们往回走吧。"看到周宇的手腕是空的,他摘下自己的手表说:"男人得有块像样的表,既能掌握时间,也能撑撑场面。"

周宇看着眼前这块价格不菲的帝舵王子运动表,一时不知如何是好。一般是下属给领导送东西,今天怎么领导给下属送东西了?

"这么贵重的表……"周宇迟疑着。

"这就贵重了?"秦毓常哈哈大笑,说,"拿着吧,不贵。"

周宇知道,领导有心送下属的东西,如果下属执意不收那就难堪了。他显得非常高兴地说:"谢谢书记!"

"这有什么可谢的!"

正说着,已回到东郊宾馆,秦毓常接过服务员递上的毛巾,擦了一把汗后来到宾馆二楼紫霞厅。

大家早已等候在那里。

秦毓常神采奕奕地与每一位企业家握手,或是拍拍他们的肩膀,或是说出他们的名字并简单聊上一两句。

秦毓常坐到自己的座位后,看了一眼面前摆好的早餐,说:"中国人习惯晚上聚餐,那样容易胡吃海喝。一日之计在于晨,我们今天采取早餐会的方式,主要是想在一天精神状态最好的时候与大家共进早餐,一起聊聊打造政企对接的跨领域良性生态圈的问题。希望大家不要拘束,畅所欲言,就当是朋友聊天。"

虽然秦毓常让大家不要拘束,可越是这么说,大家越是放不开,而是你看看我、我看看你,都不想首先发言。杨震东眼看着要出现冷场,便率先发言。

"书记早上好!我先抛个砖。我认为,早餐会这种形式非常好,大家可以放松地谈自己的想法。"杨震东解开了西装扣子,继续说,"我来自方圆,它以前是紫金大学的校办企业,这些年虽然有了很大发展,但由于受资金、体制等因素影响,目前发展受到很大限制。另外,我们背后的紫金大学有不少很有价值的科研成果束之高阁，我们感到非常可惜也非常着急，希望省市能多给予我们政策和资金支持……"

"震东同志讲得很好，后面大家都放开点。"秦毓常点点头，放下茶杯说，"大家西装革履，太正式了！这也怪我们通知时没讲清楚。这样，大家把领带摘掉吧，放松一点。"

秦毓常的话得到大家积极响应，纷纷取下领带，有的干脆脱掉外套搭到后面的椅背上，会场气氛开始活跃起来，纷纷示意服务员把话筒给自己。

钱嘉良始终没有讲话，早餐会结束后，杨震东带着他走到秦毓常面前，介绍说："秦书记，这就是钱嘉良。"

"哦，哦。"秦毓常和他握了一下手，说，"好。"

5

周宇接到黄佳宁电话时，正在与研究室沟通秦毓常讲话的几个细节。

很久没有与小黄联系，忽然接到她电话，周宇有点莫名的紧张和激动。两人寒暄几句后，周宇问："找我有事吗？"

"你这人咋这么没趣，老同事没事就不可以聊几句？"小黄说。

小黄这么一说，倒弄得周宇很难为情。其实，他很想与小黄多聊会儿，但一激动竟不知道该说什么了："这……谁说不可以聊？"

"好啦，你别紧张。这里有你几张稿费汇款单，我今天出来办事，正好给你带过来。"小黄说，"取款要本人身份证，没法代劳，否则我就帮你取出来了。"

放下电话，周宇看了看表，五点三十五分。六点下班，他估摸着小黄六点前肯定会到，就跑到秦毓常办公室转了一下，确定没有别的事情后，把办公桌的文件资料收拾了一下，便等候小黄到来。

下班时间到了，小黄没有来电话。周宇几次拿起电话，想主动问她到哪里了，犹豫片刻还是放下了电话。快到六点半时，小黄的电话终于来了："下班了吧？"

"下班了。"周宇问，"你到楼下了？"

"我在楼上。"小黄笑着说，"省委大院戒备森严，我就不去你那里了。"

"在楼上？"周宇听着有些莫名其妙。

"我在紫鑫大厦的艾利爵士餐厅等你。"小黄说，"快过来吧。"

周宇感到有点蒙，不知道小黄为什么约自己去J市有名的法式餐厅，那家餐厅连续两年蝉联米其林一星餐厅，主打法式菜肴，不仅创意法餐菜品设计精美雅致，餐厅视角还正对着紫霞山、紫霞湖，湖光山色一览无余。

"别磨叽了，快点来吧。"小黄又催促说。

位于紫鑫大厦58楼的艾利爵士餐厅灯光幽暗，偌大的餐厅，竟然只有小黄一人靠窗而坐。服务生把周宇带到小黄面前，轻轻帮他移开椅子，待其落座后转身离开。

桌面上撒着十几片玫瑰花瓣，红色蜡烛上黄色火焰上下蹿动。微弱的烛光中，小黄左臂平放在桌上，右手托着下巴对着周宇微笑。

"怎么找了这么个地方？"整个餐厅静悄悄的，周宇压低嗓门问。

"这地方不好吗？"小黄声音很轻，周宇听起来却是那么响亮。

"当然好。"周宇说，"这有点像地下党接头的地方。"

"你外行了。"小黄笑着说，"如果地下党找这地方接头，紧急情况下就只能束手就擒了。"

"那我是不是也要束手就擒？"

"你想什么好事呢？"小黄笑着掩饰自己的尴尬。

见小黄这么问，周宇反倒有点不好意思了，自我解嘲道："开个玩笑。"

"原本是想去省委大院，但路过这里，突然改变了主意……"

"哦……"周宇说，"这地方也太奢侈了吧？"

"怕买单吗？"小黄说罢，从包里掏出几张汇款单递给他，笑着说，"你这点稿费确实不够买单。"

"不是！不是！"周宇被小黄这么一说，自尊心仿佛受到打击，接过汇款单说，"我的意思是，可以随便找个地方。"

"对呀，就是随便找的地方。"小黄笑道，"我可没有秘书专门安排行程哦。"

周宇见小黄调侃自己，抿着嘴说："我就这点能耐，让黄美女见笑了。"

"哈哈！周大秘别生气啊，丝毫没有贬低的意思。"

这时，服务员走到桌前，问："两位来点什么餐前酒？香槟还是干白？"

小黄看了周宇一眼，问："来杯香槟，还是阿尔萨斯起泡酒？"

周宇嗯了一声，又说："阿尔萨斯起泡酒，可以的。"

服务员给每人各倒上一杯酒，推着小车离开了。

小黄举起杯，与周宇碰了一下，说："不好意思啊，想找个人说说话，就约你了。"

周宇轻轻抿了一小口，浓郁的果香随着酒泡迅速在口中扩散，顿时满口生津，周宇随即又喝了一大口："好酒。"

"那你就多喝点。"小黄举起杯，说，"行家嘛。"

"我也不至于那么土吧？"周宇笑道，"当然，不好与你比。"

"你怎么老是头上长角，不知道让着点女孩子吗？"对面的小黄有点委屈地说。

一会儿，服务员过来收走香槟酒杯，问："来杯什么红酒？"

小黄用征询的眼光看着周宇。

周宇看了看推车上的酒，说："难得一起喝酒，喝痛快点，来个整瓶。"

服务员把小黄指定的红酒打开后,把橡木塞放到一个小盘子里,递给周宇。

周宇接过盘子笑着说:"白酒还行,红酒我是外行,你鉴定一下吧。"说罢,把装有橡木塞的盘子递给了小黄。

小黄也不客气,拿起橡木塞凑近鼻子闻了闻,说:"这款酒还行。"

餐厅服务员服务很周到,每道菜品上来之前,都介绍一番。等到准备上牛排时,服务员问:"请问两位要几分熟?"

小黄告诉服务员,自己要五分熟,又问周宇:"你呢?"

"我要七分熟。"周宇说罢,示意服务员倒酒,举杯与小黄碰了一下。

"怎么不问我今天为什么请你吃饭?"小黄晃着酒杯问。

"你不想说,问了也没用;你想说,总会告诉我。"周宇笑笑。

"你这人真没趣。"小黄有点失望地说。

"不是不想知道,是不想勉强你,不想让你为难……"周宇换了一种语气。

"这还差不多。"小黄笑着说,"看来,你不是不解风情。"

"为什么请我吃饭?离开组织部这么久了,不会到现在才想起来给我送行吧?"周宇问。

"你没那么重要。"小黄故意说,"今天是我生日。想找位老朋友聊聊,突然就想到了你……"

"啊?!"周宇有点惊讶地问,"真是你生日?该告诉我一下,起码给你准备个蛋糕。"

"不用。其实我以前不过生日,过一个生日就老一岁。"小黄呢喃着,"不过这次有点不一样,是我三十岁前的最后一个生日了……"

周宇忽然发现,小黄竟然噙着眼泪,一时又不知该如何安慰她，便举起杯："祝你生日快乐！"

"谢谢！"小黄举起杯，与周宇碰了一下，说，"其实，我早就知道你了……"

"沙刚说起我？"

"看来你真不记得了。"

"记得什么？"周宇有点奇怪。

"说来话长……"小黄欲言又止，停顿了一下，说，"对了，我曾经在杂志上看到一篇文章，觉得很好，便把这篇文章剪了下来，压在台板下，有一次正好沙刚看到，说作者就是他的同学……"

"这么巧？哪篇文章？"周宇问。

"谈人生、谈爱情的一篇文章。"小黄放下酒杯，"我记得里面有一句话：'爱只是在爱的人心里，而不是在被爱人的心里。'还有一句：'爱是孤独的，但孤独不是爱。'当时觉得好有哲理。"

"哈哈，以前我也不知道什么是真正的爱情。"周宇想起当年与韩子霁爱得死去活来的情景，苦笑着说，"纯属'为赋新词强说愁'。"

"但你在有意无意之间，打动了别人……"小黄羞涩地看着周宇。

周宇看着眼前的小黄，想起了与韩子霁一起时的花前月下、山盟海誓，他清醒地知道，爱情是美好的，但爱情的尽头却是个未知数。研究生毕业前的那天晚上，他与韩子霁缠绵在一起，曾经以为那刻骨铭心的一夜将是美好人生的开始，但韩子霁回到北京后，态度逐渐变得冷淡，两人终于走到爱情的尽头……

周宇从苦涩的记忆中回到现实，举杯对小黄说："谢谢你……"

"今天约你，是让你陪伴孤独的我。所以，应该是我谢谢你！"

"不过，今天约你，还有一件事。"小黄思考片刻，接着说，"我考虑再三，觉得应该和你说一下。"

"哦？什么事？"周宇讶异地问。

"本来，你们同学之间的事，我不应该掺和进来，但既然知道一些情况，我想还是给你提个醒。你身在官场，他们生意上的事应该由他们自己处理……"

"哦？"周宇诧异地瞪大双眼。

"别这么大惊小怪。"小黄轻松一笑，"也没那么恐怖，只是提个醒。"

周宇听出小黄话中有话，便盯着她，想听她继续说下去。但小黄嫣然一笑，说："继续喝酒。"

这时，餐厅突然响起《生日快乐歌》，一位女服务员手上捧着一个插着蜡烛的蛋糕，另一位服务员手拿一束鲜花走了过来。前面引导的服务员微笑着说："生日快乐！"又说，"刚才偶然听到你们说生日，我们临时准备的……"

小黄惊喜地站起身，说："谢谢！谢谢！"

周宇感叹地说："高级餐厅就是不一样，这么温馨的服务……"

服务员非常机灵，把鲜花交给周宇："这么美好的夜晚，这位男士应该给眼前漂亮的小姐一个拥抱吧？"然后离开，回到服务台。

周宇有点不好意思地看了小黄一眼，见小黄正脉脉含情地看着自己，便壮起胆，上前一步给了小黄一个拥抱，贴着她的耳朵轻声说："这是我平生第一次在这么浪漫的地方，与一位美女共进晚餐。"

"Me too."小黄认真地说，"我也是第一次在这么浪漫的地方，与一位男士共进晚餐。"停顿了一下，又说，"你是我欣赏的朋友……"

第七章　曲径通幽

1

J市的四月，虽然还是初夏时节，天气却已开始热起来。

一个难得的空闲周末，周宇起床后，一个人径自从省委招待所出门，沿着紫霞湖快走一圈，来到清朗山下时已是大汗淋漓。清朗山原名覆舟山，位于紫霞湖南侧，因形似一艘倾覆的行船，古人称其为覆舟山。后来，无论是官方还是民间，都觉得此山名字不吉利，便改为清朗山。

在J市的众多山峦中，一百多米高、周长两千米的清朗山，只能算是地面上微微隆起的一个绿色土包，但由于山中有寺，山顶有塔，山后有湖、山畔有城，清朗山从唐宋时期就成为远近闻名的景点，清朗寺也因此香火旺盛。

清朗寺香火旺盛还有一个原因，是山顶有一座据说下面埋有唐代高僧玄奘顶骨的三藏塔。当年，玄奘只身西行求法，往返十七年，旅程五万余里，在那个交通不便、环境恶劣的年代，玄奘的壮举堪称世界文化史上的奇迹。吴承恩的《西游记》更让玄奘成为中国家喻户晓的人物，这也让清朗山成为众多僧侣和文学爱好者心中的圣地。

周宇抬头看了一下腕表——秦毓常送他这块腕表后，他一直戴着。他知道，这是一个政治礼物，戴不戴这块表，表明了对秦毓常的一种态度。

见时间还早，周宇心想，既然走到这里，何不到山上看看？于是，随着熙熙攘攘的游客往山上走去。蜿蜒的山路让通往山顶本来并不长的路线多了几分曲折，也多了几分想象空间。让他不禁想起唐人常建的一首诗："清晨入古寺，初日照高林。曲径通幽处，禅房花木深。"最初知道这首诗，是因为老电影《黑三角》的一句台词，那是特务接头时的暗语。一个特务说"曲径通幽处"，另一个特务回答"禅房花木深"，后来才知道原来暗语出自唐诗。周宇想，换任何一个熟悉这首诗的人，都能接上后面这句，用这两句作接头暗语，特务的智商显然不是很高，否则就不会么快被公安人员抓住了。编剧这样设置情节时估计是一拍脑袋，也不想想这首诗的影响力和接头暗号的安全性。这样没边没际地想着，周宇不禁莞尔一笑，但诗句白描式手法展现的场景，与此时眼前的情景也太相像了。

寺院门口高处的石头上，立着一座僧人塑像。一个身材并不是十分高大的僧人身背经笈，目视前方，脸上露出坚毅的神情。周宇曾在一本书中看到过《玄奘负笈图》，眼前的雕塑与图中并无二致，不消说，这就是玄奘的塑像。仰望玄奘，他情不自禁地深深躬了一躬。

忽然，周宇发现了寺门外有几个熟悉的身影，竟然是秦毓常、杨震东和钱嘉良。他没想到会在这里碰到秦毓常，更没想到钱嘉良也陪着秦毓常。

"他们生意上的事应该由他们自己处理……"周宇想起此前小黄在艾利爵士餐厅的话，当时并不理解那番话的含义，想问她，但话到嘴边又觉得不妥。现在见到眼前的情景，他似乎有了些许开悟。

正犹豫着是和他们打个招呼，还是趁他们没有看到自己赶紧避开，不料杨震东已经看见了他，并招呼道："这么巧啊？"

周宇见状，只得马上回应道："真巧啊！"又对秦毓常打了个招呼，"秦书记早上好！"然后再朝钱嘉良笑笑，算是打过招呼。

秦毓常微笑着点点头。他身边有一身着长裙的女子，四十来岁，中等身高，长相俊美，端庄娴静，看上去有些面熟，却一时想不起来在哪里见过。周宇在脑子里迅速搜索着，女子先开口说道："是小周吧？"

周宇懵懂地点点头，不知如何称呼对方。正为难时，钱嘉良介绍道："这是南宫阿姨。"周宇瞬间想起，眼前这位气度不凡的女子，就是省电视台收视率极高的《社会与市民》节目主持人南宫玉霞。看到她与秦毓常对视时眼神中流露的柔情，周宇大致明白了是怎么回事。面对与自己年龄相仿的南宫，他开不了口叫"阿姨"，便弯了一下腰，躬身叫了声："南宫老师好！"

秦毓常始终微笑着。

周宇有点进退两难，他不知道是离开他们好，还是与他们一起进寺院好。秦毓常似乎看出了周宇矛盾的心理，说："既然碰到了，就一起转转吧。"他这才缓过神，随他们一道跨过寺院高高的门槛。

住持早就在院子里等候，见秦毓常一行走进来，立即走上前，双手合十，说："各位施主，早上好！"然后口念"阿弥陀佛"，将他们带进大殿。

周宇与钱嘉良走在最后。他很好奇，平时一脸严肃的秦毓常，怎么会一大早跑到寺院，抑或与自己一样，只是临时起意随便转转？周宇想了想，立即否定了这种可能。几个人一起到这里，不可能是临时起意，而是事先约好。那来干什么呢？莫非与众香客一样，也是来求神拜佛？他还觉得好奇的是，钱嘉良是什么时候开始与秦毓常走得这么近的？想开口询问钱嘉良，转念一想问了也白问，钱嘉良不可能告诉自己，何况就算自己弄清楚了，又有什么意义呢？遂作罢。

当然，让他好奇的，还有秦毓常身边的南宫玉霞。她与秦毓常是什么关系？难道是情人？果真是这样，那秦毓常也太大胆了，堂堂一位省委副书记，有多少双眼睛盯着他，他竟然敢……

钱嘉良似乎看出了他的好奇，说："别乱想了，没什么问题。"

周宇听罢停下脚步，不解地看着钱嘉良。他记得秦毓常是有妻室的人，此前还听他说妻子生病住院的事，难道他妻子已经去世？什么时候去世的？如果糟糠之妻去世不久就娶回一位年轻漂亮的女主持人，秦毓常的速度是不是太快了？他们怎么认识的？脑子里一连串的问号好像困住了他的双脚，不知不觉间放慢了速度，钱嘉良也停下脚步看看他，笑了笑，说："走吧。"便不再言语。

周宇默默地向前走着，心里不免有点郁闷。自己天天与秦毓常在一起，自己对他的事竟然一无所知，这说明，自己与秦毓常的关系，远不及钱嘉良他们。

"唉！这秘书当的……"周宇非常感慨。

2

翠屏山位于J市东北方向，东毗大学城，西临古城墙，地理位置极佳。二十世纪九十年代初，翠屏山及周边土地率先退耕还林，一些工厂、居民陆续迁出，经过二十多年的努力，这里已成为远近闻名的旅游胜地。

方圆公司董事长成建新的办公室就坐落在风景如画的翠屏山景区。本来，这里辟为旅游景区，方圆公司也在拆迁之列，为此，J市有关部门多次上门与方圆公司交涉，甚至还作为提案提交人代会。但紫金大学是部属大学，不在J市管辖范围，所以J市奈何不得。由此一些本来同意搬迁的居民出现反弹，J市政府压力很大，经过再三沟通，与方圆公司达成一致意见：位于翠屏山的方圆公司总部从景区迁出，八层高的办公室拆除，重建为三层高的紫金大学创新实践基地，建筑面积相应缩小，屋顶采用绿色琉璃瓦封顶，与周边树林融为一体，这样既不影响景区环境，也为大学专家提供一个好的创新实践基地。

方圆公司是紫金大学为加速科技成果产业化成立的全校第一家综合性校办企业，这些年来，成建新一手把这个名不见经传的校办厂发展成在全国有影响的企业集团，每年为大学带来数亿元的效益。加上成建新本人又是全国著名的信息技术专家，其牵头研发的WK-OHG1112数据链获得全国科技重大奖项，这无疑是他在方圆公司的又一大功勋，也在紫金大学拥有不可撼动的地位。

在获得一系列荣誉的同时，成建新凭借自身科研实力早早晋升为教授，并被任命兼任信息学院院长。彼时的他信奉正直做人、踏实做事，凭本事和业绩求发展的人生原则。随着职务的升迁和自己对紫金大学多年做的贡献，他的心态慢慢发生了微妙变化。特别是竞聘紫金大学副校长落选并了解其中奥秘后，似乎看破红尘，慢慢感到自己曾经崇尚、追求的理想信念，公平、正义、法纪、道德，不过是欺骗老百姓的美丽谎言。特别是在官场，如果还认为通过奋斗就能获取成功，那简直是太幼稚了。

"开窍"后的成建新，果然如鱼得水。自己手头有大把的钱，这些钱躺在银行账户上，就只是一个数字；放在财务室的保险柜，就是一堆纸；但如果用它来打通人际关系，那它神奇的功能就出现了。校长想获得更高的学术地位，他专程去北京，对几个关键人物打点后，如愿当上了院士；同事想在C刊发论文，他让手下请主编吃了一顿饭，顺便塞给主编一个装着现金的信封，第二个月论文就在醒目位置发表；负责拆迁的工作人员三天两头来骚扰，他把他们的负责人和所在地派出所所长安排在食堂小餐厅，一番推杯换盏、觥筹交错后，负责人当场表态，一定要为大学的创新实践尽绵薄之力……一时间，成建新成为热心肠的好人，也成为有求必应的能人，而他自己，也感到没有自己办不成的事。

成建新的聪明之处还在于，能经常反思自己的言行。他清楚地知道，自己之所以能够要风得风、要雨得雨，说到底是因为掌握大笔资金，也就是财权。当然，他更清楚与财相比，权更重要。于是，他把下一步奋斗的目标定在追求更高职务上。

他的目标，正好与杨震东、钱嘉良的目标形成互补。

杨震东浸淫官场多年，身为秘书的他见到许多官员升职后的踌躇满志，也看到许多官员失意后的落寞凄凉，更目睹一些官员倒台后的绝望痛苦，当然，见得最多的还是那些苦苦努力了一辈子，却只落得个为人作嫁衣的寂寞。他不想重蹈这些人的覆辙，而是另辟蹊径，到企业打拼一番。

钱嘉良有别于成建新和杨震东。他一直做企业，发展也很顺利，但他十分清楚，目前自己充其量也就是一个个体户而已，体量有限，资源有限，发展的后劲也有限。要想做大，势单力薄的自己必须借助各方力量，形成利益共同体，才能干出一番大事业。杨震东的优势在于有广泛的官场人脉，这种人脉恰恰就是最重要的资源。方圆公司有大学的光环，来自上面的监管不像一般国企那么严格，这正好为下一步收购留下了操作空间。

只有这些还不够，还需要有一个通天的关系。韩子霁正好提供了这层关系，她那当副部长的父亲，关键时刻正好可以起到画龙点睛的作用。

3

科技的发展把人们带入了高铁时代，崭新的高铁、飞驰的速度给人带来激情的体验。

J市高铁站里，钱嘉良跟在女服务员后面检完票，穿过候车大厅长廊，乘坐电梯来到地面。走在前面的服务员回头看了钱嘉良一眼，用甜甜的声音说："您在一号车厢，请往这边走。"她打了个手势后，依旧走在前面。

钱嘉良跟在服务员后面，望着长长的列车，觉得很奇怪：既然是商务舱，怎么会安排在一号车厢，让贵宾走这么远的路？

上车后，他想让自己像别的旅客一样躺下来休息会儿，但捣鼓了半天，也没弄好，幸好这时列车服务员走了过来，帮他调节好座位并周到地说："先生，您有什么事随时叫我。"

"好的。"钱嘉良把包放在座位侧面，半躺着说，"谢谢啦！"

韩子霁回北京快一个月了。她在一次例行健康检查时，发现子宫内有一个小囊肿，尽管医生再三告诉她只是一般的妇科病，但她还是很紧张，回北京找到最好的医院住了进去。当她听说要先将囊肿刺破，再用激光烧掉的方式治疗后，原本恐惧的心理进一步加重，后在朋友介绍下，找到有国医大师称号的老中医，目前正在采用宫囊化消贴进行治疗。

女人患上这种病，男士本不方便看望。但钱嘉良知道，越是这个时候，女人的心理越是脆弱，此时看望，恰恰是联络和加深感情的最好时机。

本来，钱嘉良想带上秘书陈珊珊一道进京。但他临时改变主意，随便找了个理由让她退票，去处理别的事情去了。

高铁准时开动，钱嘉良的脑子也开动起来。

凤凰家化收购成功，一切运转正常，股票价格也有所上升。接下来，找一个合适的时机、合适的买主，就可以大把套现了。不过，仅凭通过凤凰家化套现的资金收购方圆公司，资金缺口还很大。下一步，他考虑的是怎样上演一出"蛇吞象"大戏。

这出大戏中，韩子霁是一个重要角色。以她的名义在北京注册一家投资公司——当然，自己与杨震东也是出资人，再通过韩子霁拉几个在北京有头有脸的关系人象征性出资，再进行融资，资金问题就解决了。

仅仅解决资金问题还不够。他设想，韩子霁在中关村再注册一家科技公司，在此后收购或重组方圆的过程中，"北京背景"将会发挥重要作用。当然，空壳科技公司参与重组的说服力不强。在这之前，科技公司还要在北京找一家公司勾兑，变成一家真正的实体公司。

列车速度在加快，钱嘉良设计的蓝图也正一步步靠近。

……

不知什么时候，韩子霁也上了高铁，竟然与他是同一个座位。

列车员蒙了，从来没有碰到过车票出错的情况，特别是商务座。钱嘉良很绅士地站起身，让座给韩子霁，但她死活不肯，最后两人达成妥协，坐同一个座位。

列车员如释重负，连声致谢。

韩子霁坐在他腿上，剥了一个香蕉顺手放到他的嘴边。钱嘉良有点不好意思地环视四周，发现周围与他们一样，同一个座位上都坐着一男一女，有几对正亲热着。钱嘉良顿时觉得一阵轻松，他咬下一大口香蕉，又吐出一小截往韩子霁嘴里塞。

韩子霁娇羞地张开嘴。

他乘机把她搂进怀抱，肆无忌惮地扯开她的衣服……

"不要嘛，"韩子霁半推半就地挣扎着，"马上就到北京了……"

"先生，北京站到了。"耳边传来一个女性的声音，是列车服务员。

钱嘉良吓了一跳，慌忙坐起来，揉了揉眼睛，有点尴尬地低头看了一眼，说："怎么这么快？"

列车服务员礼貌地笑了笑："列车准点，先生。"

车厢里播放着那首叫《大梦》的歌曲：

> 我已二十八 处了个对象
> 与哥哥姐姐们 相遇在街上
> 于是……

钱嘉良有点难为情地笑笑:"谢谢!"然后拎起包离开座位。列车员帮他把座位恢复了原状。

韩子霁一人在家里,当她听到敲门声,发现站在门口的是钱嘉良,有点诧异:"你怎么来了?"

钱嘉良故意问:"我怎么就不能来?"然后笑笑说,"想你了!知道你生病,专门来看看你。"

韩子霁离婚后,身边并不缺少追求者,有的男士也曾让她动过心,但相处一段时间后便觉得乏味,到底是什么原因她也说不清楚。后来,她干脆关闭了心灵的那扇门,偶尔需要刺激时,干脆约上几个好姐妹,到夜店放纵一下自己。

面对到访的钱嘉良,韩子霁显然被感动了,说:"难得你这么有心。"说完,从茶几上的果盘里拿起一个香蕉,剥开皮递给他。

钱嘉良突然想起刚才在高铁上梦中的情景,不禁失声大笑起来。

韩子霁被他笑得一头雾水:"什么事这么开心?"

钱嘉良更是禁不住笑弯了腰。想把刚才在高铁上梦里的情景告诉她,又觉得不妥,便说:"看你现在状态很好,开心。"

"神经!"韩子霁用狐疑的眼光瞟了他一眼,"不会吧?是不是使什么坏了?"

"没有!没有!"钱嘉良赶忙否认,然后说,"这次过来,也是想商量点事。"说罢,把自己的想法告诉了她,但他尽量把利用韩子霁父亲那层关系的部分说得轻描淡写。

韩子霁看了钱嘉良一眼,说:"我前些时候想了很多,真的不想干了,想提前退休,到世界各地走走。"

"那不行！"钱嘉良有点急了，"我们的事业才刚开始。"

"真的不想干了。"韩子霁流露出一丝伤感，"人活着真没什么意思，幸亏这次不是恶性肿瘤，否则……"

"你这么年轻怎么会有肿瘤？好日子才刚刚开始。"钱嘉良鼓励她说。

"什么时候也学会安慰人了？"韩子霁话中并无责备之意，相反，倒是透出几分感激。人在生病时最孤独，想法也最单纯，"还是健健康康好，钱多钱少也就那么回事。如果这次检查出来是恶性……"

"别乱讲！"钱嘉良赶紧打断她的话，"能想点好事吗？"

"唉！之前从没想过这么多，这段时间想了很多，包括父母他们，一辈子辛辛苦苦，看似风光无限，退下来以后还不是平民一个？"

"他不是还担任协会秘书长吗！"钱嘉良说，"就算退下来，毕竟也是高官退休。"钱嘉良停了一下，看看韩子霁，见她眼里噙着泪水，便从茶几上抽出两张纸巾递给她，问，"治疗得怎么样了？"说完朝她身上看看。

韩子霁接过纸巾，有点不好意思地说："找了位老中医，效果挺好。"

"那就好。"钱嘉良说，"我咨询过医生，这种毛病很平常，容易治疗，也不影响生育……"

"真是个细心人，还想到了生育。"韩子霁话中带点讽刺地说，"你可以到妇联工作了。"

"当妇女主任？"钱嘉良哈哈大笑，他又想起刚才高铁上的梦，拿起一个香蕉剥好直接送到韩子霁嘴边。

她有点不好意思地接过香蕉，问："到底笑什么？"

"你一定要追问，那我就只能如实相告了……"钱嘉良一脸坏笑。他望着眼前的韩子霁，素颜朝天，略显消瘦，但娇红的脸庞和难以掩饰的傲气，让他不觉有了几分冲动。他故意把梦中的情景添油加醋地描述了一番，又指指韩子霁手上的香蕉，说："香蕉适合女生用英语读，听起来是'不能啦'，其实是反的……"

韩子霁被他一番话挑逗得面红耳赤，有点恼怒地问："你是不是早就打什么坏主意了？"

"如果当初你不是和周宇……"钱嘉良见状，借机把话题深入一步，说，"说不定我们早就……"

钱嘉良边说边起身坐到韩子霁身边，伸手搂住了她……

4

在清朗寺碰到秦毓常后，周宇与他的关系表面上似乎更进了一步，秦毓常比之前显得和蔼可亲，私人的事情也开始经常交给他去办。

周宇并不觉得秦毓常对自己完全信任，他总觉得自己与他之间有一层隔膜，这层隔膜不仅仅是上下级之间的隔阂，还有一种说不清道不明的陌生感。戴高乐曾经说过，"仆人眼里无伟人"。但在周宇眼里，秦毓常是一位高级干部，有一种与职位相称的威严和神秘感，他知道自己应该摆在什么位置。

陪同秦毓常前往俄罗斯、捷克考察，是周宇第一次出国。为此，他十分兴奋。在莫斯科红场，他们专门拜谒了列宁墓，瞻仰了列宁的遗容。此前，周宇曾观看过电影《列宁在1918》。周宇记得电影里有一段，叙述了十月革命胜利后，白俄势力刺杀列宁的真实事件。电影中列宁身体前倾，左手叉腰，挥动右手的招牌动作让人难忘。一句经典台词也给自己留下了深刻的印象："摆在工人阶级面前的路只有胜利，死亡不属于工人阶级！"但此刻，当年那个曾经叱咤风云的人，已静静躺在这里八九十年了。

秦毓常似乎对瞻仰列宁遗容并不感兴趣，他的脚步挪动得比谁都快。

第三天上午，他们一行赶到捷克。秦毓常一直蹙紧的眉头放松了，心情也明显好了许多。

让周宇没想到的是，在捷克竟然"偶遇"了钱嘉良、杨震东和南宫玉霞。

他知道，这一定是事先安排好的！但是，此前秦毓常和钱嘉良竟然没有告诉他半点信息。

周宇心里多少有点失落，表面上却装得若无其事，对钱嘉良说："真巧啊！"

秦毓常看到他略带夸张的神情，笑了笑，说："难得一次国外相聚。"

布拉格城堡是布拉格的游览胜地之一。

从酒店出发，乘车约莫一小时，便来到著名的布拉格城堡。城堡位于伏尔塔瓦河的丘陵上。公元九世纪时，布拉格的王子率先在伏尔塔瓦河西岸的山上建造了一座城堡。几个世纪以来，经过多次扩建，形成了现在的布拉格城堡建筑群。城堡内有三个庭院、几条古老街巷、画廊、花园，以及著名的圣维特大教堂。

南宫玉霞挽着秦毓常的胳膊漫步在圣维特大教堂前。其他人与他们保持一点距离，或是抬头仰望，或是拍照。

圣维特大教堂是布拉格城堡最重要的地标。这是一座典型的哥特式建筑，远远望去，高耸的塔尖直插云霄。教堂始建于公元929年，当时是一座圆形教堂，公元1060年时扩建为长方形教堂，公元1344年查理四世又下令改建，一直到公元1929年才正式完工，前后经历了一千年，这在世界建筑史上，应该是绝无仅有的。

秦毓常饶有兴致地参观着，时不时招呼杨震东帮他们拍照。杨震东当秘书多年，虽然文字功夫一般，摄影方面倒是了得，曾经在全省摄影比赛中得过奖，并且还是J市摄影家协会理事。

圣维特教堂的彩色玻璃窗极具特点。教堂入口的左侧，色彩明丽的彩色玻璃是布拉格著名画家穆哈的作品。事实上，这座千年历史教堂的所有彩绘玻璃都令人印象深刻。圣坛后方，是纯银打造、装饰华丽的圣约翰·内波穆克之墓。圣约翰是一位反宗教改革者，据说他因不肯告诉国王有关王后的告解内容，被国王派人从查理大桥推下而殉难。

圣维特教堂另一处值得细看的，是圣温塞斯拉斯礼拜堂。这座礼拜堂最大的特点是金碧辉煌，从壁画到圣礼尖塔都有金彩装饰，显得富贵而华丽。布拉格城堡历来是布拉格的政治中心，直到现在仍然是总统办公室与公家机关所在地，故又称"总统府"。六十多年来历届总统办公室均设在堡内。秦毓常虽然贵为省委副书记，但还不到国事访问的级别，无缘成为总统府的座上客。

布拉格城堡一侧是传统民居老街，现被誉为"黄金小道"。从乔治教堂旁边的城堡出口，走过狭长的内街，就到这个人气很旺的旅游景点。这条巷子原本是仆人工匠居住之处，后来因为聚集不少为国王炼金的术士，因而有了"黄金小道"之称。经过上个世纪重新规划，原来的房舍改为小店家，现在每家商店内可看到不同的纪念品和手工艺品。

这条黄金小道之所以闻名于世还有一个重要原因。1916年，被后人称道的捷克著名文学家、而当时还只是一个银行小职员的卡夫卡喜欢这里的环境，租下一间房子作为工作室，在此默默完成了当时不为人知的作品《乡村医生》和《致科学院的报告》。如今，他曾居住过的房屋已成为一家小巧可爱的书店。南宫玉霞对这个书店很感兴趣，专门让杨震东给她单独拍了几张照片，还买了一本《乡村医生》。

著名的旅游城市几乎都有穿城而过的江河，布拉格也不例外。

碧波粼粼的伏尔塔瓦河给布拉格增添了灵气，十几座横跨在河面之上的大桥，让整座城市连成一体。查理大桥是伏尔塔瓦河上修建的第一座桥梁，距今已有六百多年历史。

查理大桥两侧的护栏上，有多达三十尊出自十七至十八世纪著名雕塑家之手的圣者雕像。其中有一尊就是怀抱耶稣受难十字架、手持金棕榈的圣约翰·内波穆克。桥栏中间有一个刻着金色十字架的地方，就是当年圣约翰从桥上被推下的地点。由于至死不肯说出那个与王后偷情的男人，他成了所有出轨女子的守护神。

傍晚时分，秦毓常一行来到佩德辛公园半山腰的一家餐馆。这是钱嘉良他们事先联系好的，一座颇有年代感的别墅，里面摆有餐桌。杨震东招呼其他随行人员进到别墅里用餐，并说"吃好喝好，餐费由我来出"，大家一阵欢呼。

秦毓常、南宫玉霞和杨震东、钱嘉良、周宇坐在室外的餐厅。此处视线极佳，站在餐桌旁，可以俯瞰整个布拉格城。

六点整，山下教堂的钟声准时响起。钟声沉重而又悠远，仿佛从遥远的中世纪传来。

钟声似乎触动了秦毓常，他端起红酒杯，与南宫玉霞碰过杯后，又与其他人一一碰杯，说："难得呼吸一下自由的空气啊！"

周宇听罢，心想，难道秦毓常觉得在国内不自由？他正想着怎么搭话，钱嘉良起身给自己的酒杯倒了大半杯酒，说："我敬书记和阿姨一杯，感谢书记对我的关照，也祝书记和阿姨此行玩得开心。"然后一仰脖子，喝了个底朝天。

秦毓常呷了一口，说："好酒！好酒！嘉良好酒量！"见周宇埋头切着牛排，又说，"小周，你还不知道吧？玉霞是我的合法妻子。"

周宇一怔，他们已经结婚了？

他马上站起身，也往酒杯里添了一点酒，说："我也敬书记和南宫老师一杯，感谢书记让我有机会出国考察。"说完一饮而尽，又转身说，"嘉良，我们叫南宫老师嫂子吧。"

周宇话音刚落，南宫马上接过话说："还是周秘书说得对，叫嫂子好。"

钱嘉良有点不自然地笑笑，说："我叫阿姨是尊称。"

"叫阿姨都把我叫老了。"南宫笑着拽了拽秦毓常的胳膊，问，"你说是不是啊？"

"对！叫嫂子！叫嫂子！"秦毓常笑着说，"叫阿姨生分。"然后，他非常感慨地讲起前妻的事，"以前农村的封建观念很严重啊，我当年大学毕业，在村里也算是一个很风光的人，但拗不过父母，还是娶了当年的农家女……"

"您对她非常好了，她生病那么多年您不离不弃。"杨震东说，"后事也安排得那么风光。"

周宇这才知道，秦毓常的妻子，不，是前妻，已因病去世，他估摸着后事应该是杨震东、钱嘉良操办的。

"怪不得！"他心里感叹了一句。

这时，南宫玉霞扭头望向别处，脸上露出一丝不易察觉的异样。

周宇敏感地观察到这一点，举起杯："嫂子，我敬您一杯。"南宫玉霞漫不经心地举杯碰了一下。

秦毓常也察觉到南宫玉霞的不悦，忙改口说："好！好！好！不说这些了。"脸上泛起幸福的笑容，与南宫玉霞碰了一下杯，说，"难得在异国他乡一起吃顿饭，开心点。"

5

柳春富回家看望父母时，才知道村子改名为春富村了。

走到村口时，柳春富忽然发现一块半露在地面的石头上，刻着"春富村"三个很大的字。他很纳闷，自己老家的村子原来叫"太平村"，什么时候改名为"春富村"了？

车子在家门口停下。柳春富打开车门，老两口突然见到儿子回来了，惊喜之情溢于言表。母亲仔细端详着他，用手摸了一下他的鬓角，心疼地说："儿子当领导操心啊，年纪轻轻就有白头发了。"父亲不语，只是不停地笑。

柳春富从后备厢里拿出一些营养品和水果给父母，又拿出一条香烟拆开。他自己不抽烟，但知道村子里的老人大多抽烟。他先拆了一包烟，给来到他家的邻居一人点上一根，又给那些抽烟的人分发了一包作为见面礼。

村子东头的余德昌与他父亲年龄相仿，原是村里会计，掌握着村里的财政大权，说起来当年也是村里的风云人物。余德昌曾因为贪污问题被村民举报，但后来不了了之，其原因，有的说是因为他上面人脉广，乡长是他的兄弟；也有的说账目出现问题是因为工作粗心，漏记了几笔收入。反正几次举报最后都不了了之。他在村里当了几十年的会计，历任村长都得让他三分。

但是，眼前的余德昌勾着腰，花白稀疏的头发蓬乱而龌龊，全无当年的威风。他接过柳春富的香烟，道谢后说："唉！我们老了，现在是你们年轻人的天下了！"

柳春富听罢觉得有点心酸，也为自己不经常回家看看感到了一丝内疚。

柳春富想给父母一个惊喜，所以事先并没有告诉他们自己回来的事，家里来不及上街买菜，中午饭菜很简单：丝瓜炒毛豆，韭菜炒鸡蛋，蒸茄子，外加扁豆饭，这些都是柳春富从小爱吃的。父母看他吃得津津有味，不停地为他夹菜，一旁的司机忍不住笑了起来。

柳春富有点不好意思地说："抱歉啊，饭菜比较简单。"

司机说："哪里啊！这么新鲜的蔬菜，平时还吃不上呢。"又说，"我是笑，我回家时爸妈也是这样的。"

柳春富看到弟弟春生有点闷闷不乐地扒着饭，知道他是受到冷落了，便放下饭碗，说："春生，家里辛苦你了。"

"家里有什么辛苦的？现在的农活也不像以前你在家时那么苦了，插秧都用上机器。"母亲说的是实话，现在农村确实发生了很大变化。柳春富心里明白，父母一直以自己为自豪，不仅如此，他也是全村父母口中"邻居家的孩子"。只是自己这么多年并没有给家里做什么贡献，甚至家里的老屋翻新，他都没能拿出钱来——不是不想拿，是实在拿不出。

午饭后，柳春富把春生拉到一边，悄悄塞给他一个信封，里面装着五千块钱。

"这些年家里多亏你撑着了。我在外地工作，说起来年纪轻轻就是个厅级干部，其实没多大能耐，家也顾不上。父母年纪大，全仗你了。以后有什么困难，及时打我电话。"

春生默默收下信封，只是点了点头，什么也没有说。

"我知道，你在家里要受点委屈，就当替我受了。"柳春富拍了拍春生的肩膀，说，"侄女到县城读书的事，你及时联系我，有什么问题我帮助协调解决。别的不行，这个事我可以和县里打个招呼。"

春生露出感激的神情，还是默默地点点头。

"对了，村子怎么改名了？"柳春富问。

"哦，还不是你出息了。"春生这才开口说话。

"什么？"柳春富知道这事非同小可，便让春生去找村主任。

正说着，村主任何秀起和村委会一帮人远远走来。

"春富，你回来了？"何秀起朝他热情地挥挥手。

柳春富也朝他们挥挥手，迎上前去，说："正准备去拜访你们。"

"哎呀，哪能劳驾你柳大市长？"何秀起从口袋里掏出一包烟，抽出一根递给他："怎么不事先说一声？"

"就是回趟家，用不着兴师动众。"柳春富本不抽烟，但迟疑了一下，还是接过烟，并凑近何秀起的打火机点上。

何秀起非常高兴，指着几位村委会干部说："晚上赏个光，大家一起喝几杯！"

柳春富知道农村的习惯，这顿饭必须得吃。于是，他爽快地答应道："好，晚上一起吃顿饭。酒，我已经准备好了，W市当地的酒，味道不错，大家一起尝尝。"

晚上酒过三巡，柳春富把话引入正题："村长啊，村子的名字怎么改了，原来的'太平'二字不是很好吗？"

何秀起听罢，说："你是咱们村的骄傲，用你的名字做村名，也是对孩子们的鞭策。"

"不求大富大贵，但求太太平平。"柳春富说，"先辈给村子取的名自有道理，咱不能随便就改了。"

"谁说的？现在就是要发家致富。"何秀起放下筷子，很认真地说，"村子改名是经过乡和县里批准的，可不是我个人决定的。"他给柳春富斟满酒，举起自己的杯子，继续说，"再说，我们也不单单是用你的名字，你知道吗，咱们村明朝有个乡绅，叫余春富，诗文了得，还有一手好字，县里的博物馆还收藏着他的两幅真迹呢。"

"有这事？"柳春富第一次听说。这也难怪，他早早外出读书，那个时候大家对乡贤文化没有什么概念。这几年，随着中央号召乡村振兴，各地纷纷发掘本地乡贤文化，只要沾点边，就会拉到自家来，据说全国有好几个地方都声称是孙悟空的故乡。

"是啊。"何秀起说，"古有余春富，今有柳春富，此乃吾村之幸啊！"他又举起杯。

柳春富听罢，本不想说什么，但他脑子转了一下，觉得还是有些不妥，便说："春富村的'春富'，是余春富的'春富'，而不是柳春富的'春富'，大家不能搞混了。"

村长喝得舌头大了，有点不高兴地说："官大了就会咬文嚼字。"说罢拿起杯子自己喝了下去，"哪个'春富'都是春富，这是村里的集体决定，我懂民主集中制。"

柳春富见状不由得笑了起来，说："对！对！民主集中制，民主集中制！"然后对春生说，"你还不敬村长一杯酒？"他知道自己难得回来一趟，应该借这个机会给春生长长脸，晚上特地拉上他一起吃饭。

柳春富回到家与父母聊到半夜。第二天，就在柳春富上车关上车门一瞬间，春生忽然又打开车门，说："你什么时候带父母到你那里去住几天吧，他们经常唠叨，说要去大城市住几天。"

柳春富只觉得心头一酸。自己太粗心了！之前曾经和父母说过接他们去住些时候，他们每次都说城里没个熟悉的人，住不习惯，他以为父母真的是不愿意去他那儿住呢。

"我知道了。"柳春富下了决心，下次回来，接父母到W市住几天。

到时，当市长的儿子一定好好陪他们四处转转。

第八章 纷乱如麻

1

又是一个双休日。

秦毓常与南宫玉霞虽然都是梅开二度，但并不影响他们像年轻人那样甜甜蜜蜜、恩恩爱爱。都说权力是最好的春药，其实这只是一个比喻。对男人而言，真正的春药其实不是药，而是年轻美貌的女人，她们是甘霖，可以让干涸的沙漠变成绿洲；她们是仙丹，可以让萎靡的男人重获生机。这一点在秦毓常身上可以得到验证。年近六十，岁月不可抗拒地在秦毓常的身心留下痕迹，但自从与南宫结婚后，以前一直潜伏在体内的活力得到激发，令他神清气爽、斗志昂扬。

之前每逢双休日，周宇大多处于待命状态，有时陪秦毓常四处转转，有时也会在省委招待所看看文件材料，偶尔还会找几个人玩几把掼蛋。

现在情况不一样了。秦毓常结婚后，搬回了自己的住处。周宇没有理由再住省委招待所，也回到自己家里。

周宇从琴匣里拿出古琴拨弄起来，多日不练，琴弦已松弛。他打开调音器,发现早就没了电,只好用手机下载了一个调音软件,忙乎了半天,不知道是古琴很久不用出了什么问题,还是调音软件本身就有问题,总觉得七根弦的音不是那么准。折腾了一个多小时,勉强弹了两个曲子,又把琴放回匣中。

想起下午省图书馆有个关于《道德经》的讲座,他赶紧吃了点东西,打车前往。

正准备进入会场,周宇见迎面走来了图书馆馆长钟离期,便打了个招呼。见到周宇来听讲座,钟离馆长非常高兴,连说"稀客!稀客!"并热情邀请他到贵宾室休息。

看了一下表,离讲座还有四十多分钟,周宇便随着钟离期走进贵宾室。专门从北京邀请的国学专家伍子康正在与几个人交谈着,钟离期把周宇介绍给他,还特地说:"周处长对《道德经》颇有研究。"

伍子康热情地伸出手与周宇握在一起,说:"遇到知音了。"

周宇赶忙说:"哪里!哪里!我只是喜欢,一知半解,所以才来聆听您的高见!"又说,"我读过您的随笔《无为而治——老子思想纵横》,深入浅出,触类旁通,受益匪浅。"

伍子康听罢,原本礼节性握在一起的手不由自主地加大了几分力度,露出钦佩的神情,说:"真遇到知音了!"

两人落座,继续寒暄了几句。难得一次与伍子康面对面交流的机会,周宇提出了自己感兴趣的话题:"请教伍老师一个问题,黄老之学常被人称为'君人南面之术',您怎么看?"

伍子康沉吟片刻,说:"人们常说的'黄老之学'与《道德经》是有区别的。《道德经》博大精深,也正因为这样,几千年来人们各取所需,对其解读也是仁者见仁、智者见智。我认为,研究《道德经》,最好还是多花点时间,在认真阅读原著的基础上,系统理解它的思想,避免盲人摸象。回到你这个问题,如果把《道德经》简单地看成黄老之学,并因此称为'南面之术',显然肤浅了。"伍子康停了一下,见周宇听得很认真,继续说道,"我认为老子的思想精髓，在于其'道'，所谓'道法自然'是也。任何从'术'的方面解读其思想，本身就不在同一个层次上，因而是无解的，甚至是南辕北辙。"

"那对常人而言，学习理解需要有一个过程，我们不能苛求每个人都能系统理解其思想吧？"周宇故意问道。

"呵呵，你这是引导我往深里说啊！"伍子康笑笑说，"从历史的视角看，中国政治家的成熟，赖儒学的熏陶而有事业心，赖老学和道家的智慧而有斗争的艺术，这是极具灼见的。但斗争艺术不同于'南面之术'，两者在站位、格局上完全不同。"

周宇点点头，说："毕竟是著名学者，三两句话就说到根子上了，对任何事物的理解，其实都与主体的站位、格局有关。比如对'无为而治'的理解，有人认为是不作为，但在我看来，理解为尊重自然法则、不妄为似乎更为准确……"

"你理解得很深很透啊！"钟离期也露出些许佩服的眼神，说，"想不到周处长对《道德经》研究得如此之深。"

周宇感觉自己说多了，忙说："不好意思，纯属班门弄斧。"然后掏出手机，谦虚地说，"能否与伍老师加个微信，便于以后请教？"

伍子康从包里拿出手机递给周宇，说："我的学生刚刚帮我下载了微信，自己还不太会用，你帮我操作一下吧。"

加过微信后，伍子康又拿出自己的一本新书，签上名后送给他，周宇连忙站起身，双手接过书并连声道谢。

2

男女之事永远说不清道不明。

钱嘉良只身前来看望自己，令韩子霁非常感动，也猝不及防，防线瞬间即被突破。事情过去几天，她感到还没回过神来，这到底是怎么回事？

　　一直以为，自己深爱的是周宇，而且现在也很肯定这一点，这不仅因为周宇是自己的第一个男人，更重要的还在于，周宇那种略带忧郁的气质，让人心生怜悯。周宇自视清高，表面上随和，骨子里却很执拗。有性格的男人总会让女人欲罢不能，尽管她知道自己与周宇已成既往，内心深处的记忆却无法抹去。

　　钱嘉良的突然闯入，让她感到浑身不自在。钱嘉良已是有妻室的人，自己算什么？一个可怜的弃女？一个迷途的蠢妇？抑或是一个放纵的欲女？而男女之事就是这么奇怪，自从毫无防备间与钱嘉良有了那档子事后，她倒是一改病后的颓废，对未来的生活多了几分憧憬。夜深人静时，竟会常常想起那种特殊的感觉。难道这就是神奇的肌肉记忆？

　　康复后，她做的第一件事，是按照钱嘉良的思路，在北京郊区的一个园区注册了一家名为"聚裂变"的投资公司。当然，这家公司的股东除了她自己，还有钱嘉良、杨震东等出资的京宁投资。登记时，工作人员以为公司是搞核电相关的项目，她笑笑说："也许有一天真的会做核电项目。"

　　工作人员无意间的一句话，倒是提醒了她：何不在能源投资上小试牛刀？钱嘉良也觉得是个好主意。韩子霁想起父亲有个叫先觉的朋友是Q省的厅长，Q省是中国能源大省。巧的是，先觉正在中央党校学习。于是，她让钱嘉良赶到北京，共同商量好下一步详细计划后，由她单独去党校找他。

　　此时的先觉，正处在个人发展的关键时刻。党校学习是提拔使用的前奏，往上一步，就是梦寐以求的省部级干部。眼看着梦想就要实现，先觉在兴奋之余也变得非常谨慎。他知道，此时稍有差池就会功亏一篑。

　　韩子霁毕竟是见多识广之人，知道此时先觉的心理，并未直接说出自己的打算，而是很随意地说："先哥在这里学习，很辛苦啊！有什么事您随时和我说，说起来我也是老北京了。"她故意把"老"字加重了语气。

"谢谢韩总！"先觉小心地道谢。

"叫什么韩总啊，太生分了吧？"韩子霁拍了一下他的胳膊，"还是叫妹吧。"

先觉仍很谨慎，笑道："那我太荣幸了。"又说，"现在党校抓得紧，出门吃个饭都不方便，就连接待个客人，都像探监似的……"话刚出口，他马上觉得不妥，连忙改口，"像看病人似的。"话音未落，他更觉不妥，又补了一句，"就是不方便。"

韩子霁微微一笑，说："熬了大半年，好日子马上就到了。"

先觉听出她的话外音，拖长语调说："后面怎么样还很难说……"他看着韩子霁的眼睛，说了半句。

韩子霁知道他是想从自己这里得到某种信息，就装得非常随意地说道："你们省的强副省长快到龄了，……嗯，现在部级干部跨省也很多……"然后递给他一支烟，"来根薄荷型的细支？"

先觉接过烟，说："这是女士烟嘛。"然后自己从口袋里掏出打火机点上，又把打火机移到韩子霁面前。

"医生让我戒烟，其实偶尔抽一根也没多大关系。您说是不是啊？"韩子霁笑着说。

"我的烟龄二十多年了，想戒也没法戒了。"先觉深深地吸了一口，说，"以后就改抽这种烟，过了烟瘾，焦油含量还低，还有，这种薄荷的清凉感也很不错。"

"好，下次来我给你带两条。"韩子霁说，"对了，我现在在搞能源投资，先哥用得上我，尽管吩咐。"

"好。"先觉已没有了最初的戒备心理，他多少猜出韩子霁找他的目的，"子霁妹妹有什么事也请直接说，相信我在Q省还是有几个朋友的。"

后来的发展十分顺利。经过先觉的推荐，聚裂变出资九千万收购了一家煤矿。一年后，Q 省进行能源企业重组，韩子霁他们专门请了北京一家专业资产评估公司，这家煤矿评估价为六亿七千五百万，他们以这个价格卖给了 Q 省能源集团。

韩子霁非常兴奋，提出要乘胜追击，再操作一次，却遭到钱嘉良、杨震东的坚决反对。

"这次成功可谓天时、地利、人和，这样的好事不可复制，投资讲究的是见好就收。"钱嘉良心里非常得意。经过此番操作，他不仅是赚到了钱，还赚到了人，更重要的是，在三个合伙人中，他显然有了更多的控制力。

杨震东也同意他的看法："资源用一次就够了，这样皆大欢喜，且不留尾巴。"

韩子霁见他们一个鼻孔出气，说："好吧，少数服从多数。"

3

快下班时，秦毓常把周宇叫到办公室，问："晚上有什么安排吗？"

"书记，今天的工作都完成了，晚上没有什么安排。"周宇掏出小本子看了看，肯定地说。

"哈哈！不是说工作，我是问你自己晚上有没有饭局？"秦毓常大笑着说，"别光顾工作，也要考虑生活，注意劳逸结合啊！"

周宇恍然大悟，说："我没什么事。"

"那跟我一起走吧，参加我的家宴。"秦毓常锁好保险柜。

秦毓常的新居在 J 市河西卫岗。卫岗实际上就是一个小山岗，因其位于城西，又是拱卫古城的制高点，故而得名河西卫岗。抗日战争期间，国民党军队曾经在这里打过一场阻击战，死过不少人，后来很多年这里就是一个乱石岗。再后来搞房地产开发，周边都是高楼大厦，唯独这里一直没有开发。直到前几年，一个房地产商看上这里地势高，特别合适开发高端别墅，便用较低的价格拍下，专门请来国内著名风水大师，据说大师一到这里，惊讶得半天说不出话，围观的人都觉得奇怪，纷纷询问缘由。后来传出的消息是，大师认为此乃风水宝地，是出圣人的地方。消息一传十，十传百，结果别墅还在建造期间，价格就翻了几倍。

秦毓常的住处位于别墅小区的东南角。这个小区是清一色青砖青瓦、红色廊柱、两上两下的中式别墅，每一户前面都有一个大花园。从地下二楼的车库下车，走进地下室，乘电梯直接上楼。周宇随秦毓常走进来，发现杨震东、钱嘉良、成建新和一个不认识的人正在打牌，每个人边上的小方几都放着厚厚一沓钞票。他们起身打招呼，秦毓常朝他们摆摆手，说："继续玩，继续玩。"又转身对周宇说，"今天不需要你做什么，有兴趣你也玩会儿。"

周宇走到钱嘉良身后，见他握着一手好牌，忍不住说："好手气啊！"

对面成建新马上说："不能暴露情况啊！"

"有这么玄乎吗？"周宇不以为然地说。

"你不知道了吧？打牌有时一个眼神都可以传递信息。"钱嘉良说，"我坐久了，想活动一下，你来打几把。"说罢把牌塞到他手上。

周宇其实也是掼蛋高手，嘴上却说："我牌技不行，输了别怪我啊。"

成建新没有和他打过牌，只当周宇的牌技真不行，安慰说："没关系，都是自己人。"说罢打出了小顺子，然后主动报牌，"还有五张。"

成建新下家是杨震东，他自言自语地说："这个时候还有小顺子？"犹豫了一会儿，还是组成一个顺子压了下去。

此时周宇十五张牌，10到A五大对，加上一个同花顺。抬头看看成建新，分析他不太可能还是顺子，便把从10到A的顺子压下去，然后合起手上的牌，主动报牌："还有十张。"

三人都说不要，周宇再次打出从10到A的顺子，下家见状，马上打出五张K，并后悔地说："打晚了！"杨震东也说："刚才就该打！"

成建新有点失望地看看手上的牌，对周宇说："你打得太猛了。"

周宇并不言语，待下家正想出牌时，周宇说："我还没表态呢。"说罢，亮出了一把同花顺。

大家顿时傻了眼，他们都没想到周宇还握有一个同花顺。

对手已无招架之力，成建新接风，甩出了三拖二。

"你的牌技不错嘛！"成建新推了推金丝边眼镜。

"哪里，钱嘉良的牌太好了。"周宇说。

谁知接下来几把牌，周宇不仅牌很好，打得也出神入化，一会儿便过了A。

"休战！休战！吃过饭再打。"正在这时，南宫跑过来招呼他们到楼上吃饭。

晚上都是家常菜，凉菜四个，分别是拍黄瓜、油爆花生米、炝白虾、萝卜丝拌海蜇；热菜也是四个：红烧羊肉、清蒸白条、丝瓜毛豆、白灼芥兰。炝白虾显然是刚刚做好，透明盖子下，有的虾还在不停地跳动。清蒸白条正冒着热气，也是刚刚起锅。

南宫玉霞完全是一副女主人姿态，指着桌上的菜说："今天大家可要支持我的工作，得多吃点，这桌上大部分菜可是我亲自做的。"

秦毓常举起酒杯，笑着说："怎么，让我们先感谢你？"然后朝她投去温馨一眼，"那好吧，我们就先谢谢你吧！"然后与大家一一碰杯，待大家把第一杯酒喝完，又说，"大家相互都认识吧？我再介绍一下，这位是紫金大学校长、中国工程院院士徐大可。这位是我的秘书周宇。别的人就不用介绍了，大家都认识。"说着又倒了一杯酒，说："今天是家宴，大家随便吃、随便喝，虽然没有酒店那么丰盛和奢华，食材倒还新鲜。"

周宇见其他人都很随便，也少了几分拘束，边吃边互相敬酒。

南宫不停地给大家夹菜，并自我表扬道："我做的菜味道还好吧？"又说，"大家有空经常来做客。"说完，又开始说房子，"我当时买这个房子，托了很多人。"

钱嘉良说："当时您不认识书记，否则就是一句话的事。"

"幸亏不认识！认识了反而不好说话。"秦毓常说，"我现在可是寄人篱下啊！"

"可不是嘛！"南宫笑着说，"指望你买房子，还不知道猴年马月呢。"

"领导身无分文，心忧天下，考虑的可不是哪一家的房子。"杨震东说，"这里住的大多是文化名人或者是大老板，别说书记没有钱，有钱也不一定买得到啊。"

秦毓常点点头，说："就是嘛！"

徐大可似乎也是第一次来这里，半天插不上句话。秦毓常见他有些拘谨，主动举起杯，开玩笑说："徐院士是著名的科学家，与我们这些大老粗一起，是不是无话可说啊？"

"哎呀！书记瞧您说笑，我只是一个教书的，是组织给我机会。"徐大可站起身躬着腰与秦毓常碰了一下杯。

"坐！坐！在家里不要客套。"秦毓常示意他坐下。

成建新举起杯："平时难得与校长一起，我敬您一杯！"

徐大可也举起杯："你可是大学的财神爷，还是我敬你一杯吧。"

正在这时，保姆端上清蒸梭子蟹，每只足有斤余。南宫玉霞介绍说："这是今天上午舟山那边捕捞，傍晚刚送到的。现在正是品尝梭子蟹的季节，大家都要解决掉，可别浪费了。"

周宇见此时的南宫玉霞，完全没有电视里那种高傲和光鲜，就是一个热情、平和的家庭主妇，秦毓常也是满眼的幸福。于是，他举起杯,说:"书记,我敬您和南宫姐一杯!"

钱嘉良马上接过话茬儿,说:"周宇,你真会说话,上次让我们叫嫂子,这会儿又成你姐了。"

南宫玉霞抢过话说:"这有什么不好?说明我们亲啊。"说罢,举起杯子,对秦毓常说,"你这当姐夫的,可要对我这弟弟多照顾。"

秦毓常哈哈大笑,看得出,他的心情很好,说:"喝!"其他人也一起举杯。

"对了,周宇,我给你准备了一件礼物呢。"南宫玉霞说罢离开座位,一会儿拿出一个长方形纸盒走了进来。

大家不知道南宫玉霞准备了礼物,更不知道是何礼物,都伸长脖子,好奇地望着她手中的纸盒。

周宇一时不知如何是好,手足无措地说:"这怎么可以,我都没给您带什么礼物。"

秦毓常显然也不知道是什么,说:"神神道道,到底是什么呀?"

南宫玉霞打开纸盒,原来是一张放大并加了有机玻璃镜框的照片。周宇接过来一看,这是去捷克考察,站在查理大桥上的一张照片。照片背后,是怀抱耶稣受难十字架的圣约翰·内波穆克表情悲苦地站着。

周宇忽然想起圣约翰之所以从桥上被推下去,是因为他至死不肯说出那个与王后偷情的男人,此时南宫玉霞给自己这张照片,难道是暗示自己至死不能说出她偷情的男人?想到这里,他失声大笑起来。

在感到自己有点失态后,他马上掩饰说:"这张照片拍得真好!我还是第一次看到自己有这么好的形象。"

众人并不知道他笑的真正原因,便附和地说:"还不敬杯酒表示感谢!"

南宫玉霞掩饰不住自己的得意,说:"我虽然拍得没有震东好,但也不差吧?"

周宇想,这个时候用不着考虑杨震东的感受,便说:"我觉得您拍得好!"然后对杨震东说,"反正震东也没给我拍过照,对吧?"

杨震东一笑,心想:当秘书都学贼了。接着举起杯,说:"形象好,拍得也好,两者缺一不可。"

4

随着聚裂变投资成功,钱嘉良感觉自己离收购方圆公司的目标越来越近了。

相对于资金运作的成功,钱嘉良更满意的是人际关系的运作。在人情社会里,出身、家族背景在很大程度上左右着个人发展的程度,血缘在人与人的关系中起着重要的作用。出身好,就可以依靠父辈吃老本,或事半功倍,这就是官二代、富二代有福现象。

不过,血缘关系毕竟还是个小群体。对绝大多数人而言,通过与有权有势者建立某种特殊关系,也能获得与血缘关系相当的某些效果,这种泛血缘关系,比如认个干爹干娘。还有一种情况,就是为有权有势者做出特殊贡献,结成利益共同体,这种非血缘的特殊关系,在当今社会有时反倒比纯血缘关系更可靠,而且可以逃避某些部门的监督。

钱嘉良出身一个普通商人家庭,谈不上有多深厚的家底,也没有优渥的家族背景,但靠着自己长袖善舞,竟能与杨震东、韩子霁、成建新结成联盟,甚至暗中运筹,让李永民、秦毓常也成为他棋局中的一枚棋子,这实在不是一般人能企及的。特别是通过杨震东认识秦毓常,又把南宫玉霞介绍给他认识,两人最终结成连理,无疑让自己在秦毓常心目中有了比杨震东更重的分量。对此,钱嘉良颇为自得,同时感到,自己编织的这张关系网该是发挥作用的时候了。

出售凤凰家化是钱嘉良的预设棋局。

中国经济调整发展带来的直接结果是人民生活水平的提高，这让化妆品在中国有了广泛市场，在这样的背景下，凤凰家化的发展也有了广泛发展前景。钱嘉良也清醒地看到，正因为市场前景好，来自国外、国内的同行无不希望分一杯羹，竞争变得空前激烈，未来凤凰家化能否立于不败之地，还是一个大大的问号。

而作为投资人，钱嘉良非常懂得待价而沽的内涵，他的目的不是做企业，而是希望自己的投资在短期内有相应的回报。所以，自己投资的"凤凰"应该在青春靓丽时及时抛出，否则到了人老珠黄时，就有可能烂在自己手里。

现在的凤凰家化，正是一个青春靓丽的美少女，此时不出手更待何时？

消息传出后，首先在管理层掀起一阵涟漪，宫维健觉得自己被出卖了！当初说好将追加投资把凤凰家化做成高端时尚品牌，拓展产业链、化妆品专卖店、直销品牌，这两年京宁只象征性地投资了一千多万元。形成鲜明对比的是，凤凰家化在海南的一块土地出售，京宁投资就进账一亿九千多万。

上次共享费的事，已经让宫维健很恼火，这次出售凤凰家化，让他简直愤怒到极点。他没想到钱嘉良竟然如此冷漠和不讲信用，专门找到副市长李永民讨要说法，李永民在保证"帮助做做钱嘉良工作"的同时，非常诚恳地告诉他："市场经济需要按照市场规律办事，在这方面市政府力量有限。"

凤凰家化的财务副总监席蒙的一番话，让宫维健彻底失去与钱嘉良争斗的底气："京宁投资是金融企业，它买断非金融类企业，根本就不是为了持有。"席蒙望着宫维健，既感到难过，也觉得悲哀，说："您是做企业的，做企业与资本运作是两回事。再说，当初京宁投资向你承诺的那些条件，有几条是写在协议里的？退一步讲，就算写在协议里，又能怎么样？京宁投资是民企而不是国企，你和谁讲道理？"

出售凤凰家化的消息引来国内外诸多家化企业和投资集团的关注，这些企业中，以法国一家家化企业提出的条件最为诱人。对此，钱嘉良非常矛盾。从投资角度讲，他希望有最大的回报，法国企业正好满足他的这一要求。但面对网上诸如"民族败类""祖国利益的出卖者"等骂声，他感到非常难过，也非常气愤，他觉得网民的极端情绪只能说明他们非常狭隘，完全是一种道德绑架。

他找到周宇，想让他从一个旁观者的视角加以评判。

周宇的第一感觉是，没想到他们的生意做得如此生猛。之前在南方时，自己还能与他交心交底经常在电话里聊聊，现在虽然在同一个城市，见面多了，反而实质性的问题聊得少了。

他转念想想，这也不怪钱嘉良。一个在商场，一个在官场，说到底并不在一条道上。再说，许多生意上的事，告诉自己又能如何？自己根本就帮不上什么忙，说了也白说。现在钱嘉良让自己谈看法，说明他对老同学还是很信任，便坦率说出自己的想法，现代社会做实体也罢，做投资也罢，必须十分重视社会舆论。企业可以不顾一切背负骂名，但个人不能不顾一切背负骂名，否则今后可能寸步难行。最后他劝钱嘉良："一切从长计议吧！"

"我再想想。"钱嘉良摇摇头，又点点头，内心似乎非常矛盾。

最终，凤凰家化以九亿三千万的价格转让给国内一家知名化妆品企业，比法国那家企业整整少了一亿两千万。

5

生于农村、长于农村的柳春富，还是把农村的问题想简单了。

自打给段长风汇报了关于优化土地资源配置、发展规模农业的想法后，他让有关处室草拟了详细方案，上市政府常务会讨论研究。市长曹方林对此方案的态度并不是很积极，提出了与段长风相似的看法，认为在进行土地置换中，土地肥沃程度不一样，这种无法量化的问题，很难让农民觉得是公平交易。同时，这种做法与上面的联产承包政策是否相违背，也得打个问号。柳春富知道，曹方林态度不积极还有一个原因，就是自己先于他向段长风作了汇报，这在体制内是不合规矩的。但柳春富决心已定，并保证在试点的基础上谨慎推进，最后勉强通过了方案。

进行试点时并不是很顺利，农民对这种所谓的经营大多不感兴趣，原因是收益有限，大多数外出打工的家庭看不上这几个钱，而深层次的原因，则是许多人担心政府变相收回土地。后来，通过给每家每户做工作，总算取得了进展。

在全市推进时，面临的困难更多。首先是村、乡干部大多不愿意开展这项工作，认为分分合合花费太多的精力倒是其次，主要是农民难以百分之百统一思想，吃力不讨好，最终会落得个上下不满意的结果。

开弓没有回头箭，事情到了这一步，柳春富只能硬着头皮往前推。幸好其中有几个村的土地集中后，被上海某大型国企投资建成蔬菜生产基地，专门生产有机蔬菜供应上海市民，加上企业以比较丰厚的待遇招收当地农民为工作人员，农民日常收入和年底分红有了保证。即便是这样，离当初的设想仍然有很大差距。

正在这时，W 市官场发生的一次地震，让柳春富陷入窘境。

段长风与曹方林不和在 W 市是公开的秘密。两个主官不和，下面的人必须选边站队。柳春富从省委组织部下来，自以为凭着过去在机关与两人关系都不错这层关系，可以出于公心，不偏不倚，两边都把握好，但他把问题想简单了。过去没有任何利益冲突，自己所处的省委组织部又是个敏感的部门，市长、书记得罪谁也不会得罪管帽子的部门，否则不是自己跟自己过不去吗？但现在不一样了，自己身处其中，市长、书记都是自己的上级，你一个副市长就想轻松拿捏两个主官，岂不是太自不量力了？更重要的，由此一来，段长风以为他与曹方林走得近，曹方林觉得他与段长风走得近，两个人都不把他当成自己人，关键时候两个人都不帮柳春富讲话，反倒让他成了孤家寡人。

正常情况下，这种关系倒也不会有什么大碍，但就在这当口，段长风被双规，省里任命了新的市委书记。曹方林与段长风虽然有矛盾，但在表面上总还过得去，官场需要相互扶持，如果矛盾表面化，往往会两败俱伤，而对曹方林而言，一般干几年就会转任书记。但现在段长风被查处，上面任命了新书记，接下来，市委市政府班子需要稳定一段时间，而这一稳定，自己接任的希望就基本被稳定掉了。

段长风被查处没有给曹方林带来任何快意，倒是平添了几分恼怒。

在查处段长风的问题时，让调查组感到意外的是，连续收到十几封揭发柳春富的检举信，不约而同地举报他的三大问题：违背上级联产承包责任制有关规定，强行推进土地集体经营；个人主义恶性膨胀，用自己的名字命名村名，严重违反中央有关规定；工作作风武断，听不进不同意见。

调查组感到事有蹊跷：明明是来调查段长风的问题，怎么会突然出现这么多检举柳春富的信件？在情况汇报分析会议上，省纪委调查组组长提出两点意见：一是工作组的主要任务是调查了解段长风的问题，不能把方向搞偏；二是关于反映柳春富的三个问题，其中集体经营土地虽然是他最初提出，但经过市政府常务会议研究讨论，有问题也不能算到他一个人头上。关于工作作风武断的问题，没有反映出什么实质性情况，可先不予调查。但对用自己的名字命名村名，这个问题如果上纲上线，倒是个政治问题，先安排两位同志专门跑趟柳春富老家，把情况了解清楚。

W市与柳春富老家相距两百多公里，负责调查村名问题的张朔华和倪如琴开着车，一路有说有笑地行驶。

这本来是个好差事。情况不复杂，又是邻市，来回走一趟权当是组长给两人放假，到农村透透气。

不承想，路上很不顺利，先是在高速公路上爆胎，差点酿成严重事故，虽然有惊无险，两人还是惊出一身冷汗。等到救援车到达，帮助他们换好轮胎，耽误了近两个小时。下高速不久，又撞上了老乡的一只羊，这是一只怀孕快要生产的母羊。老乡心疼不已，他们两人看到挣扎的母羊和已经露出羊头的小羊，也吓得不轻。经过反复商量，赔付老乡七百块钱，才又匆匆上路。原本计划到春富村吃午饭，实际到达那里已是傍晚时分。

他们在村口看到了那块镌刻着"春富村"的巨石，从不同角度拍下了照片，再到村子找到村长何秀起了解情况。何秀起十分热情地说："我们村出了一个大干部，全村都感到自豪。"又说，"春富从小就聪明，我早就看好他，知道他将来一定有出息。"村长还津津乐道讲述了当年柳春富考上大学，村里人到他家吃"金榜宴"的往事。

张朔华和倪如琴仔细询问了太平村改名春富村的经过后，问："柳春富知道这事吗？"

"知道！知道！前些时候他回来过，我们还专门告诉他这件事。"说罢，何秀起又好奇地问，"春富是不是又要升官了？"

"啊……嗯……"两人含混地回答。

至此，他们感到事情已经很清楚，与村长道过别后，赶到县城找了一家酒店住了一晚上，第二天一大早便赶回W市，写好一份报告交给调查组组长。

望着张朔华和倪如琴关于柳春富老家村子改名的情况报告，再看看一堆反映柳春富的举报信，调查组组长陆万和感到了一种无形的压力。

巧的是，在此期间，东北某省一个被查处的副省长也发生了类似的情况，老家所在村用其名字命名，这个副省长还亲自题写村名，用一块据说光是运费就花了十几万的巨大石头，镌刻村名立在村口。虽然柳春富的问题没有那位副省长严重，但性质恶劣。在这个风头上，如果调查组对柳春富的问题没有一点回应显然不合适，考虑到柳春富是省管干部，真要做出什么处理，也要等省里调查有了结论才能实施。陆万和权衡再三，决定以"配合调查组工作"为由，让柳春富先放下手上的工作，原地休息几天，调查组随时可能会找他了解情况。

柳春富接到通知时觉得很奇怪，他对自己一年多的履职情况进行了反思，觉得自己平时非常谨慎，除了脾气比较急躁、工作急于出成绩外，其他方面似乎没有什么问题。现在让自己原地休息配合调查组工作，这不就是让自己停职接受审查吗？

天下没有不透风的墙。柳春富"配合调查组工作"的事很快传到外面，街头巷尾的传说是"柳春富严重违反中央有关规定，已被勒令停职审查"。

柳春富感到仿佛被判了政治死刑，一种从未有过的绝望涌上心头。

第九章　棋局春秋

1

就在李朝东坠楼一事逐渐被人淡忘之时，P省破获一起利用PS合成不雅照敲诈领导干部的案件，让李朝东重新回到大众视野。

说起来，这件事颇有戏剧性。某省一名叫简加的男子，通过PS合成技术制作不雅照片，然后通过信件或短信方式发给公职人员，又以散布、举报、告知亲友等手段对其进行威胁，告知公职人员自己已通过秘密取证、跟踪调查等手段，掌握对方不光彩证据，要求对方花钱买平安。

简加的手段并不高明，大多数人接到短信或信件一笑了之，但他采用普遍撒网、重点捞鱼的方式，发（寄）出大量短信（信件）后，总有那么几个本来屁股就不干净的倒霉蛋会被他捞住，李朝东就是其中之一。

说来也巧，简加选取的女人头像，正是从网上下载的南宫玉霞的照片。李朝东见到两人的床照时大惊失色，他怎么也没有想到，自己几年前与她的激情场面，竟然遭人偷拍。更要命的是，南宫玉霞现在正与秦毓常打得火热，一旦败露自己岂不死定了？

惊慌之余，他立即给对方账户汇入十万块钱。原本以为这事就此了断，岂料简加这个无赖见此人如此爽快便汇入钱款，猜想这是条大鱼，便乘胜追击，要求他立即汇入五十万。无奈，李朝东只得请朋友帮忙，给对方银行卡又打入五十万。李朝东想，这下总应该完事了吧？谁承想，简加这小子穷追猛打，竟又狮子大开口，要求李朝东再拿出二百万元。

李朝东历来在经济上比较自律，很少帮助别人办事，从不收受别人的大额馈赠，只有逢年过节偶尔收几个小红包，哪里能够再拿出二百万元？万般无奈之下，只得又找另一位朋友帮忙。

这件事本来就是个巧合，后来李朝东也知道照片并非偷拍，而是通过"PS"技术合成，但问题是，过去他确实与南宫玉霞有过一段不清不白的关系，虽然知道的人很少，但毕竟有人知晓。同时，他三次汇出二百六十万元，反过来坐实了他与南宫玉霞的关系，否则，他为什么给对方汇款？不仅如此，二百六十万元也不是个小数目，查起来这可不是一件小事。回过头看，李朝东分明每一次都给自己打了个死结！他后悔万分，自己在官场混迹这么多年，竟然被一个小混混给骗了，简直就是天大的笑话和耻辱。

李朝东从未有过这么大的压力，也不知道此事何时才是个头。回想整个事情的来龙去脉，不仅自己的英名毁于一旦，家里的母老虎也将闹得他不得安宁。他左思右想，觉得自己已断了生路，只得纵身一跳，生无可恋地离开了这个世界。

原以为随他从楼上纵身一跳便一了百了，但让九泉之下的李朝东没想到的是，此事竟又节外生枝，在他死后又被人翻了出来。

P省警方在侦破简加敲诈勒索案时，因涉及G省省委组织部领导，有关方面高度重视，将情况上报至公安部，公安部又将情况通报G省。

G省公安厅厅长嵇革懒是个从基层摸爬滚打一路干上来的老公安，工作经验丰富，也是李朝东生前好友。当他第一眼看到李朝东与南宫玉霞的床照并断定是通过 PS 合成的，心情十分沉重："兄弟啊兄弟，这点事你当初和我说一声，怎么可能会发展到不可收拾并搭上性命的地步啊！"嵇革懒自言自语道。

嵇革懒知道此事就是个天大的笑话，也是个无可挽回的悲剧，如果知情范围扩大，不仅死去的李朝东名誉受损，他的家人也会受到伤害。更麻烦的是，女主角南宫玉霞和现任省委副书记秦毓常也莫名其妙地卷入其中。

不仅如此，最难堪的当数省纪委。调查那么长时间，竟然没有找到李朝东坠楼的真正原因，弄出个"情感性抑郁症"了事，简直就是失职。

嵇革懒是个有担当的人，他想把此事先放一放，看看后面的情况再做处理。谁知这事从 P 省高层泄露出去，通过个人渠道传到 G 省高层小圈子里，也传到秦毓常耳朵里。

秦毓常非常恼怒，一肚子火却不知道对谁发泄。这件事的起因是 P 省小混混简加敲诈勒索，但后来事情的发展，完全就是因为李朝东处理草率，竟然被一个小混混给耍了。

马勒格 B！身为省委组织部副部长，政治上太不成熟了！秦毓常心里骂道。

当然，如果当初南宫玉霞与李朝东没有那么一腿，也就没有后来这些事情了。想到这里，秦毓常又对南宫玉霞恨之入骨。都说红颜祸水，果然自古以来都是这样！我秦毓常一辈子也算是清清白白，临退休竟然惹上这么恶心的事。

更让人难受的是，他与南宫玉霞爱得很深。事已至此，如果不离婚，自己将成为天下人的笑料；如果离婚，无疑让一个天大的笑话又多了几分笑点。秦毓常连续几天住在省委招待所，每晚唉声叹气到天明，仅仅几天的工夫，原来的一头乌发竟然全部花白，人也一下子衰老许多。

痛定思痛之后，秦毓常终于想通了，事已至此，既然没什么好的解决办法，不如顺其自然，让时间去冲淡一切。现代社会进入了一个信息以几何级增长的年代，各种信息以海浪的方式从四面八方涌入人们生活，每天都有热搜，每时都有热点，再重要的话题，过不了多久就会被淹没在信息的海洋里，几个月、几年后，谁还会记得这些事？

回到家里，南宫玉霞见到满头白发的秦毓常，不禁大吃一惊。这几天里，她打了很多电话给他，他总是以"有事在忙"为由匆匆挂断电话，或是干脆不接电话。两个人生活到一起后，从未发生这样的情况，她不知道发生了什么事，但想到高层领导总会有一些重要工作，便不再打扰他。

她几乎认不出眼前一脸憔悴、满头白发的秦毓常，狐疑地问："到底发生了什么事？"

"先吃饭吧。"秦毓常无力地坐在沙发上，看到心疼自己的妻子，苦笑着说，"没什么事。"

南宫玉霞端上了热气腾腾的饭菜，诱人的香味让他胃口大开。几天没有好好吃上一顿饭，这时才感到肚子是真的饿了。南宫玉霞看到秦毓常狼吞虎咽的样子，忍不住开玩笑说："你怎么像个饿死鬼？"

这本是再平常不过的一句玩笑话，如果在平时，秦毓常一定会一笑了之，或者也附和开句玩笑，此刻听罢，却让他泪流满面，继而泣不成声。秦毓常这么一哭，顿时吓坏了南宫玉霞，在她的眼里，秦毓常既是一个成熟的男人，更是一个斩钉截铁的硬汉，从没有在自己面前流过泪，更不用说像眼前这样哭得像个孩子。

她心疼地拿起纸巾帮他擦拭眼泪，心中更生疑窦，不知道发生了什么大事。但秦毓常不说，她也不好再问，只是心疼地搂起他的头，谁知秦毓常哭得更加伤心。

入夜躺到床上，秦毓常把公安部通报的情况告诉了南宫玉霞，她惊得差点从床上跳起来，怪不得这两天有人在背后指指点点，原来是这样!

"那你打算怎么办?"南宫玉霞哭着问。

她知道,此事对身处要职的他是多么大的伤害,她在瞬间做好了离婚的准备。

"我还能怎么样?"秦毓常无可奈何又满是爱怜地说。

"毓常。"南宫玉霞听他这么说,顿时感动得不知说什么才好。她趴到秦毓常胸前,右手五个手指深深扎进他花白的头发里,哭了一会儿,说,"要不我们离婚吧?"

"傻瓜。"秦毓常用胳膊紧紧搂着她,说,"难不成你要让外面又多出一个传闻?"

2

周宇拿到几封署名"秦毓常副书记收"的信件,拆开其中一封,先看了下信尾的署名:宫维健。原来是凤凰家化前董事长宫维健的来信。信中讲述在竞争激烈的化妆品领域,自己如何呕心沥血,把凤凰家化打造成年销售额超十亿元、年净利润数亿的行业龙头企业所做的贡献,以及京宁投资违背承诺出让公司牟利、自己被京宁投资挤出凤凰家化的问题。

看得出,宫维健对凤凰家化很有感情。这也不难理解,当初是他把一个濒危倒闭的小厂做到全国闻名的龙头企业。钱嘉良通过资金运作收购后又出售凤凰家化,并且让宫维健出局,确实有卸磨杀驴之嫌,做得很不厚道。

作为钱嘉良的研究生同学,周宇比谁都了解钱嘉良,他就是一个生意人,是一个赚钱的机器。撇开道德因素不说,钱嘉良的确是个奇才,他巧妙地利用各种资源编织自己的关系网,让自己在商场如鱼得水,又因为促成秦毓常的婚事而成为省委副书记的座上宾。

到目前为止，他所做的一切似乎都合法合规，没有什么可指责的。

但周宇也隐约感到，钱嘉良已经开始迷恋这种政商之间的勾兑，这十分敏感和危险。且不说历史上红顶商人的悲剧，近年来随着中央反腐力度加大，落马官员带出的腐败案件，以及与之相关的商人，有几个落得好下场？

长达十几页纸的信件是打印的。周宇知道，这类信件一般是"一稿多投"，估计省委、省政府其他领导也会收到。他把信件和信封在左上角用回形针夹住，连同已经拆开的其他几封告状信，一起放在秦毓常案头。

周宇感到心里憋得慌，想起黄佳宁曾经对自己说的一句话："你是在官场，他们生意上的事应该由他们自己处理。"当时就觉得她只说了半句，那下半句到底是什么意思？他走到室外点了一支烟——他本来不抽烟，但此刻想借吞云吐雾让自己舒展一下。

然而，效果并不佳，抽了两口就被呛得直咳嗽，更加强烈的郁闷感向他袭来。周宇掐灭香烟，想找个人说说话，这才发现，自己认识的人很多，真正能说说心里话的人太少了。钱嘉良、柳春富现在本就是一路人，与他们聊肯定不合适。

他想起了沙刚，那家伙好久没有联系了，不知道在部队忙些什么？

沙刚在电话里显得很高兴，说："我正想约你们几个一起坐坐。"然后，他压低嗓门说，"我过几天要到外地任职了。"

"啊？"周宇知道他这是要高升了，问，"去哪里？做什么？"

"见面聊吧。"沙刚回答说，"我叫上他们几个。"

一听要叫上钱嘉良、柳春富他们，周宇心里有些抵触，转念想到沙刚即将远赴外地，以后大家难得再聚，而这次聚会无异于给沙刚送行，自己如果不去有点说不过去，便没有拒绝。

晚餐安排在军区政治部招待所。

军区政治部招待所是一栋三层小楼,灰色外墙、红瓦,隐藏在高大的香樟树之中。走进招待所,里面中式装修,加上名人字画,显得奢华而不张扬,格调也很高雅,市里几个五星级宾馆的餐厅绝对无法与之相比。

走进餐厅时,钱嘉良、杨震东、韩子霁、黄佳宁四个人正在打掼蛋,小黄合起牌示意周宇替她。周宇犹豫了一下,说:"你们继续,我先看看。"

正说着,沙刚拎着一个包走了进来,说:"人都到齐了,我们先吃饭吧,吃好了可以再玩一会儿。"说罢,从包里拿出几瓶茅台,说,"从老爷子那里没收来的,十年老酒。"

沙刚一进门,周宇就看到了他肩上的三颗星,开玩笑地说:"我们的上校长官,待遇不低啊!"

沙刚嘿嘿一笑:"这平时是接待大区领导的地方,我这也是完全仗着老爷子才敢到这来。"他招呼大家坐下后,笑着说,"老爷子虽然已经退休,但余威还在。"

钱嘉良坐下后,说:"是啊,这可不是想来就能来的地方。"

"声明一下,今晚的餐费我已付过了。"沙刚知道钱嘉良话中有话。

"我只管吃喝,才不管你交不交餐费呢。"杨震东说罢,打开一瓶,拿出几个玻璃杯:"今天咱们实行承包制吧?"

"可别!男女有别啊。"韩子霁伸手挡了一下。

"我是说我们几位男士。"杨震东抬头望了韩子霁一眼,"这么好的酒,你想多喝也没有。"

"也真是,你先倒上,喝不了我帮你代嘛。"钱嘉良给韩子霁使了一个不易察觉的眼神。

"你们别搞得像两口子似的。"沙刚看了周宇一眼,又看看韩子霁。

韩子霁反应很快:"佳宁,帮你代酒的人找好了吧?"

小黄哼了一声，说："子霁姐，你别拿我打掩护。"

韩子霁愣了一下，一时竟不知如何作答。

酒过三巡，周宇忽然想起了什么，问："沙刚，你到哪里去任职？"

"要去外地？"其余几人有点惊讶。

"我要和柳春富做伴了。"沙刚放下筷子，高兴地说，"过几天我要去W市赴任，军分区副司令员。"

"你小子可以啊，混上副师了！"周宇学着用沙刚的口吻说。

"怪不得请我们吃饭。"钱嘉良恍然大悟地拿着酒杯在桌上敲了敲，"老爷子虽然退休了，可威望不减当年，是老爷子促成的吧？"

"钱总的商人头脑可了不得。"小黄接过话，她不愿意别人这样评价父亲和沙刚。

钱嘉良露出一丝窘态，嘿嘿笑了一下，说："佳宁就是厉害。"然后对周宇说，"还不快敬杯酒，把她的嘴堵住！"

小黄不等周宇开口，先端起酒杯说："周宇，我敬你一杯。"

周宇端起酒杯与她碰了一下："今天就缺柳春富了，我们与他通个电话吧？"

沙刚拨通电话后，摁下免提键："柳大市长，在干吗呢？"

对面传过来柳春富消沉的声音："唉！别再叫什么市长了，我已经被停职了。"

几个人大吃一惊，沙刚问："出了什么事？"

柳春富沮丧地说："起初我也不知道什么情况，后来听说是因为我老家村子改名春富村，有人反映我严重违反中央有关规定……"

"你小子什么时候这么虚荣了？"沙刚急了，"这种无聊的事你也干得出！"

"什么呀，根本就不是那么回事！"柳春富争辩道，"我们村历史上有个绅士叫余春富……"说罢，他把事情来龙去脉讲了一遍。

挂断电话后，大家的心情有些沉重，都很难理解这件事怎么会让柳春富停职检查。

"这么简单的事，至于停职检查吗？"小黄愤愤不平地说。

周宇皱了一下眉，说："恐怕没有这么简单，应该是在什么环节上出了问题。"

"柳春富是个很谨慎的人，我想他应该不会去干这种无聊的事。还好，过两天我就去W市了，到时我了解一下情况。"沙刚胸有成竹地说。

3

周宇漫无目的地走在午夜的马路上。

他想一个人静一静。

几杯酒下肚并未能疏解周宇郁闷的心情，相反，当他听到柳春富被停职检查的情况后，感到不平的同时，想起柳春富曾经说的那句话："草根出身的人，你知道有多难吗？"心中不禁又多了几分烦闷。

手机响了，是小黄，告诉他在路边等会儿，她马上过来。

不一会儿，一辆军车停在他身边。坐在驾驶位置的小黄招呼他上车。

周宇坐上副驾驶位置，关上车门。一阵熟悉的香水味飘来，周宇不免心旌摇曳。

小黄一声不吭，全神贯注地开着车。她的车技很熟练，起步轻盈，加速稳当，转弯流畅，周宇此刻似乎感觉不到是在车上，而是坐在一个公园草坪的休息椅上，身体轻松且平稳。

不过，心理上的感受却不同于身体上的体验，小黄默不作声，让他感到了一种特殊的压迫感。他发现车子行驶的方向并非去往他的住处，事实上小黄也不知道他住哪里。周宇想提醒她，话到嘴边却又咽了回去。

车子突然停下，小黄这才说了一句："下去走会儿吧。"

周宇顺从地下了车。

"刚才看你几次欲言又止，发生什么事了？"小黄轻声地问。

"你可真细心。"周宇说，"还发现什么了？"

"发现的东西多了去了。"她冷冷一笑，"不过，别人的事我不关心。"

"就关心我？"周宇本想故作轻松地调侃一下，岂料心跳加快，竟变得有点语无伦次，连声音也变了调。

"为什么躲着我？"小黄有点咄咄逼人地问。

周宇做了个深呼吸，平复了一下心境，转守为攻说："不要压制欲这么强好不好？"

"哈哈哈！"小黄清脆的笑声，在夜深人静的湖边，让周宇觉得有点瘆人。她笑过后，说："瞧把你紧张的……可别不承认自己紧张啊！"

"深更半夜把我拉到这里，不会是来谈情说爱吧？"周宇本想幽默一下，但声音有点颤抖。

"别想好事！"小黄感觉到了他内心的紧张不安，反倒觉得开心，"和你一样，有点闷，找你聊聊。"

"哦？"周宇问，"你知道我闷？"

"和你共事也有一段时间了，我这点眼力见儿还没有？"她笑笑，"早就看透你了！"

"幸亏今天我穿的衣服比较厚。"周宇哈哈一笑。

"你不紧张了？"周宇的话让她有点不好意思，"说点正经的，我觉得你们同学聚会真有意思。"说罢，小黄分析几个人晚上不同的所思所想，末了，她问，"看出钱嘉良与韩子雾的变化没有？"

"变化？什么变化？"周宇有点惊讶。

"真没看出来？"小黄说，"他们现在的关系，似乎不是一般的合伙人……"

"你是说？"周宇半信半疑。

"打牌时，他们的脚在桌子下面时不时碰一下，吃饭时那种眼神……"小黄说，"先声明一下，我不是八卦，只是把我看到的告诉你。"

"这与我有什么关系？"周宇不解。

"我知道你与韩子霁的关系……"小黄似笑非笑地说。

"我与她没关系！"周宇突然有了莫名的怒气。

"哈哈！你别这么激动。你们有没有关系无所谓，反正她与我没关系。"小黄笑了起来。

周宇发现自己有点失态："我现在就一鳏夫。"

"急于表明鳏夫是什么意思？自己现在单身？"小黄故意说，"是想让我给你介绍女朋友？"

周宇叹了一口气，说："我的姑奶奶，这么晚你把我拉到这里，到底想和我说什么？"

"别叫姑奶奶，我没那么老。"小黄调皮地说。

"服你了，好吧？我知道你肯定是想告诉我什么。"周宇说，"快点说吧！"

"你成我肚子里的蛔虫了。"小黄笑着说，"好，言归正传。你知道，老爷子退休前是省委常委……"

"我知道啊。"周宇打断她的话。

"他对班子的情况比较了解。"小黄停了一下，接着说，"包括秦毓常。"

"你是说……"周宇诧异地问，"他有问题？"

"有没有问题我也说不上。"黄佳宁说，"老爷子有一次在家里聊起，省委卫书记在一次民主生活会上说，要防止五十九岁现象。老爷子会后与卫书记半开玩笑地说：'谢谢提醒。'卫书记说：'你用不着我管，部队会管你。'然后哈哈大笑。老爷子感觉卫书记是有所指，那指谁呢？应该就是秦毓常了。"

"哦。"周宇若有所思，"你是想提醒我？"

"也是也不是。"黄佳宁说，"走吧，送你回去。住哪里？"

周宇忽然想起什么，说："你喝酒了，怎么还开车？"

"到现在才想起来，晚了！"小黄笑着说，"我喝酒可没你实诚，从头到尾就那一杯，你就放心吧，没问题！"

周宇知道小黄提醒自己，是不想自己身陷其中。

自己这个"末代秘书"太不容易当了！他摇摇头，又低头看了一下那块秦毓常送给他的腕表，感到了从未有过的沉重。

4

沙刚赴任前，把柳春富的情况给父亲说了一遍，在他的再三恳求下，父亲给省委卫书记打了个电话，让有关部门重新调查了解相关情况。

上任那天，省军区副政委、军区干部部副部长、干部处处长专程赶到 W 市宣布命令，参会的 W 市和军分区领导明显感到了不一样的分量。

沙刚安顿好后，便去看望柳春富。

柳春富显得身心疲惫，憔悴的脸上挤出一点苦笑，说："莫名其妙！我不想干了！"

沙刚劝慰了几句，最后说："事情终归会弄清楚的。"他没有告诉他此前通过父亲与卫书记沟通的事。

柳春富停职检查的事情，表面看起来很简单，实际是一个很复杂的问题。

当初张朔华和倪如琴去春富村了解情况，途中屡出意外导致到达村里时天色已晚,打乱了原来的工作节奏。找村长一人了解情况后,觉得事情的来龙去脉非常简单,便匆匆离开,并没有听村长说起这个村子改名还因为历史上有一个叫余春富的乡绅,以及柳春富事后知道主动提出反对意见。而在撰写反映柳春富情况的材料时,他们误把时间颠倒,把从村长处听到的情况断章取义,说是征求柳春富个人意见时他"欣然同意",还提到他当年考上大学后父母摆了十几桌升学宴的情况,深挖出"光宗耀祖""极端个人主义"的思想根源。

不仅如此,材料中还反映当初他到任时,故意"在W市人民即将取得抗洪伟大胜利时,擅自提前报到,并精心策划出下河救人、赤身裸体上岸的闹剧",并且"有意安排电视台全程摄像报道,沽名钓誉,捞取政治资本"。

更致命的是,柳春富"与段长风沆瀣一气,严重对抗中央联产承包责任制的大政方针"。

这其中还有一个更隐秘的原因。多年前,曹方林还是柳春富岳父手下的一个副科长,当时要从他和另一个人中提拔一个为科长,柳春富岳父提出"先照顾老同志,曹方林还是先放一放吧",这一放就是两三年,影响了曹方林的后续发展,对此,他耿耿于怀,柳春富正好成了他撒气的对象。

事情至此,柳春富的所谓问题已很清楚了。

柳春富重新工作的当天晚上,沙刚请他到军分区小酌。柳春富先叹了几口气,说:"莫名其妙!我真的不想干了!"但嘴上这么说,几杯酒下肚后,又表现出昔日的豪迈,"妈的,人间自有公道在。我就是要干,而且一定要干好,气死他们!"

沙刚望着眼前踌躇满志的老同学,既觉得高兴,也觉得悲哀。

官场上的各种人际关系既可以有正面作用,也可能有负面影响。柳春富当初由于岳父的帮助,年纪轻轻就在报社混得风生水起,但他没想到的是,如今,当年的有利因素竟然转化为不利因素，给自己的职场生涯带来意想不到的麻烦。

沙刚本想告诉他，自己通过父亲找省委卫书记沟通的情况，但转念一想，还是打消了这个念头。他觉得，让柳春富觉得"人间自有公道在"的想法挺好，假如捅破了这层窗户纸，会让他感到难堪，还会在自己面前矮几分，这不是自己愿意看到的。

有道是"福兮祸所伏，祸兮福所倚"。柳春富的相关材料汇报给卫星书记后，他认为柳春富经历丰富，敢于担当，不久便安排柳春富到中央党校参加培训学习。

5

茹意接到杨震东电话时，只当是一个很平常的客户，寒暄两句后，对方说："你方便的话来我们公司一下吧。"从对方刚毅果决的口气里，听出了某种不可抗拒的威严，也嗅出了难得的商机。

她知道方圆公司是紫金大学的校办企业，为慎重起见，她还是上网查询了相关情况，做足了功课。

茹意今年三十五岁，高挑的身材，鼻梁高挺，眼窝深邃，让人常常以为她是混血儿，特有的异域感也让她在猎奇的男人面前多了几分自信。她本想穿上平日里最喜欢的旗袍连衣裙，但想到今天要见的是陌生人，还是穿上了一条磨得有些发白的牛仔裤，外加一件白色卡通圆领衫，并特地戴上自己最喜欢的那条翡翠项链。站在穿衣镜前，茹意左右转身，仔细打量良久，对自己窈窕的身材和简约的装束露出了满意的笑容。

出门前，她用和田碧玉挂件换下了翡翠项链。

车子开到位于翠屏山脚下的方圆公司门口，茹意给杨震东打了一个电话，但电话响了许久一直无人接听。她开始觉得奇怪，明明是他约自己来，怎么连个人影也见不着，甚至连电话也不接。再后来她有点恼怒：这人架子也太大了吧？但职场多年的历练，让她很快恢复镇静，她知道，无论做什么事情，千万不能带着情绪。

又过了五六分钟，出来一位身着西装的小伙子，自我介绍是杨震东的秘书，说杨总手头有事，安排自己来接她。

杨震东穿一套运动装站在办公室门口，秘书介绍后，杨震东伸出手，说："不好意思，很冒昧邀请茹总来公司，刚才正在健身房锻炼，手机放在办公室……嗯……怠慢了！"

茹意微微一笑，说："不怪杨总，是我提前十分钟到，没有把握好时间。"说着伸出手，与杨震东的手碰了一下，没等对方握住自己手便又迅捷抽出，说，"杨秘书时间把握得好精准啊！"

杨震东原想在气势上压住她，没想到茹意简单两句话，反倒让杨震东受到某种震动，心想，这个女人道行挺深，竟然知道我过去工作的情况。于是，他说："茹总果然干练睿智。"

茹意略带嘲讽地说："杨总可是很会夸女人嘛。"

杨震东听出她话中有话，微微一笑说："先在我办公室稍坐会儿吧。"

茹意坐下后，端起茶杯轻呷一口，徐徐放下，面带笑容地望着他。杨震东原以为茹意会问自己请她来有什么事，见对方始终不问，只得自己先开口说："能把您这位资深评估师请上门，不容易啊！"

茹意呵呵一笑，说："哪有什么不容易，我这不是召之即来吗？"

杨震东看似很随意地笑着说："茹总客气，不能说'召'，显得我不尊重女性，应该说是'请'。"他的笑带有些许邪意。

"杨总很行家嘛！"茹意边在茶几上轻敲边笑着说。

两人看似很客气的表达中，其实暗藏玄机。茹意以"召之即来"表示自己根据杨震东的要求，马上就来方圆公司了。杨震东抓住一个"召"字，立即让人联想到"应召女郎"那个"召"字。当然，杨震东并无故意羞辱茹意之意，只是做个文字游戏，调侃一下她。

不料茹意反应敏捷，立即反击对方有经常招嫖之嫌。

杨震东当秘书多年，阅人无数。多年的工作经验让他有这样一个体会：不在同一个层面上的人沟通起来非常痛苦！换句话说，就是人与人的交流沟通必须在同一个层面上。他虽然第一次与茹意打交道，但她寥寥几句话，足以让杨震东感觉到眼前这个女人绝非等闲之辈。他想起钱嘉良此前对茹意的介绍："这个女人不简单！"于是，主动缓和气氛说："哈哈！本想与茹总开个玩笑，却不料被茹总识破且反击得体无完肤。"

茹意却表现出什么也不知道的样子，笑笑说："哪里！杨总想象力就是丰富。"

接着，两人从天文地理，到英国脱欧、德国大选，看似漫无目的、海阔天空地聊了半晌，杨震东绝口不提接下来方圆公司资产评估之事，茹意也绝口不聊与之相关的话题。

聊了一会儿，杨震东看了一眼她胸前的和田碧玉挂件，说："茹总戴这个挂件显得很有品位啊！"

"您又是在夸我吗？"茹意笑着问。

"那还真不是。"杨震东显得很认真地说，"白色圆领衫配上和田碧玉挂件，色彩搭配好，简洁大方，人也显得特别精神。"

"是吗？"尽管知道对方的话中有奉承的成分，茹意还是挺高兴。

"这东西现在价格不菲吧？"杨震东很随意地问。

茹意听出了弦外之音，用手摸了一下挂件道："谈到价格，这就要看什么时候、什么情况下评估了。这东西要放在三十多年前，估计也就十来块钱，那时上好的和田籽料价格也不是很贵，但现在价格已超过黄金。水涨船高，和田碧玉的价格也就上来了。当然，这还要看个人对玉的态度，在爱玉的人眼里是个宝，在不喜欢的人眼里就是一块石头……"

"那评估总有个标准吧？"杨震东打断她的话。

"标准当然有。但评者，评判也；估者，估计也。评估本身就是一个带有主观性的过程，结果也不可能非常精确。何况标准还是人为的。"茹意笑笑。

"你这么说，那评估还有什么意义呢？"杨震东显得非常谦虚地问。

茹意一开始就知道，对方约自己来，根本不会是为了请教自己关于评估的知识，而是考查判断自己是否可能成为合作对象。干评估这么多年，如果连客户的基本需求都不会进行"评估"，那自己这个评估师算是白干了。

"起码有两个作用：一是结果的相对准确性，二是结果的合法性。"她意味深长地理了一下挂坠，说，"从某种意义上讲，后者比前者更重要！"

"精辟！"杨震东轻轻击掌后举起茶杯，做了个碰杯的姿势，说，"茹总您真不愧是评估行业的专家。"

"您过奖了！"茹意笑着举起茶杯。

临别时，两人已经感知到对方的心事：共同做一件大事！

6

韩子霁和杨震东走进秋香茶楼茶室时，钱嘉良刚点上一支沉香，见两人进来，边招呼他们坐下边介绍说："这是从海南弄来的沉香。"

杨震东深吸一口气，笑着说道："沉香可以让人凝神静气，钱总这是叫我们来商量什么大事吧？"

钱嘉良不语，坐在泡茶的位置，自顾自地把烧开的泉水倒入紫砂壶，盖上壶盖，用开水缓缓浇在壶身、壶嘴上，片刻后手捏壶把儿，将滚烫的水倒入公道杯和茶盏中，用茶夹夹起壶盖轻轻放在茶桌上，然后用茶匙从一个锡制茶罐中取出已拆解的普洱茶放入紫砂壶。"地道的'冰岛'。"说罢，往紫砂壶中倒入开水，盖上壶盖，一套动作行云流水，已然是一个资深的茶艺师。

杨震东与韩子霁对视一下后，都禁不住笑起来，杨震东问："今天约我们来，是为了炫耀你的茶艺？"

钱嘉良笑笑："杨大秘书表达不准确，不是炫耀，是展示。"

"哈哈！嘉良这不是炫耀，分明是显摆。"韩子霁说。

"你们俩这就不对了，联合起来攻击我一人。"钱嘉良装得很委屈的样子倒上茶，又分别把茶盏递到他们面前，说，"从今天起，我正式成为秋香茶楼的主人了。"

"怪不得今天这么嘚瑟。"杨震东恍然大悟。

"嘉良是想改行了？"韩子霁挑挑眉毛，有点阴阳怪气地笑道。

"这里是我们的私人活动空间。"钱嘉良认真地说，"以后一般就不对外了，作为我们接待客人的地方。"

"哟！嘉良大手笔啊，之前没透露半点风声。"杨震东露出惊讶的神情。

"这谈不上什么大手笔，第一次来这里，我就有这个想法了。"钱嘉良轻轻一笑，说，"这个地方风水好。"

"茶楼易主，要改名吧？叫嘉良茶楼？"韩子霁开着玩笑说。

"不如叫从良茶楼吧？"杨震东大笑着说。

"哈！那你是让我当茶艺师，还是……"钱嘉良笑着给茶壶倒入开水，"秋香这个名字其实挺好，有人觉得俗，是因为把这两个字与唐伯虎点秋香联系在一起了。"

"嗯……我还是觉得秋香这个名字俗了一点。"杨震东显得很深沉地说，"依我看，叫从良茶楼确实不妥，叫子霁茶楼倒是很合适。"

韩子霁听出了他的痞意，有点羞恼地说："震东你这就不厚道了。"

"咱们言归正传吧。"钱嘉良见状，大度地笑笑说，"私人领地，我们谈点私事。"

自凤凰家化出售后,钱嘉良就瞄准了方圆集团,他对收购方圆集团的每一个细节反复考虑多次,如今觉得时机已经成熟。

但是,收购方圆毕竟是一个以小博大、蛇吞象的计划。要想顺利完成这个计划,对方圆集团资产评估是至关重要的一步。正因为这样,他预先考察了几家资产评估公司,选中茹意的这家公司,并让杨震东对她进行了"面试",结果自然很满意,杨震东同样认为茹意是个聪明人,可以成为他们的合作对象,钱嘉良找他们研究的,正是如何对方圆公司进行资产评估。

"震东,对下一步方圆公司资产评估,你有什么考虑?"钱嘉良把目光投向杨震东。

杨震东微微皱了一下眉头,感觉钱嘉良的语气里有种居高临下的味道。

韩子霁敏锐地察觉到他的不悦,看似随意地补上一句:"我们现在是同一战壕的战友了。"

"是啊!为了我们共同的目标。"钱嘉良显然也察觉到他情绪的变化。

此时的杨震东,毕竟是国企高管,曾经的副厅级干部,他还不适应钱嘉良与他平起平坐,但他俩的话让他回到了现实中。是啊,尊重的需求很重要,但自我实现的需求更重要。早日完成对方圆集团的收购,实现自己的财富自由,才是最重要的。马斯洛的需求层次理论,此时得到最好的诠释。

杨震东的眉头舒展开来,说:"和茹意初步接触,感觉她是个明白人,可以进行合作。"

"嗯……"钱嘉良看着他,意思是让他继续说下去。

"接下来,我先把方圆的资产情况弄清楚,正式收购方圆前,再把我们的意图与茹意沟通一下。总体上做到有的放矢、合法合规、悄无声息,如我所愿。"杨震东笑笑说,"'如我所愿'是说'如我们所愿'啊。"

"我们现在在一条船上，还分什么你我吗？"钱嘉良说。

"评估方面应该没有什么问题，我会协调各方面的力量做好这件事。目前主要矛盾是资金……"

"资金方面，我们找个时间专门商量一下，目前看应该没有大问题。"钱嘉良信心满满地说，"这件事处理好以后，接下来还有一个问题，就是如何让成建新配合好……"

"他不就是想当副校长吗？你们和徐大可说一下……"韩子霁说。

"哪有那么简单？大学又不是你家开的！"钱嘉良瞪了她一眼说，"副校长好歹也是个副厅级干部，提拔有一套复杂的程序……"

"你是没当过官，就把官场看得太神秘了吧？"韩子霁不以为然地说，"说到底，提拔谁还不就是领导一句话？你看看现在有些单位提拔干部，不都是书记会研究好提拔对象，然后由组织部装模作样地到相关单位走一下推荐程序，而推荐条件完全就是为某个人量身定制，坐在下面的人哪怕是个傻子，都知道要推荐谁，就这，还美其名曰走群众路线……"

"你有些误解和曲解组织部门考查推荐干部的过程了。"杨震东说，"或许你原来的单位是这么干的……"

"我们不讨论其他问题，就说说如何把成建新的事搞定吧。"钱嘉良见他俩有点扯远了，赶紧拉回话题。

"成建新不是省油的灯，我们还真要好好考虑处理好他这层关系。"杨震东若有所思地说，"他在方圆集团的关系根深蒂固，高层和部分中层管理人员都是他一手提拔起来的，他在方圆的影响力不可小觑。"

"这正是震东你发挥作用的地方。"钱嘉良转动着手里的茶盏，说，"必要时还有秦毓常这张牌嘛。"

"我们先运作吧，不到关键时刻不要轻易动这张牌，即便打这张牌,也要巧妙一点,尽量做到不失时机、不动声色、不留痕迹……"杨震东轻轻敲了三下桌子,说,"这'三不'很重要!"

"机关干部,一套一套的。"韩子霁说,"别整那么复杂好不好?"

"哎,震东是对的,我们要稳扎稳打,但该出手时就出手,该出手时才出手。"钱嘉良说。

"嗯……"杨震东沉思着。

"该打点的就打点,活动经费没问题。"钱嘉良见他若有所思,便把话摊明了说。

"有些事不是简单打点一下就行。"杨震东鄙夷地看了钱嘉良一眼,他说:"刚说了'三不',这么快你就忘记了?再说,他这一级领导是高级干部了,不是送钱送物就能搞定的。"

杨震东这鄙夷的一眼,仿佛让自己找回了从前的尊严与自信。也就是这一眼,让钱嘉良感觉到自己确实有点得意忘形了,马上调整状态,恭敬有加地说:"不管怎么说,这件事还请你多费神,需要我做什么尽管吩咐。"他本想说"需要我做什么尽管说",话到嘴边,把"说"改成了"吩咐"。

"嘉良你也别这么客气,我的意思是有些事情不能操之过急,也不能把复杂问题简单化。现在考虑得周到一点,做起来周全一点,对将来有好处。"杨震东站在钱嘉良角度说,"你想想,只要是好事,会有多少人盯着?"停了一下,又说,"你找个自己的活动场所,自己来泡茶就对了,有时我们需要有一点谍战思维。"

"你们搞得神经兮兮的。"韩子霁说,"不至于吧?"

"行稳致远的道理懂吧?"钱嘉良说,"你从小在大院里长大,自带优越感,所以……"

"大事要从小处着手。"杨震东对韩子霁笑笑说,"嘉良说得对,要行稳致远,毕竟我们做的是一件大事。对了,你的资源也要发挥好啊!"

"那当然。"韩子霁放下茶盏,"我们做的事,本来就是资源整合。"

钱嘉良点点头,说:"这还差不多。"

第十章 秋意浓

1

周宇到办公室后，习惯性地敲了敲秦毓常办公室的门，咔嚓一声，门打开了。他已先于周宇到了办公室。

周宇道了声"书记早上好"后，把当天的工作安排简单作了汇报。

秦毓常打了个哈欠："嗯，知道了。"便又低头看文件。

周宇走到门口，正准备随手带上门，秦毓常抬起头说："小周，南宫老师找你有个事，她打你电话了吗？"

他原本已迈出门外的左脚收了回来，脑子一头雾水："哦……哦……没有啊！"

秦毓常也哦了一声："回头她会给你打电话。"便又低下头翻阅文件。

周宇觉得很奇怪，南宫玉霞找自己会有什么事？他脑子迅速转动起来：家里的事，用不着自己，钱嘉良能把他俩没想到的事都做好；工作上的事，自己与她并没有什么交集，比如采访，宣传部门早就会安排好了……那会是什么事呢？

周宇想问一下秦毓常，话到嘴边还是打住了。秦毓常想说，自然就说了；不想说，自己主动问不太合适。于是，他轻轻带上门，回到自己办公室。

整整一上午，周宇并未接到南宫玉霞的电话。

直到下午三点多，手机响了，是一个陌生的电话，他猜测应该是南宫玉霞。

果然是她！

电话里，南宫只说让他到电视台边上的一个茶楼，并未说是什么事。

周宇和秦毓常打了个招呼，走出省委大院。

本想打个车赶到电视台，转念一想走过去也就十五六分钟，便打定主意，步行过去。当了秘书后，周宇难得有机会这个时间走在街道上。J市是个古城，路面普遍狭窄，道路两侧高大的悬铃木遮天蔽日，夏天行走在路上，倒是多了几分清凉。但每到春天，黄绿色花朵绽放，花絮飘浮空中，人们一不小心就会吸入鼻腔，轻则一个喷嚏，重则引发过敏，曾有领导提出更换这些行道树，但高大的悬铃木已成为这个城市的一大特色，在征求意见时，绝大多数市民表示反对，市政府只好作罢。

深秋季节，悬铃木的树叶已经开始泛黄，偶尔还会从高大的树冠上掉下一两片。周宇走了一会儿，发现额上竟然沁出了汗珠。

他用手抹了一下额头，解开了衬衣的第二粒扣子，拎着衣领抖了两下，顿觉得凉快许多。时间尚宽裕，他有意放慢脚步，漫无目的地望着路的两侧。随着一座座大楼拔地而起，城市在不知不觉中长高，视线因此受到限制，再也无法远眺和体会满目青山的感觉，人走在高楼下也顿觉渺小。周宇忽然想起自己小时候在农村看蚂蚁成群爬行的情景，此时的自己，不就是一只爬行在高楼大厦下的蚂蚁吗？在这座城市工作生活多年，眼前的一切竟恍然间让他觉得如此陌生。

下午的茶楼非常安静。周宇刚推开门，没等自己开口，一位漂亮的服务员问道："是周先生吗？"他点了一下头，服务员把他引入一间半开放的茶室。服务员挑起帘门，只见南宫玉霞正和一位留着短发、二十七八岁的女子交谈着。或许是谈到什么开心的事，两人笑得前俯后仰。见周宇进来，南宫招呼他坐下，然后介绍说："这位是我们台里的小文，文雅，编导。"待周宇在对面坐下后，她继续介绍道："这就是周宇，周秘书，周处长。"

文雅坐着，主动伸出手，周宇见状站起身伸出手与她握了一下。再次落座后，周宇给两位女士添了茶，又主动往自己面前的空杯倒上茶，喝了一大口："走了几步，觉得有点渴了。"

"这么远，你走过来的？"南宫说，"害得我们等了这么久！"

"嗯……"周宇支吾了一下，说，"我以为时间还早……"

"看来周宇不懂约会。"南宫笑着对文雅说，"我有点事，先走了，你们聊。"说罢起身离开了。

周宇有点蒙，但马上就反应过来。这么一件大事，他们竟然做得如此轻描淡写，周宇不由得感到一种莫名的委屈。

南宫玉霞离开后，两个人默默喝着茶，过了一会儿，周宇先开了口："不好意思，我不知道……"说罢不自然地笑笑。

文雅抬头看了一眼周宇，说："今天，我也是到这里才知道……"然后又补了一句，"南宫姐对我一直挺好的。"

"嗯……看得出。"周宇摁了一下提示铃，招呼服务员重新上了一壶老白茶，"这个季节，喝点老白茶挺好。"说罢，把文雅面前的茶杯的剩茶倒入茶盂，重新添上老白茶。

文雅看周宇额头上沁出的汗珠，笑了笑："周秘书，您不用太紧张。"然后抽出一张纸巾递给周宇，"自我介绍一下，本人姓文名雅，三十五岁，离异，有一个四岁的女儿。"她停了一下，又继续说，"我这个名字是爷爷给取的，有点附庸风雅，但老人家取的名不可随便更改。我的情况就是这样，现在呢，您愿意多坐会儿，我们可以聊聊；不愿意呢，也可以现在就走。"

周宇惊讶地望着对方。文雅说话如此直截了当，让他觉得有点意外。于是，他也很坦率地说："文编导非常率性。说实话，我以为你今年二十七八……"

"是不是有点失望？"文雅咄咄逼人地问。

"哈哈！你这句话的潜台词是，我对你抱有很大希望……"周宇反击说，"但我来之前一无所知，也就谈不上希望，当然，更无失望一说。"

"好吧。"文雅大度地一笑，"咱俩打个平手。"她举起茶杯，与周宇碰了一下，"你也很率性，不错！"

"看来，我可以多坐会儿。"周宇笑着说，"走了这么远的路，来了马上又离开，不划算。"

"后面的两句话多余了。"文雅说，"官员讲话总是四平八稳，这样虽然无懈可击，但显得无趣，甚至无聊。"

周宇望着眼前的文雅，暗想：这可是个厉害的角色。他不明白秦毓常两口子怎么会想到为自己介绍对象。刘璇去世后，也曾有朋友劝他重新组建一个家庭，并给介绍女友，但他总提不起兴趣。事实上，他自己也不知道到底是为什么。

"你真是临时拉来的'壮丁'？"周宇好奇地问。

"南宫姐早就和我说起你……"文雅说。

"那对我的情况你都了解？"周宇话刚出口，就后悔自己的问题很愚蠢。

果然，文雅笑讽道："夫妻之间生活多年，都不敢说彼此的情况都了解……"

"这倒也是。"周宇皱了一下眉头，也笑了，"你在电视台工作多久了？"

"学校毕业就进电视台，算起来十来年了。"文雅问，"还想知道什么？"

"该我说'您不用太紧张'了。"周宇站起身,左右扭动着活动了一下身体,又坐了下来,"我们就是聊聊。"

"睚眦必报,这样不好。"文雅笑道,"看来你不会放过任何报复的机会啊。"

"哈哈!我不是这个意思,我是想说,难得有机会与电视台美女坐到一起,不妨多聊会儿。"周宇解释道。

"看来周秘书对电视台工作的美女很感兴趣。是不是受领导的影响?"文雅问道。

"是吗?"周宇呵呵一笑,"电视台美女是公众人物,容易引起别人注意。"

"嗯,这是句实话。"文雅说,"南宫姐就是在原来的城市工作,引起了秦毓常书记的注意……"

"你是说,南宫老师原来也在X市工作,后来才来省电视台?"周宇问。

"南宫姐业务没得说,是前些年省电视台选调的三个骨干之一。"看得出,文雅很佩服南宫。

"是啊,她主持的节目很受市民喜爱。"周宇附和说。

"那当然。"文雅说,"南宫姐来省台后,很快就独当一面,成为了台里的王牌主持。"她望着周宇,笑笑说,"当然,成功是一个综合因素……"

"你是说,除了她的能力,还有秦毓常书记的支持?"周宇说。

"这个因素不能排除吧?"文雅笑笑说,"有些事只可意会不可言传。"

"这倒是,新闻追求真相,但有些事可能永远没有真相。"周宇点点头。

"真相总归有,只是不一定为世人所知。"文雅说,"天真者追求真相,成熟者保持好奇。"

"深刻!"周宇轻轻击掌说,"和文编导聊天受益匪浅。"

"别奉承我！"文雅盯着周宇,"我知道,你感兴趣的不是我,而是南宫姐,准确说,是你想通过我了解他们夫妻俩……"

周宇心里一惊：这个女人太厉害,自己的心思都被她看透了。但他并不打算承认,说："我到了不惑之年,差不多成熟了吧？"他笑道,"你不是说了吗,成熟者保持好奇。"

"好吧,只当是好奇使然。"文雅说,"我可以继续满足你的好奇心。还想知道点什么？"

"我们只是闲聊,没有刻意打听的意思。"周宇申辩道。

"对！就是闲聊。"文雅说,"你看你,还是太紧张了吧？南宫姐介绍我俩认识,并没有说一定要谈恋爱。另外,我也不至于幼稚到把我俩今天说的话,逐字逐句去给她汇报,对吧？"

周宇有点奇怪,对面的这个女人怎么会把自己看得这么透？自己担心什么,她竟然都能知道。在她面前,自己简直就是一丝不挂！他清了一下嗓子,又猛地喝了一大口茶,以此掩饰内心的不安。

"我看你呀,是当秘书久了,所以缩手缩脚。我们聊的这些内容并非什么秘密,你不知道不等于别人不知道。再说,我们聊这些没有什么恶意,你那么谨慎干什么？"文雅微微一笑。

"你的问题都是你的假设,怎么变成我谨慎了？"周宇不想被她牵着鼻子走。

"那好吧,算我多虑了。平心而论,我感觉他俩很欣赏你,对你真的挺关心。领导待下属这么好,不容易呢。"

"那是。"周宇表示赞同。秦毓常因为一篇小文章,把自己调到他手下当秘书,并馈赠以腕表。南宫把她为自己拍的照片放大,加上相框作为礼物相送,现在又张罗着帮他介绍对象。这两年,自己可谓一帆风顺,这一切不都是因为秦毓常吗？

但是,黄佳宁的提醒,又让他陷入矛盾的状态中。他想,小黄不可能无缘无故和自己说那些话。

周宇一时理不出头绪，见文雅很真诚地和自己聊这些情况，露出感激的心情，说："是的呢，谢谢你！"

"谢我干什么？又不是我关心你。"文雅拿出手机说，"加个微信吧，不管怎么说，你这个朋友我愿意交。"

2

新建的环球金融大厦是J市标志性建筑之一，高六十八层，位于紫霞湖畔，与紫鑫大厦隔湖相望。京宁投资新的办公地点位于五十六层，这是钱嘉良精心挑选的楼层。楼层太高，看似已经到顶，再没有发展的余地了，这是企业大忌；楼层太低，饱受上面的压力，有一种压迫感。

能够将公司办公地点选在这里，本身就体现了公司实力。

环球金融大厦的投资方是J市国资委和新加坡著名的尤氏集团。尤氏是最早涉足中国国内商业地产投资的外资企业，在许多一线城市都有投资。集团非常重视风水文化，每到一处投资，都会专门请专业的大师看风水。环球金融大厦位于J市中心点，前面是紫霞湖，后面是紫霞山，正所谓"背有靠山前有水"，是一块风水绝佳的宝地。凭借这些年尤氏集团在国内的影响力，几经波折，最终拿到了这块土地。

钱嘉良的办公室足有两百平方米，背后是两幅超大的中国地图和世界地图。他拿着可以伸缩的地图棍，在中国地图上找出各省省城的位置，然后在J市画了个圈，嘴里哼着一首带有西部风情的流行歌曲：

云彩托起欢笑
托起欢笑

胸膛是野心
和爱的草原
任随女人恨我
自由飞翔
……

他收起地图棍，踱着方步，走到办公室窗前。

环球金融大厦是一座现代建筑，楼体上下都是玻璃幕墙，钱嘉良的办公室实际上是通透的，所谓的窗，也只能打开一道缝。他喜欢站在这个位置，仿佛只有在这里，他才能大口大口呼吸。

他知道，这是高度紧张、兴奋和不安交织在一起，让自己十分焦虑。经过周密计划，自己的"蛇吞象"计划离成功只有一步之遥了，但他清醒地知道，越在这个时候，越要谨慎操作，否则就可能功亏一篑。

在正式着手收购方圆公司之前，他还有一件至关重要的事要做，那就是把成建新推上大学校长岗位。

成建新把一个校办企业做成全国知名的企业集团，对他而言，接下来的人生目标已越来越近。

此前，在一系列运作下，成建新顺利当上副校长，但这不是他的终极目标。

从学者变成企业家，他最大的感受和转变是学会了经营。在全世界众多的企业家中，他最崇拜的是有日本"经营之父"美誉的稻盛和夫。他在五十一年的经营生涯中，曾经创造了两家世界五百强企业，退休时却把个人股份全部捐献给了员工，自己皈依佛门。他认为领导者的选拔标准是人格第一，勇气第二，能力第三。

普通人欣赏稻盛和夫的人格魅力，对其"人格大于能力"的用人理念尤为推崇。成建新也折服于稻盛和夫，却通过他的理念思考参悟出一些相反的东西。日本战后对美国顶礼膜拜，轻视道德规范和伦理标准,这是历史转折时期的特殊产物,有其存在理由却并不值得颂扬。但崇尚的东西未必适用于任何时候,比如在社会转型的特殊时期,利用一切机会占领制高点就至关重要,甚至可以说是生存立足之本,所谓的道义理想,只能放在成功以后谈论和追求。这听起来不够崇高,却是残酷的现实。

当然,成建新知道自己并非生在乱世,不可能成为一代枭雄。识时务者为俊杰。眼下最重要的是利用一切机会占领制高点,然后才可以谈论所谓的道德。

钱嘉良了解并牢牢把握着成建新的心思,但他知道仅凭一己之力无法完成这一计划,必须借助秦毓常的力量。自从将成建新和徐大可介绍给秦毓常,钱嘉良与秦毓常的信任度与亲密度更进一层,谈笑间为双方各得其所埋下伏笔,钱嘉良顺势通过一系列行云流水般的运作,让成建新成为校长的热门人选。

人在有所求时是最容易合作的。钱嘉良知道,这个时候的成建新正处于成败之间,此时最容易拿捏。

成建新自然也知道这一点。钱嘉良因为有求于自己,才千方百计引进秦毓常,并把徐大可也拉到他家里。说到底,不管是钱嘉良、杨震东、徐大可,还是秦毓常,都有自己的考虑。因为有自己的考虑,便有了合作的基础。什么是合作?相互利用显然过于直白,你情我愿、两情相悦倒是比较符合"双赢"的真谛。

钱嘉良对成建新没有藏着掖着,开诚布公地说:"坐到副校长这个位置只是个序幕,并不是高潮……"

成建新显得有点矜持,微笑着说道:"我们都需要建设一个新世界。"

"是啊,我们是为了一个共同的革命目标而走到一起的。"钱嘉良会意一笑。

"不过,我有点担心,你这分明是'蛇吞象'……"成建新拍了一下钱嘉良的肩膀。

钱嘉良立即打断了他的话："中国有句古话，叫'士别三日，当刮目相看'。你若在三年前这么说，我认了，但今天这么说，我可不承认啊！"

"难不成你是吕蒙，我是鲁肃？"成建新的手指向上推了一下金丝边眼镜，哈哈大笑，"看来，你是准备为我密陈三策？"

"用不着三策，但有一谋。"钱嘉良说，"眼下对你我而言，可谓机不可失，时不再来。我们都要抓住机会，否则时过境迁，一切就很难说了……"

"你很诚恳！"成建新举起茶杯说。

"你很实在。"钱嘉良也举起茶杯与他碰了一下，有意拖长腔且故意顿挫着说，"莫失良机！"

3

嵇革懒接到省委卫星书记的电话时，正在与厅里分管刑侦的副厅长、刑警总队、情报指挥中心、大数据中心负责人研究一起重大刑事案的侦破工作。

这是一起入室杀人案，被害人一家三代六口人无一幸免，包括三岁的孙子和刚刚满月的孙女。罪犯的凶器是刀具，四个大人胸口都被捅了两三刀，两个孩子竟然被割下头颅，现场异常血腥，惨不忍睹，以致一名女刑警在勘查现场时因受惊吓而晕倒。这是 G 省历史上第一次发生这样惨烈的凶杀案。

嵇革懒以为卫星书记来电是过问这桩凶杀案，就在电话里汇报了案件侦查情况，卫星听完汇报，要求集中警力尽快抓到凶手，并强调做好防范工作，防止再发生后续案件。待要求、强调、提醒交代完，又对嵇革懒说："到我办公室来一下。"

放下电话，嵇革懒忽然感到卫星书记关心的不只是这起凶杀案,他马上想起了公安部通报的那起敲诈勒索案,便把相关资料带齐,连忙坐上车赶到省委大院。

果不其然,嵇革懒刚刚坐下,卫星重重放下茶杯,严肃地说:"好个嵇革懒,你胆子不小啊!"

嵇革懒装着很蒙的样子看着卫星,说:"卫书记,这话从何说起?"

"公安部通报的P省敲诈勒索案,你怎么不及时汇报?"卫星指着他说。

"哦,您说的是这事啊。"嵇革懒似乎恍然大悟,"我考虑到李朝东坠楼一事已经定性,再翻出来组织部和纪委那边很麻烦……再说,照片确实是通过PS弄出来的……"

卫星瞪了他一眼,问:"你不知道此事的女主角是谁?"

"这……"嵇革懒犹豫了一下,说,"知道,省电视台主持人南宫玉霞。但案情很明确,照片是假的……"

"别的情况不知道?"卫星紧盯着他。

嵇革懒感到如芒在背,他不敢不对卫星书记讲实话,只得和盘托出:"正是我知道南宫玉霞是秦毓常同志的现任妻子,我担心通报相关案情会让有关部门被动,也让您为难,所以,想等这件事淡化一点再给您汇报……"说着,他把有关案情通报和照片一起递到卫星桌上。

卫星拿起照片瞅了一眼随即扔给嵇革懒,说:"这个我不看!"然后用嘲讽的口吻对他说,"你考虑得很周到啊!我为难?我为难什么?南宫玉霞是我的老婆?简直是笑话!"话虽这么说,但卫星心里还是很欣赏嵇革懒的担当。

当然,欣赏归欣赏,批评还是得批评。卫星继续生气地说:"这么敏感的事,我竟然一直蒙在鼓里,如果不是毓常同志主动汇报……"

嵇革懒忙说:"我真的不是隐瞒这件事,最近这起凶杀案……"

"别扯到一起，凶杀案是这两天的事，敲诈勒索案的案情通报有八九天了吧？大家议论纷纷，我竟然一无所知。"卫星愤愤地说，"涉及高级干部，不是街头八卦，必须第一时间汇报！"

"这件事是我的错。"嵇革懒赶紧做起检讨，"其实这些天我也在了解相关情况，想一并给您汇报，这样也可以少耽误您的时间。"

"有什么新的情况吗？"卫星问道。

"也说不上什么新情况。"嵇革懒说，"李朝东在 X 市工作期间，与南宫玉霞有过一段恋情，甚至两人到了谈婚论嫁的地步，但李朝东老婆本来就是个出了名的母老虎，坚决不肯离婚，后来才作罢。"他继续说道，"有分析认为，李朝东之所以在第一次接到敲诈信和照片就马上汇款给对方，就是因为之前有这么一出。让他没想到的是，自己一时慌乱后的快速反应，让对方一而再再而三地变本加厉，最后终于不堪其扰，走投无路，选择了跳楼自杀。"

见卫星微微皱起眉头，他又补了一句："这也只是坊间传闻，李朝东人都走了，死无对证。"

"是传闻还是传说？这两者是有区别的。传闻需要调查清楚，如果只是传说，那就不说了，在传说基础上的推论也未必成立，你说是吧？"卫星看着嵇革懒，注意着他表情的变化，说，"这方面你是专家，只有你最权威。"

嵇革懒明白，卫星书记这是把球踢给了自己。在这个时候，作为下属必须果断地为领导分忧，绝不能把难题出给领导。更何况李朝东与南宫玉霞的关系确实只是坊间传闻，组织并无定论。

于是，他大胆地提出自己的看法："坊间传说不足为信。此前纪委给出的结论——情感性抑郁症，也符合实际情况，所以……"他望着卫星书记。

卫星书记并未作声，他用眼神鼓励嵇革懒继续说下去。

"李朝东的追悼会都开过了，我觉得没有必要重新调查。"嵇革懒说。

"你确定没有问题?"卫星问。

"我认为没有任何问题。"嵇革懒坚定地说。

"那当初王必登就不知道坊间传说?"卫星有点不放心地问。

嵇革懒心里很清楚,卫星书记并不想把李朝东的事再翻出来,否则省委、纪委、组织部都很被动,秦毓常也很被动。当然,最被动的还是他这个省委书记:手下因为被一个小混混敲诈而跳楼自杀,无论从哪方面讲都不是一件光彩的事。而这个属下还是组织部副部长,肩负着选人用人的重任,把政治上如此不成熟的人,放在这样重要的岗位上根本就是一个极大的错误。

王必登在调查李朝东坠楼一事时兴师动众,本就有点小题大做,最后陷自己于被动,可谓自作自受。卫星现在问起他对李朝东真正的死因是否清楚,显然对他不是很信任。如果他知道真正的死因,没有把所有情况如实报告,那就是对组织不忠诚;折腾那么长时间,如果他竟然连李朝东受到敲诈勒索的情况都不掌握,说明这个人能力太差。反正不管怎么样,卫星对他已经失望至极。

"依我看,王必登可能是太聪明了。"嵇革懒笑着说。

"哼!聪明过头了!"卫星书记轻蔑一笑,"下次省委常委扩大会上,你把相关情况通报一下,同时说明敲诈勒索导致其跳楼,与此前'情感性抑郁症'的结论并不矛盾……"

"好的。"见领导已将任务吩咐完毕,嵇革懒站起身告辞,"那我回厅里了。"

卫星也站起身,说:"你这个名字有点特别啊,有什么含义吗?"

"呵呵!这是我爷爷给取的,意思是让我勤快一点,不能懒。"嵇革懒笑着回答道。

"哦。"卫星脸色放松下来,说:"有点意思!有意思!"

嵇革懒知道,卫星书记看似开个轻松玩笑,实际上是对自己的某种肯定。

4

柳春富非常珍惜在中央党校的学习机会，他清楚地知道，到这里来不光是学习，更意味着今后更大的发展。

当然，工作这么多年重回校园，本身就是一件很幸福的事。以前无论是在报社当记者、J市当处长，还是在省委组织部研究室当主任、到W市任副市长，自己就像一头奶牛，不断被挤奶却一直没有机会补充营养。他感觉再不到学校休整补充一下，自己就快枯竭了。

这种对学习的渴望，以及此前基层丰富的实践经验，让柳春富很快成为班里的佼佼者。他撰写的《当前新农村建设中需要注意的几个问题》，专报中央有关部门后，受到高度重视，并得到高层批示。

柳春富志得意满，对未来充满了信心，这让他更加努力学习，并利用一切机会扩大自己的朋友圈，为未来个人的发展打下基础。

柳春富学习结束前，周宇正好到北京出差。他专门约钱嘉良到北京，既是看望也是迎接柳春富。钱嘉良此前就曾几次提出到中央党校看望柳春富，但他十分谨慎，以党校规定不让看望为由婉拒了。现在学习结束，柳春富再没了理由拒绝，他们过来也正好帮助自己把一些书籍之类的东西一起带回，就欣然同意。

韩子霁早早赶回北京，准备了一桌丰盛的家宴。沙刚因为工作缘故无法请假到京，五位同学中少了一人，但这并没有影响他们的兴致。酒过三巡后，他们越发兴奋，海阔天空地聊当下，聊未来。

周宇聊起柳春富撰写的《当前新农村建设中需要注意的几个问题》中关于庭院经济的问题："你知道有的地方不让农民养鸡养鸭深

层次的原因吗？"

柳春富不假思索地回答道："表面看，是因为鸡鸭乱窜乱拉，影响了周边环境卫生，也影响了有些地方开展文明村镇评比。"

周宇笑道："这是理由吗？"

"是啊，农村就是农村，总不能弄得像人民广场。"柳春富说，"你知道吗，还有些专家认为农民散养家禽家畜成本高、利润低……"

"真是笑话！"周宇打断他的话，说，"散养几只鸡鸭怎么扯上成本高、利润低了？"

"是啊！"柳春富说，"所以，我在《当前新农村建设中需要注意的几个问题》的专报中，讲到现在有些农业专家没有在农村待过，对农村、农民根本不了解！"

"专家有他们的局限性。"韩子霁笑道，"何况现在'专家'二字本来就是个贬义词。"

柳春富借着酒劲，大谈特谈自己回到W市后的打算，钱嘉良不耐烦地说："柳大市长志存高远，你可知道计划不如变化快？回去以后你就一定还分管农业？"

"是啊，说不定又会高升了。"周宇调侃道，"连升三级，弄个省长干干。"

"先升两级吧？"韩子霁装得一副很深沉的样子，说，"柳春富同志还年轻，一步到位容易脱离群众。"

"你们不厚道啊！"柳春富有所清醒，很认真地说，"我生在农村长在农村，不能与你们城里人比，但你们也要允许贫下中农说几句话嘛！"

"你是贫下中农？"周宇哈哈一笑，"我担心你以后成为阶级异己分子呢。"

"成为阶级异己分子，只有钱嘉良有这种可能性。"柳春富轻轻拍拍他的肩膀说，"其实你现在就是资本家了。"

钱嘉良一脸委屈地说："我充其量也就是一个小业主。"

"没必要装可怜吧？"韩子霁不屑地说："什么时候变得这么低调？"

"不是低调，是我根本就没有什么可以高调。"钱嘉良若有所思，说，"收购方圆公司到了紧要关头，越是这个时候，我越是如履薄冰啊！"

"啊？"柳春富有点吃惊地问，"你搞到这么大了？"

"你是身在京城内，不知季节已变换。"周宇拿酒杯与柳春富碰了一下，话中有话地说，"嘉良与子霁狼狈为奸，在干大事呢。"话音刚落，觉得自己的话太直白了，又补了一句，"还有杨震东他们。"

韩子霁脸色有点变了，狠狠瞪了周宇一眼，一时不知如何作答。

还是钱嘉良反应快，马上接话说："我个人的力量有限，凡事靠大家帮助。"

柳春富似懂非懂地说："对！一个好汉三个帮。干什么事都要广泛团结群众……"

周宇听罢嘲讽道："柳市长果然高屋建瓴！"

"柳市长这是用政治语言与我们同学交流啊！"韩子霁赶忙补上一句。

"这体现了柳市长的政治站位。"钱嘉良也跟着说。

"你们怎么又把火力对准我了？"柳春富大度地笑笑，然后自嘲道，"党校学习这么长时间，总得有所收获嘛。"

"你们时机都成熟了，应该放手一搏。"周宇说，"只有我，还在黑暗中摸索！"

"是啊，秦毓常快退休了，你后面有什么考虑？"柳春富问道。

"我听天由命吧，个人考虑再多有什么用？"周宇说，"我很想找个清静的地方，搞点理论研究。"

"理论研究可以放到以后再搞，眼下还是要在事业上有所发展。"柳春富真诚地劝说道,"边工作边搞研究也不是不可以。"

"你就是太书生气!现在秦毓常身边工作多好啊,争取在他退休前给你安排一下,这才是你应该考虑的。"钱嘉良不客气地说,"有句话不知道你是否听说过:天堂,不是你死后要去的地方,而是在你活着时便须建设的神圣社会。人要活在现实之中。"

"我不相信什么天堂,也不喜欢过于现实。"周宇倔强地说,"每个人都有属于自己的追求。"

韩子霁看了他一眼,摇了摇头"你还是那个周宇,这些年不曾改变。"

"这样不好吗?"周宇见韩子霁这么说,心里顿时生出一股无名之火,"我恐怕一辈子就是这样了。"

柳春富见状,说:"我们几个同学在一起,可以无话不谈。我觉得,不管我们自己是否意识到,我们都在不知不觉地改变。"

"我这人死脑筋,改变不了。"周宇苦笑着,举起杯喝了一大口。

韩子霁知道周宇对自己有股怨气,便也举起杯,一大口把杯子里的酒全部喝了下去,赌气似的说,"今天我喝多了就地躺下,不管你们了。"

"别!你总得给我和春富找个住处吧?"周宇见状坏笑起来。

"你去睡大街!"钱嘉良听出周宇的话外音。

柳春富有点不明就里,开了个过时的玩笑:"应该是给我和钱嘉良找个住处吧?"

韩子霁与钱嘉良对视了一眼,笑道:"你们都去睡大街。"

5

不知什么时候,天上的如钩弯月开始变圆,越来越圆。伴随着月亮渐渐变圆,中秋的脚步声越来越近。

钱嘉良突然想起，已有多时未去看望江恩铭了。

月饼是必不可少的。说起中华美食，很多人简单地以为中国人最讲究吃，其实，中华美食的背后是深奥的中国文化，几乎每一种美食都是一个中国文化符号。对此，理解了，它就是文化；不理解，它只是食品。就说月饼，它起源于中秋节，而中秋节又起源于中国古代的农耕文明。农历八月十五的月圆之夜，也是农民秋收前夜。这一天夜晚，赏月、拜月、吃月饼，是中国人对丰收的预庆，也成为全家团圆的重要时刻。

喜庆必须有美酒相伴，因此酒也是必不可少的。钱嘉良专门找出两瓶存放十多年的好酒，驱车前往江恩铭家。

让钱嘉良没有想到的是，大半年不见，昔日精神矍铄的江恩铭，已变成一个形容枯槁的老者。

见到钱嘉良前来看望，江恩铭显得十分高兴，他挣扎着在躺椅上坐起来，又要起身下地。钱嘉良见状，连忙摁住他："老领导，您不要起来，还是躺着吧。"

江恩铭听罢，苦笑着感叹道："日薄西山之人，不中用喽！"

钱嘉良想安慰他几句，却不知道说什么好，想起江恩铭当年对他的扶持帮助，心里一阵难受："这次本来想和您一起喝几杯呢……"

江恩铭轻轻拍拍躺椅，说："让保姆烧几个菜，我们必须喝几杯。"然后问道，"你最近干得不错啊，听说你要收购方圆？"

钱嘉良吃惊不小，我的这些情况他怎么会知道？他正想说什么，江恩铭抢先说："秀才不出门，能知天下事。别看我身体不中用了，但脑子还行，消息也还灵通。"说罢，露出了得意的神情。

"什么也瞒不了您。"钱嘉良说，"我正想给您汇报这些情况呢。"

"哈！你不用给我汇报，我是个退休老头，你如果需要我给你当当参谋，我可以贡献自己的一点余热。"

钱嘉良见老人精神不错，把前期的准备工作简单作了介绍后，说："您以前和我说过，人的一辈子看似很长，但真正属于自己的机会也就一两次，且稍纵即逝。我觉得收购方圆对我而言是一个难得的机会。"

"你很能把握机会，这不是坏事。"江恩铭说，"记得上次送你的两幅字吗？"

钱嘉良想了一下，说："当然记得，'道法自然''厚德载物'。"

"这两句话值得琢磨一辈子。凡事不能勉强，有这个综合能力，可以抓住机会，但千万不能成为包袱。"

钱嘉良有点疑惑地点了点头，他不理解江恩铭为何说"不要成为包袱"。

"对了，前些时候，我把家里的字画整理了一下，这些字画大多是朋友送我的。"江恩铭停了一下，说，"其中也有一些是我非常喜欢，花钱买来的。"

"是啊，您对字画造诣很深。"钱嘉良说的是心里话，江恩铭说到底是一个文化人，看问题通透，对传统文化颇有研究。

"造诣谈不上，对书法倒是很有兴趣，可惜那些年工作太忙，没有坚持练字，以致荒废多年。"江恩铭叹了一口气，"其实工作忙只是个借口，主要原因还是自己缺少毅力。有些事情当时看是天大的事……"

"活在当下，眼前的事总是最重要。"钱嘉良说。

"问题就在这里。"江恩铭说，"有些事情当时看是天大的事，事后看就是芝麻大的事。所以，如果一个人能站在一个历史高度观察、分析自己的境遇，我相信绝大多数人会选择不一样的人生。"

"您也是吗？"钱嘉良问。

"当然。我起码会花更多的时间练练字，少去参加那些无聊的会、讲那些无聊的话，也会大大减少那些无聊的应酬……"

这是一个为所谓理想奋斗了一生的老人，在日暮之年得出的人生真谛。可惜，绝大多数人不经过一番折腾，无法理解这个看似非常简单的道理。

钱嘉良也是这样。此刻他想：也许我年迈时也会这么想，但现在我必须开那些会、参加那些应酬，否则，怎么形成我的人脉？

"当然，写字画画不是人生的全部。相比之下，工作生活更重要。这里面有一个'度'的问题。"江恩铭说，"老天爷留给我的时间不多了，我把这些年收藏的字画整理了一下，准备全部捐给市图书馆，已经和他们联系好了。"

"啊？您不留给孩子？"钱嘉良有点吃惊，老爷子收藏的字画中有不少珍品，怎么会全部捐出去呢？

"他们对字画不感兴趣，留给他们无非是随便送送人，或者拿到书画市场出售。"江恩铭说，"把字画与钱画等号，就失去文化的意义了。再说，里面有一些是各种朋友送我的，留给他们不合适。"

钱嘉良看看江恩铭，不知如何作答。

"对了，你送我的那幅《岭南春晓》，当时花了不少钱买来的吧？我特地放在边上，你看是物归原主，还是……"钱嘉良无论如何不曾想到，江恩铭此时竟然专门提起那幅岭南派画家的作品。

"这是我送您的，现在您是这幅画的主人，我怎么好拿回来呢？"钱嘉良尽管心有不舍，但还是说，"您的考虑是对的，捐给图书馆，将来展出可以让更多的人欣赏，这才能充分体现它的价值。"

"好！"江恩铭赞赏地说，"这才是有文化的人应有的觉悟。"

保姆招呼吃饭。

钱嘉良扶着他走到餐桌前坐下。

江恩铭说："咱们提前过个中秋节吧。"又转过身对保姆说，"把我那压箱底的酒拿过来。"

钱嘉良忙说："今天一定要喝我带来的，也是茅台，放了有十来年了。"

"那好吧。"江恩铭兴致很高，说："难得一个忘年交，今年好好喝几口。"

钱嘉良拿出月饼。

江恩铭对保姆说:"你拿出两个月饼切一下吧,一人一个吃不下的。"

钱嘉良在与江恩铭碰杯的一瞬间才发现,眼前的江恩铭更像是他的良师,可他以前一直把他错当成领导了。望着他举起酒杯时颤颤悠悠的手,钱嘉良不觉鼻子一酸。

老爷子明年是不是还可以与自己一起过中秋呢?

第十一章　欲说还休

1

李朝东被敲诈勒索导致跳楼一事，在 G 省传得沸沸扬扬。卫星书记为此大发雷霆，把纪委书记袁国栋和副书记王必登叫到办公室，待了解了详细情况后，把两人臭骂一通。末了，他问："你们看，这件事如何消除恶劣影响？"

王必登低着头不敢吭声。

袁国栋只得接话："卫书记，这事我首先要作检讨，是我工作不到位……"

卫星打断他的话："现在不要你检讨。你告诉我如何消除影响？"

"彻底消除影响不可能。"袁国栋说，"舆情一阵一阵，后面有了更加敏感的事件，老百姓就会逐渐忘记前面的事了。"袁国栋停了一下，又补了一句，"这是信息传播的规律。"

卫星看了他一眼，不满地问："照你的意思，我们只有消极等待，让后面再有个乱七八糟的事？"

"我不是这个意思。"袁国栋赶紧解释说，"我只是说这波舆情总会过去。接下来，我建议在省委常委会上通报一下情况。"

"然后呢？"卫星问。

"我认为，关于对李朝东坠楼是因为患情感性抑郁症的定性，可以维持不变，常委会上大家对此统一一下思想……"袁国栋说。

卫星看了他一眼没有作声。

"这个问题，我私下也与嵇革懒同志探讨过。他也认同我的看法。"袁国栋试探性地说。

"这就行了？"卫星翻了一下白眼说。

"后面是否再开一个常委扩大会，小范围通报一下情况，包括常委会统一思想的情况？"袁国栋心里很窝火，原本想通过李朝东坠楼查个大案，不承想惹出这么多麻烦。

"行吧。到时你也在会上说说。"卫星说罢，挥了一下手，示意他们可以离开了。

开常委会那天，秦毓常找了个借口，向卫星书记请假没有出席会议。卫星知道他的意思，彼此心照不宣，准了他的假。

会上嵇革懒简单传达了上级的案情通报，认为敲诈勒索虽然是李朝东自杀的主因，但与此前调查定性他跳楼与身患情感性抑郁症有关并不矛盾。事实上，李朝东夫妻长期不和，激烈的家庭矛盾是他患有抑郁症并最终导致跳楼的深层次原因。

袁国栋也作了发言，在检讨纪委办案有不严谨的问题后，要求针对社会上有些不负责的谣言，大家一定要自觉给予抵制和纠正。

卫星书记打断了他的话："宣传部和网信办注意加强这方面的工作，这件事到此为止。大家把精力放到正事上，多为年底前完成各项任务出力流汗。"

原以为这事真的到此为止了，没想到吃瓜群众口口相传，并对故事进行了再创作，以致越传越玄乎，有的甚至说李朝东与秦毓常曾经与南宫玉霞同睡一床。

更要命的是，李朝东的老婆祁凤仙本就是一个泼妇，这些传说传到她耳朵里，她竟然跑到省委门口大哭大闹，说是秦毓常害了她老公，并要他亲自接待。武警把她挡在门外，又驱离了围观群众。

秦毓常感到脸面全无，回到家里一言不发。这件事此前就弄得他心力交瘁，甚至一夜之间头发全白，又经李朝东老婆这么一闹，让他血压飙升，竟然昏倒在客厅。

卫星书记大为光火，打电话让袁国栋妥善处理此事。

袁国栋随后把任务派给王必登："后遗症就交你处理了，卫星书记等结果。"

王必登原想通过查办李朝东自杀案捞点政治资本，不承想造成今天这样被动的局面，提拔是没有希望了，现在的位置能否保住都成了问题。他气得七窍生烟，安排武警把在省委大门口哭闹的祁凤仙关到禁闭室，过了大半天，才去见她。

祁凤仙开始还继续闹腾，王必登从调查李朝东的情况中挑出几件事，连同相关材料一一摆到她面前，然后说："这些年你自己干了些什么自己不清楚吗？你妹妹的孩子是怎么进的工商局？你老家N县的政府行政大楼工程建设，是谁打的招呼？拿好处费没有？"

然后，王必登猛拍桌子说："你他妈昏了头了，给你脸你不要脸！"

祁凤仙前一分钟还神气活现，被王必登这么一收拾，顿时像泄了气的皮球瘫坐在地上。

"给你两个选择：一、马上滚回去，从此不要再闹腾；二、你继续闹，明天我就派人把你的问题彻底查清楚。"

祁凤仙马上站起身："王书记高抬贵手，是我妇道人家头发长见识短。"然后鞠了一个躬，说，"现在就让我走吧，我保证不再闹腾了。"

王必登瞪了她一眼，出门给武警说了几句话，坐上车一溜烟走了。

祁凤仙呆呆地站立着，直到武警赶她走，才赶紧跑了。

2

钱嘉良从江恩铭那里回来，好几天打不起精神。曾经那么精干的江恩铭，终究经不起岁月和病魔的摧残。

更让钱嘉良感到不安的，是江恩铭对他说的一番话。毕竟还没有到他那个年龄，有些人生感悟是必须到了一定年龄才能理解和产生共鸣的，但他知道，老爷子说的一番话，都是发自内心的，是一个长辈对晚辈的谆谆教诲。加之此前江恩铭对他的关心帮助，让钱嘉良从内心深处感激他。

江恩铭给自己提起的那两幅字，说明上次给他是精心准备的，而不是临时想起来才写。"道法自然""厚德载物"的意思很清楚，但江恩铭再次强调，分明就是在提醒自己，特别是他说"凡事不能勉强，有这个综合能力，可以抓住机会，但千万不能成为包袱"，显然是在暗示自己什么。

钱嘉良发自内心地尊敬江恩铭，也正因为这份尊敬，他讲的话让钱嘉良非常在乎。在收购方圆的关键节点上，老领导究竟暗示自己什么呢？是觉得我胃口太大，不应该收购，还是让我谨慎从事，不要贪大求快？

反复思考无解的情况下，钱嘉良横下一条心，决定还是抓住机会收购方圆！他觉得，前期收购方圆的所有障碍都已经扫除，资金也不是问题，必须从快操作，过了这个村或许就没有这个店了。

眼下可谓万事俱备。方圆公司的评估，前期已经让杨震东做好了茹意的工作，起码能做到客观公正、不偏不倚。当然，通过杨震东的操作，天平倾向自己这一边应该没有问题，同时，只要程序合法应该不会出现节外生枝的事。

成建新和徐大可的事也基本有了着落。

接下来，就是收购的具体细节了。

一切都在钱嘉良的掌控之中。

方圆集团的改制工作得到上级有关部门和G省的大力支持，后来，还被有关部门评选为新一轮国资改革的成功案例。当然，这是后面的事了。

方圆公司的评估，由杨震东负责操作，最后与紫鑫大学、方圆集团等单位共同选定茹意所在的天平润评估公司。

评估工作进行得认真而细致，更重要的是严格按照程序进行，几乎所有细节都做到了无懈可击。天平润评估公司严格按照中评协评估准则要求，出具了《方圆集团资产评估报告》，并附上详细的明细表。报告显示，方圆集团净资产为三十一亿九千六百万元，这比钱嘉良他们此前预评估低了八亿七千万元。评估的整个过程做到了"合法合规"，结果达到了钱嘉良他们"如我所愿"的目标。

紧接着，北京的聚裂变投资、本地的京宁投资，以及杨震东提前在深圳注册的东持久投资，联合出资成功收购了方圆。

举办庆祝酒会的当天下午，传来江恩铭病逝的消息，让钱嘉良兴奋的心情多了些许悲伤，但这并没有影响当晚庆祝酒会的举行。

钱嘉良原本考虑搞一个规模大一点的庆贺酒会，杨震东却死活不同意，要求尽量做到"悄无声息"，甚至连周宇、柳春富和沙刚几位要好的同学也不要邀请。虽然钱嘉良有些不快，觉得没有必要如此谨慎，但拗不过杨震东，只好接受了他的意见，严格控制庆贺酒会的范围，只邀请了二十多人，安排在紫霞山脚下的秋香茶楼，对外只道是茶话会。

钱嘉良发表了热情洋溢的讲话，几乎把所有到场的人都感谢了一遍。当他端着酒杯走到茹意面前时，碰了一下杯，说："祝贺你，即将成为方圆的股东。"

茹意身着质地精良的蓝色套裙，满面春风地说："合作愉快！"

韩子霁走过来，带着不易觉察的醋意对钱嘉良说："钱总，人生得意须尽欢，你是今天的大BOSS，多喝点哦。"

茹意听出她的意思，莞尔一笑："韩总也是大BOSS。"

南宫玉霞也参加了庆贺酒会。本来钱嘉良邀请了秦毓常，但他说这种场合不合适，便让南宫玉霞参加。后来钱嘉良又提出请南宫玉霞担任庆祝酒会的主持，秦毓常有点生气地说："你觉得合适吗？"钱嘉良讨了个没趣，转而作罢。

钱嘉良走到南宫玉霞身边，低声而非常诚恳地说："感谢秦书记和您的关心。没有秦书记也就没有我的今天。"

南宫玉霞笑着说："也得谢谢你，不是你穿针引线，我也不会与毓常走到一起……"

"哈哈！成人之美，这是我做得最成功的一件事。"钱嘉良不无得意地说。

"人家的缘分怎么就成了你的功劳？"杨震东走过来，与钱嘉良碰了一下杯，转身笑着对南宫玉霞说，"嘉良有点个人英雄主义，这个毛病要改。"

钱嘉良听出杨震东的弦外之意："杨总这是在严肃批评我呢。"

南宫玉霞听罢，说："兄弟之间，互相提醒，这样好。"

3

南宫玉霞把文雅介绍给周宇认识后，再也没有问起过他们的进展。这反倒让周宇有点不安。毕竟，这是秦毓常他们两口子对自己的关心。

让他更加感到不安的，是黄佳宁对自己若即若离的关心。他是结过婚的男人，知道小黄对自己关心背后的那份浓浓的爱。

周宇心里很矛盾，这种矛盾不是在小黄与文雅两人之间二选一的矛盾。与文雅见过一面，她那泼辣的性格，与不温不火的周宇根本就不是一路人。但由于是南宫玉霞介绍，背后又是秦毓常，贸然拒绝似乎又不是很合适。

不知为什么，自打第一次见小黄，周宇就有一种似曾相识的感觉。他曾反复回忆，是不是什么时候与小黄在哪里见过？答案是否定的。小黄大学毕业前都在外地，怎么可能见过她呢？

小黄其实是周宇暗地里喜欢的人，但他心底隐隐有一块石头：两人相差十多岁，凭小黄的条件，找谁不可以，非得找自己这个丧偶的男人？

周宇被这个问题困扰了很久，一直不知道该怎么办。又是一个难得没有工作安排的周末，周宇准备去山里走走，人只有置身大自然才能彻底静心放空，让自己变轻。

紫霞山上，尽管山风不小，空气却不是很好，远处似云似雾，白茫茫一片。或许是天气的缘故，山顶少了往日的热闹，游玩的人也很少。周宇找到一块平整又背风的石头坐了下来，深吸一口气然后缓缓吐出。如此反复几次，心情放松了许多。背靠着石头，不知不觉间竟然迷迷糊糊睡着了，直到耳边有人喊"周宇"才睁开眼，发现竟然是文雅和她的几位朋友。

"怎么在这里睡着了？山顶风大，容易着凉。"文雅很关心地说，然后拉着一个小女孩介绍道，"这是我女儿。"又回头对小女孩说，"叫叔叔。"

周宇有点蒙，不知道怎么会这么巧，竟然在山顶上碰到文雅。当小女孩叫了声"叔叔"，他很机械地回了一声"哎"，便不知再说什么。

"这位是周处长。"文雅把周宇介绍给其他几位朋友。

周宇这才缓过神，站起身一一打了招呼。

文雅身边一个留长发的男子抱起小孩，站在她身边催促说："走吧，可能要下雨了。"

文雅瞪了他一眼："急什么？下雨有什么关系？"

周宇见状忙打圆场："赶紧下山吧，别让孩子淋雨了。"然后朝文雅笑笑。

文雅欲言又止，转身与几个朋友向山下走去。

周宇有些解脱，又有些失落。目送文雅他们下山后，他爬到一块高高的石头上，突然想到一句话，"山高人为峰"，便马上从上面下来。周宇研究《道德经》多年，深谙老子思想。人永远不可能为峰，只有那些不知天高地厚之徒，才会有"山高人为峰"的自负。

周宇慢慢走下山。此时，云开日出，往山上走的游人渐渐多了起来，几个骑着山地自行车的学生横冲直撞，丝毫不顾及其他行人。周宇往边上靠了靠，看着他们一路笑闹，心里生出几分羡慕。多年前，他曾看过一幅油画，画名为《多梦时代》，画的就是一群男女中学生。彼时，对一切似懂未懂，却以为世界只属于自己，包括所有的快乐与忧伤。但在后来的成长中，这种感觉日益淡化，再后，才知道大千世界，个人是多么渺小。

傍晚，周宇正在房间里心不在焉地翻着一本书，忽然手机响了起来，原来是文雅打来的电话："刚才真烦人。晚上请你吃个饭，给你赔礼道歉。"

周宇听出她的意思，说："不用，你忙吧，没关系的。"

"别那么小气。"文雅用不容商量的口吻说，"紫馨饭庄，我订好座了。"

周宇犹豫着，想找个理由推却，文雅又在电话里说："别那么小气！"说着，挂断了手机。

见无法推托，周宇只得打了一辆车，赶到紫馨饭庄。

文雅早就等在餐厅，见周宇进来，高兴地挥手喊他。

周宇难得与女性单独吃饭,见文雅旁若无人地招呼自己,有点不好意思地走进去。

菜早就点好了,有两个菜已摆在桌上。文雅问:"喝点酒吧?"

周宇迟疑了一下,说:"听你的。"又说,"这顿饭我请你吧。"

"一顿饭我还请得起。"文雅打开带来的红酒,给周宇倒上。

周宇拿起酒杯闻了闻:"这酒不错。"并自顾自喝了一大口,"口渴了。"

文雅笑了:"哪有你这样无礼的,也不碰一下杯,把红酒当水喝?"

周宇歉意地说:"不好意思,真的口渴了。"

"你每次都口渴了。"文雅笑笑,说,"估计你酒量不错,多喝点。"

"平时喝点白酒,不喝红酒。"周宇说完,忽然想到曾经与小黄一起吃饭喝酒的情景,心想今天千万别碰到小黄,否则就尴尬了。

"要不给你换白酒?"文雅变戏法似的,又从包里掏出一瓶白酒,并迅速打开。

"不用了,就喝红酒吧。"周宇伸手抢下酒瓶,又拧上瓶盖。

"今天太巧了,算是我们有缘,所以请你吃个饭,也算是感谢南宫姐一片好意。"文雅说。

周宇琢磨着,她说的有缘究竟怎么理解?是想与自己深交下去,还是仅仅客套一下?正想着,文雅又说道:"今天你看到的那个人,是我的大学老师,追我很多年……"

周宇不作声,静静地听她说。

"其实想通了也就那么回事,人生苦短,结不结婚都是过日子,现在这个社会,唉!"

"文编导好像有很多感慨啊?"周宇本意是想和她开个玩笑,但话一出口,倒似乎是在讽刺。

文雅还是笑笑:"你这话的意思我明白,我没有你想象的那么复杂，也没有你想象的那么简单。"

"哦？"周宇很感兴趣地说，"说来听听。"

几杯红酒下肚，周宇感到内急，起身说："我方便一下。"

就在走出包间门的瞬间，突然发现沙刚从外面走进大厅。沙刚也看到了他，边挥挥手边说："这么巧啊？"

周宇几乎同时说："这么巧啊？"然后说，"回来怎么没告诉一声？"

"我这不是刚到 G 市嘛，父母从外地疗养回来，正好一家人吃个饭。一会儿我来敬你酒。"沙刚说。

周宇正想拒绝，他已走进另一个包间。

回到包间，文雅热情地帮他添上酒："还有这点酒，我们分了。"周宇一看，正合心意，他想赶紧吃完饭开溜。

两人刚把酒杯的酒干完，沙刚与小黄端着酒杯走了进来。

"是文姐啊，这么巧？"小黄认识文雅，举杯打了个招呼，"好浪漫啊，也不带上我们？"

沙刚也颇感意外，问："不打扰吧？"

周宇不自然地笑笑："既然你们都认识，我就不介绍了。"

文雅也觉得很意外，问小黄："你们认识？"

小黄看看周宇："岂止认识，我们曾经是同一个战壕里的战友。"

"真巧啊！"文雅说，"我们刚喝完……"

没等文雅说完，小黄拿起桌上的白酒瓶直接给两人酒杯倒了足有二两白酒，边倒边说："难得！难得！"一仰脖子喝完自己酒杯里的红酒，也倒上等量白酒，说，"敬你们！"然后又一口干掉，几个动作干脆利索得有点让人目不暇接。

文雅见状，什么都明白了。她笑了笑，说："小黄妹子，你急什么嘛。"

周宇傻傻地看着小黄，没想到小黄竟然反应这么强烈。

沙刚也有点蒙了，没想到周宇单独与一个女人在一起吃饭，更没想到妹妹如此失态。他赶紧打起圆场："慢点喝！慢点喝！"说罢，与周宇和文雅碰了一下杯。

周宇见状，只得也喝下杯中的白酒。他原本不善混酒，加之早上没有吃早饭，刚才又只顾喝酒没吃什么菜，二两白酒下去，顿觉脑袋晕晕乎乎的。

小黄似乎也感觉到了自己的失态，有点不好意思地说："文姐，打扰你们了吧？"

文雅大度地笑笑说："反正已经打扰了，那继续吧。"她给小黄和周宇又倒上酒，举杯碰了一下，说，"没打扰你们吧？"

周宇又把白酒喝下，然后晃了晃杯子，含混不清地说："没打扰，没打扰。"

小黄神情难以捉摸地说："我是不是不该过来敬你们酒？"

"该不该来都来了。"文雅笑笑说，"一会儿让周宇给你解释。"

周宇眯着眼睛，舌头不听使唤地问："解释什么？"

"交给你了。"文雅指着已趴在桌上的周宇说，"孩子在上舞蹈课，我还要去接她放学。"

4

柳春富从中央党校学习回W市不久，便接到调令，将他调整到西南某边陲市任副市长。而内部消息是，很快就将接任市长。

他从来没有想到自己会如此幸运，连同在中央党校学习的时间算起来才两年多，竟然又可以再升一级。

正好是周末，钱嘉良、韩子霁、周宇专门赶到W市为他送行。晚宴安排在军分区食堂。

沙刚当仁不让地成为东道主，他特地身着戴着大校军衔的军装，站起身说："本来嘉良要到W市最好的云满屋艺术酒店为春富举办送别晚宴,那里环境优美,档次也高,但被我否决了。我考虑两点:一是同学之间,不必讲究排场,低调为宜。这第二呢,本人是W市军分区副司令员,平时难得发号施令,这次我不能放弃这个机会。我们几位同学最近喜事连连,嘉良、子霁成功收购方圆,可喜可贺!春富即将成为市长,这是官场的一小步、个人事业的一大步,也值得我们自豪。今天桌上的菜都出自战士之手,没有在外面买任何食材,完全符合有关规定。但我要声明的是,酒是我自己从家里带来的,可能过期了,大家凑合着喝,一定要尽兴!"

"知道是陈年好酒,沙司令你就别嘚瑟了。"周宇拿起酒瓶看了一眼说,"让春富给我们说几句吧。"

柳春富显得有些兴奋,站起身说:"感谢各位老同学一直以来的关心帮助……"

韩子霁打断了他的话:"柳大市长,别讲那些官话套话,好不好?"

"韩大小姐,我说的是发自肺腑的话。"柳春富一脸无辜地说,"我们毕业这么多年,虽然联系时多时少,但实际上始终有一根线把我们牵扯着,是什么线呢?同学之间的感情。前年我被停职检查,要不是沙刚帮我一把,还不知会出什么幺蛾子呢!"说罢,柳春富的眼圈红了。

"说点高兴的。"钱嘉良说,"以后需要我们搞个支援边疆什么的,你尽管说。"然后拿起酒杯,说,"沙司令,让我们快点尝尝你的过期酒吧。"

"等等,还有一个人。"沙刚说。

大家面面相觑,不约而同地问:"还有谁?"

正说着,小黄从外面气喘吁吁地闯了进来:"终于赶上了。"说完又补上一句,"我来看我哥哥。"

钱嘉良问:"看哪个哥哥?"说着不怀好意地拍了周宇一下。

周宇只当什么也没发生,说:"沙司令,要不边喝边聊?"

"好啊。今天是周末，咱们随便一点，边吃边聊，还可以边吃边唱。"沙刚指了指一个餐厅休息区的音响，说，"这套音响效果一流。"

"赶紧先吃饭，我饿死了。"小黄迫不及待地说。

"别那么急。"钱嘉良强行与小黄换了个座位，坏笑着说，"这样吃饭大家都安心。"

小黄半推半就地坐到周宇身边。

"别冲淡今天的主题啊。"沙刚清了一下嗓子，站起身，显出一副严肃样子，"我宣布：开幕！"

大家在笑声中举起了酒杯。

酒至半酣，周宇问："春富，到那边去如何施展拳脚，早就想好了吧？"

"每个地方的人文环境不一样，政治生态也不尽相同，早点做些准备，很有必要啊。"沙刚说。

"这像司令说的话。"韩子霁调侃道，"首长现在讲话就是不一样，不仅幽默，还非常有高度。"

小黄瞪了她一眼，说："韩大老板讲话也不一样，一副居高临下的派头。"

"哟！就这么护着你哥？"韩子霁说，"你与沙刚是兄妹，我们与他可是同学。"

"同学名堂就是多。"小黄脱口而出，然后看看钱嘉良，再看看韩子霁。

钱嘉良、韩子霁相视一笑。

当小黄与周宇目光相遇时，周宇也不自然地笑了笑。

"咱们同学就是兄弟姐妹，情同手足。"还是沙刚反应快，说，"春富，到边陲工作不容易，有什么需要帮忙的，尽管说。"

"那当然好。"柳春富说，"到一个人生地不熟的地方工作，肯定少不了麻烦你们。"

"我有一个同学,是那边军分区司令员,你有什么事,可以找他帮忙。"沙刚掏出手机,把姓名和电话号码发到柳春富手机上。

"还是你们军人厉害,到处有战友。"钱嘉良说,"早知道我也到部队工作了。"

"那你当不成老板了。"小黄说,"你的志向是财富。"

"哈哈!你干脆说他眼里只有钱吧。"韩子霁笑道。

"有钱不是坏事啊!"钱嘉良不服气地说,"改革开放初期,某报刊登了一篇题为《青年个体户座谈批判向钱看》的报道,一位学者专门写了一篇《为钱正名》的文章,提出'向钱看'是'价值观念的历史性转变',并刊登在全国的大报上。"

"'向钱看'确实是'价值观念的历史性转变',但这种转变是积极的还是消极的,可能就两说了。这些年滋生的拜金主义……"周宇说。

韩子霁不客气地打断了周宇的话:"讨厌你们动不动谈些八竿子打不着的理论问题。"

"这不是理论问题,这是现实问题。"周宇不服气地说。

"钱不是问题,问题是没钱。"钱嘉良说,"现在国家搞建设,搞开发,哪里少得了钱?"

"就是。"韩子霁说,"周宇、春富,你们不是喜欢研究理论问题吗?经济基础决定上层建筑,这既是理论,又是现实。"

"好!"小黄笑着听他们争论,轻轻击掌,不忘再添一把火:"真理不辩不明,继续!"

"你是唯恐天下不乱。"沙刚说,"关于'向钱看'这个问题,我觉得你们都没有资格,只有子霁同志有资格。"

小黄哈哈一笑。

柳春富也跟着笑起来。

钱嘉良与韩子霁对视一眼,说:"沙司令你什么意思?转移话题很快嘛!"

"你别多心。"沙刚笑道,"还是聊聊春富到那边如何开创新局面吧。"

"人还没过去,想那么多干什么?"钱嘉良说,"到什么山唱什么歌呗!"

"你们说是来送我,刚才我开了个头就被打断了,一晚上都没机会好好说几句。"柳春富委屈地说。

"大家安静!请柳市长讲话。"周宇带头鼓起掌。

"说真的,你们来送我,我非常激动也非常高兴。这些年你们给我太多的支持帮助,我真不知道如何用语言表达,这样吧,我给大家唱首歌,《让我再看你一眼》!"

> 在分离的那一瞬间
> 让我轻轻说声再见
> 心中虽有万语千言
> 也不能表达我的情感
>
> 在这短短的一瞬间
> 让我再看你一眼
> 不知何时才能相见
> 不知何时回到你身边
> ……

柳春富唱得声泪俱下。这些年过山车似的经历,幸运地到 W 市任副市长,莫名其妙被停职,后又因祸得福到中央党校培训,现在又去边陲工作并有了提升的机会。

他知道,这一切如果没有沙刚全力相助,现在还不知道是什么情况。这份同学之情,让他非常感激,同时也对未来充满了信心和希望。

韩子霁拍了几下掌:"春富,你到底唱给谁听的?是不是在W市有一个你离不开的人?"

柳春富笑笑,说:"要说W市有离不开的人,那就是沙刚司令了。"

"酸!酸!酸!"小黄说,"大男人怎么搞得像那个什么同志似的?"

"说什么呢?"沙刚在小黄头上拍了一下,"净胡说八道!春富重同学感情,你不懂,一个人到外地工作,路途遥远,道阻且长……"

小黄发现,沙刚竟然也眼含泪水。

钱嘉良想到这些年创业的艰辛,又联想到研究生毕业,周宇到车站送自己的情景,也有了一丝伤感。

周宇在一旁默不作声,不知为什么,他从柳春富伤悲的歌声中预感到一丝不祥。

5

秦毓常临近退休,周宇也陷入困惑,他不知道下一步自己该怎么走。

他曾好几次想与秦毓常汇报自己的想法,但话到嘴边,还是没开得了口。

省机关流传着一个笑话,也是一个真实的故事。前几年,一位临近退休的副省长在等电梯下楼,有位处长恰好也要下楼,见到副省长后打了个招呼,这位副省长用很低的声音嗯了一下,便不再吱声。偏偏那天等电梯的时间特别长,眼看着电梯迟迟不到,处长为避免尴尬,没话找话说:"您要下去啊?"谁知这位副省长破口大骂:"我下去?我还没下去呢!你们这帮势利小人,狗眼看人低,人还没走茶就凉了……"吓得处长撒腿就跑。

周宇第一次听到时只当是别人编的笑话，后来才知道确有其事。临近退休，不少领导的心理发生一些变化也属正常，所以，周宇处处小心，生怕出现什么纰漏。

特别是近小半年，秦毓常明显衰老了许多，曾经的满头黑发竟然在一夜之间全部花白，可见他在李朝东被敲诈勒索一案引发的麻烦中承受了多么大的压力。后来祁凤仙在省委大门前闹腾，秦毓常被折腾得精疲力竭，以致血压升高昏倒在客厅，差点丢了性命，这让周宇无比同情与难过。唉！一个省部级干部，竟然被莫名其妙的事折磨得差点丢了老命，这叫什么事嘛！

周宇很自然地联想到自己。都说高处不胜寒，自己并没有身居高位，只是在高层机关工作而已，却时时伴有如履薄冰的感觉。再想到四十多岁的自己形单影只，连一个能掏心掏肺说话的人都没有，不免有了几分伤感。

这时，他想到了黄佳宇。

最近几次在一起，他明显感觉到小黄对自己的好感，但不确定她到底为什么对自己好。他不想成为她谈情说爱的试验品。在这个年龄谈所谓的爱情似乎很可笑，但他却渴望爱情，同时还觉得没有爱情做基础，婚姻并不可靠。因为他现在需要的，是永远的生活伴侣，而不是一时的浪漫。

周宇很想约小黄单独聊聊，试探一下她的底细，但他缺少勇气。

他又想起电视台的文雅。她性格活泼开朗，本来起码可以成为一个正常的好朋友，但经小黄那么一搅和，自己根本不敢再主动找她。

唉！前途，幸福，命运……一连串的问题交织在一起，周宇开始怀疑人生：人为什么活着？活着的意义是什么？某些夜深人静的时刻甚至会想：如果哪天早晨突然醒不来，有谁会给我收尸吗？

类似的问题不时浮现在脑海中，周宇不禁怀疑自己是不是也患上了"情感性抑郁症"。

在J市，当年的五个同学就剩周宇、钱嘉良、韩子霁三人。现在，钱嘉良与韩子霁打得火热，找他们说说心里话，这不是让他们笑话自己吗？别的还有谁呢？只有黄佳宁了！

周宇连续几天下决心找小黄聊聊，最后都偃旗息鼓了。这天下班前，他拿起一枚硬币，决定让抛出的硬币帮自己作决断：硬币落到桌面上，如果两次以上正面朝上，自己就主动找她，否则就作罢。

结果，他连抛三次，竟然三次都正面朝上。又抛，还是三次正面朝上。他终于下定决心，给小黄拨通了电话。

不等周宇讲话，手机里先传来小黄的声音："忙着呢。"便挂断了电话。

周宇沮丧地放下电话，呆呆地坐在办公桌前。

就在这时秦毓常走进他的办公室，问："发什么呆呢？"他突然惊醒，连忙站起身问："书记，什么事？"秦毓常笑了一下，说："什么事？下班了。去把这几份文件还给保密室。"他这才缓过神来。

周宇刚迈出省委机关大门，手机忽然响了，是小黄！他接起电话，有气无力地问："什么事？"

手机里传来小黄的声音："刚才副部长找我们研究材料，不方便接电话。找我有什么事啊？"

周宇一下子反应过来，刚才自己怎么就没想到，还以为她不愿意接自己电话呢！"没什么大事，本来想找你聊聊……"

"那你等我，我开车，一会儿到。"没等周宇回话，小黄抢先说完便挂断了电话。

十五分钟后，一辆黑色名爵停在省委大院门口左侧。小黄放下车窗玻璃，朝周宇招了招手。

周宇上了车后说："车子很普通嘛，没买辆豪车？"

第十一章 欲说还休

"我自己挣的钱，只够买这个了。"小黄重新启动了车子，"是不是你坐在上面觉得空间小了点？"

"我很庞大吗？"周宇低头看看自己，说，"还好吧？"

"你那么敏感干什么？"小黄用右手拍了周宇的左手一下，说，"刚才不方便接电话，没不开心吧？"

"怎么会呢？"周宇掩饰说，"估计你是在忙。"

"真的？"小黄转头看了周宇一眼，"电话里感到你情绪不高嘛。"

"你好好开车，别东张西望。"周宇笑笑说，"你厉害，我的情绪变化你都能从电话里感受到。"

"哈哈！你承认了。"小黄说，"我能理解，你难得打电话给我，吃了闭门羹，难免心里不舒服。"

"你经验很丰富嘛。还懂什么？"周宇故意调侃捉弄小黄。

"你这人，真是！"小黄打了一把方向盘，说，"今天算我的问题，请你吃饭。说，想吃什么？"

"我什么都不想吃。"周宇说的是真的，不是肚子不饿，是他这几天心情很郁闷。

"人是铁，饭是钢，一顿不吃饿得慌。"在一家饭店门口停下车，小黄把车钥匙交给饭店的服务员，回头对周宇说，"不管怎么说，饭总是要吃的。"

周宇一看，是上次自己喝醉酒的紫馨饭庄，皱了一下眉头，有点不情愿地问："怎么把我带到这里了？"

小黄笑笑说："可以告诉你一点趣事啊。"

"是不是我上次喝多酒出什么洋相了？"周宇想起上次与小黄不期而遇的事，心里不禁发怵。

"你别担心，没出什么太大的洋相。"小黄拉着他跟服务员走进一个小包间。

原来是上次文雅约他吃饭的那个包间。

"没有太大的洋相,那有小的洋相?"周宇更加不安。

"是啊。你都忘记了?"小黄问。

"这……"周宇真的不知道后来发生了什么,说,"你就快点告诉我吧。"

"别急。"小黄调皮地说,"一会儿喝点酒,或许会唤起你的记忆。"

周宇越发急了,假装威胁她说:"你快告诉我,不然我开溜了。"

"走可以啊,先把餐费付了,还有这瓶茅台酒的钱。"小黄边说边打开自带的茅台。

"哟!赖上我了!"周宇说,"那好,不走了,大不了一醉方休!"

"那可不行。"小黄给两个杯子倒上酒:"今天定量,一人二两,明天还要上班呢。"

"我的姑奶奶,你快告诉我,那天我出什么洋相了?"周宇心里很忐忑。

"急什么?"小黄红着脸说,"不喝酒我不好意思告诉你。"

周宇心里更加不安了,可见小黄怎么也不肯说,便不再追问,只顾端起酒杯就喝。

"别!这样容易伤肝。你这个人,急吼吼的,难得一起吃个饭,就不能放慢节奏,慢慢说几句话吗?"小黄拦住他埋怨道。

"你刚才那么一说,我就着急,担心真出什么洋相了……"

"也不算洋相吧。"小黄笑笑,"就是几家欢乐几家愁。"

"几家欢乐几家愁?"

周宇心里着急,却不再说话。他想,如果自己再急,估计这丫头片子会耍死我。他夹了一口菜放进嘴里,慢慢地咀嚼,时不时停一下,看看小黄。

小黄见周宇老是看自己,以为衣服有什么问题,或是汤汁溅到衣服上,便低下头左看看、右看看。一连几次,小黄忍不住问:"你看什么？"

周宇笑而不语。

这下轮到小黄急了，问："到底看什么？"

周宇还是不说话，只笑着拿起酒杯，轻轻抿了一口。

小黄忽然缓过神来，笑道："你这人，报复心咋这么强？"

"你看你看，我急你不急，我不急你又急了。"周宇得意地笑着说。

"你这个老男人，太坏了！"小黄说，"上次强行吻我，你知不知道？"说罢，狠狠拍了一下周宇的脑袋，"还当着我哥和文姐的面。"

"啊？"周宇听罢，吓得差点把杯子掉在地上，"怎么可能？！"

"要不你打电话问问沙刚？"小黄拿出手机，准备拨电话。

"快别！"周宇赶紧抢下电话，急切地问，"真的假的？怎么可能？"

"怎么不可能？当时都把文姐气哭了。"小黄不好意思地说，"我的嘴唇都被你弄疼了……"

周宇仍然不相信。他只记得当时自己空腹连着喝了不少酒，脑袋晕乎乎地趴桌上睡了，怎么会……

"不过也好，文雅不会来骚扰你了！"小黄仿佛是打了胜仗，说，"我搁在心里的一块石头也挪开了。"见周宇还在发愣，又说，"否则你们送柳春富，我怎么会赶过去？"

周宇难为情地说："我真的不知道……真的不相信……"

"哼！"小黄瞪着眼睛说，"是不是以前喝酒经常这样，然后也是死不认账？"

周宇忙站起身自我辩护："天地良心，我哪有这么大胆？！"

"这么说是有贼心没有贼胆？"小黄强词夺理地追问道。

"哪有什么贼心贼胆，还贼肝呢！"周宇说。

小黄见状，说："罢了罢了，念你是初犯，饶你一回。"然后问，

"知道我为什么喜欢你吗？"

"为什么？"周宇不解地说，"就因为我强行吻了你？"

"喊！你真是个二百五。"小黄嗔怪道，"脑子里想什么呢？"说罢从包里掏出一张发黄的报纸，问，"记得十八年前的事吗？"

"什么事？"周宇有点蒙，他不知道十八年前发生过什么事。接过报纸一看，上面有一块用红笔标注的图片报道，题为《大学生奋不顾身，小学生幸运获救》。照片一共有三幅：一幅是周宇在河里抓着小女孩头发向岸边游来的照片，另一幅是周宇靠近岸边双手托着小女孩的照片，还有一幅比较大的，照片中的周宇正嘴巴贴着小女孩做人工呼吸。下面有两行小字：

> 8月23日，正从护城河边经过的XX大学周宇同学，见有儿童落水，不顾一切跳到河里，救出外地来游玩的小学生。

周宇依稀记得有这回事，但这个报道还是第一次看到。那次，他见有人落水，便纵身一跳，没几下便游到河中央，抓住了快要沉下去的小女孩。本来凭周宇在农村练就的水性，救个落水儿童一点问题也没有，但没想到小女孩见有人救自己，双手紧紧勒住他的脖子，差点两个人都沉入水底。后来，周宇奋力扒开小女孩的手，抓住她的头发才把她拖到岸边。

"难道那个女孩是你？"周宇觉得很意外。

"是啊。"小黄幸福地望着周宇，"那次你游到我身边，我感到一下子有救了，便拼命抱住你……"

"怎么会有这么巧的事？！"周宇惊讶地瞪大了眼睛，觉得简直像天方夜谭，问，"认识这么久，你怎么从来没说起？"

"上班第一天见到你，我以为是同名同姓，后来问沙刚，他说当时就是你救了我，我才相信这么巧。"小黄兴奋地说。

"那为什么不告诉我？"周宇问。

"被你救起那一瞬间，我就想，以后一定要嫁给你！"小黄羞怯地说，"谁知再见到你，你早已成家了。"

"哈哈！我那么大岁数当然要成家。"周宇还觉得在梦幻中，说，"我怎么会想到有个小女孩要嫁给我？"完了又笑起来，说，"你是编故事吧？那时你才多大，怎么可能想嫁给我？"

"真的。"小黄认真地说，"我也不知道怎么回事，反正被你救上岸时就是这么想的。"

"那这么多年，沙刚怎么从来没有说起？"周宇问。

"我哥他以前也不在J市啊！"小黄说，"那天你强行吻我后，我倒觉得一块石头落地了。"

"我还是不太相信。"周宇摇摇头，"你肯定是在骗我，晚上回去我就打电话问沙刚。"

"反正你不是第一次吻我了……"小黄调皮地说。

第十二章　别离秋色

1

秦毓常的工作节奏明显放慢了。

他想起曾经在一个纪念馆看到有位领导手书的对联："多干等于少干，少干等于多干。"临近退休，自己做太多事情，很可能会给别人添乱，还不如少管点事，让别人有发挥的余地。

他又是一个闲不住的人，心里虽然想着少管事，但遇到分管的事情却又放不下。C市塌方式腐败问题发生后，卫星书记在常委会上对该市党建工作存在的种种问题提出严肃批评，秦毓常听罢坐不住了，感到自己分管党的建设工作，出现这样的问题，自己有不可推卸的责任，便主动提出带队到C市蹲点，帮助他们进行整改。

卫星书记原本不想安排他去蹲点，原因之一自然是快到退休时间了，还有一个原因是他血压不稳定，不想让他工作压力太大。但见他态度非常坚决，加上这也是他的分管工作，便同意了他的请求。

钱嘉良他们收购方圆公司后，公司业绩不断上升，成为当地纳税大户。公司成为明星企业，钱嘉良本人也被评为全国劳模。许多朋友建议他利用收购一周年之机，通过周年庆典扩大公司影响，为公司打个广告。

与杨震东和韩子霁等几个高层商量后，大家都觉得这个主意好。方圆被收购后，公司业绩上升的同时，对当地经济贡献率明显提高。但由于平时过于低调，很多人以为方圆还是一个校办工厂，这显然不利于拓展公司业务。目前国内经济正处于腾飞之时，方圆应当抓住当前的大好时机，顺势而为，争取再上一个新的台阶。

杨震东提醒，周年庆应该搞，但还是要本着勤俭节约的原则，尽量少花钱、多办事、办好事，争取达到事半功倍的效果。韩子霁提出，方圆公司是省电视台《社会与市民》栏目的赞助单位，到时可以与南宫玉霞商量，做一期访谈节目，谈谈方圆公司如何重视承担社会责任，这等于变相给方圆公司做宣传，大家都觉得这个主意好，而比起一般的广告宣传，社会效果也会好很多。

对于谁接受访谈，大家的意见是董事长钱嘉良最合适，但钱嘉良觉得自己普通话一般，同时对有些政策的把握心里没底，便提出让杨震东前去做节目。杨震东虽然不想抛头露面，但想想这也是为公司尽一份力，而且自己离开秘书岗位已有一段时间，不至于太敏感，便勉强同意。同时，他要求公关部门不要直接与南宫玉霞本人联系，而是按正常程序与省电视台新闻部或栏目组联系确定。

一切安排妥当，接下来就是按计划行事。

杨震东的访谈节目非常成功，不仅在访谈内容上把握得很有分寸，充分展现出方圆公司高度的社会责任感，而且侃侃而谈，自然得体，颇有明星范儿。

节目播出后，许多熟悉的朋友打电话给杨震东，对他的成功转型表示祝贺；也有的建议他干脆兼职去电视台，主持个《有话直说》访谈节目说不定立马走红。还有的朋友打电话给钱嘉良，问他作为董事长为什么不上节目……

公司庆典第二天，正好是南宫玉霞的生日，韩子霁事先与紫鑫大厦、环球金融中心、铂金广场三幢超高层建筑大楼广告部门说好，让几家单位在为方圆周年庆打广告的第二天，上演生日灯光秀，"祝南宫玉霞生日快乐"。

韩子霁想给南宫玉霞一个惊喜，事先没有告诉她。由于此前广告费用都已经付过，后面这次生日灯光秀算是买一赠一，并未额外付费，所以也没有告诉钱嘉良和杨震东。

当天晚上七点半，突然亮起的生日灯光秀，让全城目睹了从未有过的庆生盛况。

由于此前李朝东坠楼案已经让南宫玉霞广为人知，此时的灯光秀，等于把她再次推上风口浪尖。

杨震东预感到此事会闯下大祸，立即让韩子霁赶紧通知相关单位立即撤掉灯光秀。原定两小时的灯光秀，不到一小时就改成了"我爱我的祖国""风调雨顺，国泰民安"。

果然，灯光秀瞬间引爆J市舆论，网络持续发酵，各种猜测甚嚣尘上。

一些网民把南宫玉霞与秦毓常联系到一起，认为这场灯光秀的背后推手就是省委副书记秦毓常，更有网民以"古有周幽王千金一笑，今有秦毓常华灯庆生"为题，发长文挖出秦毓常腐败事实，以及他和李朝东与南宫玉霞三人同睡一床的所谓"秘史"，内容真真假假，迅速在全省和全国引发一波汹涌的舆情。

此时的秦毓常正在C市蹲点，指导当地党建整改工作。由于压力大连日睡眠不好，那天服用安眠药后早早睡了。

周宇见他已经休息，也早早睡下，并关了手机。第二天凌晨四点多，他接到杨震东通过宾馆总机打来的电话，惊得睡意全无，坐在床上半晌，不知是不是应该马上把这个消息告诉秦毓常。直到五点半左右，周宇听到隔壁房间传来马桶冲水的声音，估计他已醒来，才急匆匆地敲开门，把有关情况汇报给他。

秦毓常坐在床上，愣了半天神，说："红颜祸水！红颜祸水啊！"然后又不停地念叨"作孽！作孽……"便一头倒在了床上。

周宇赶紧招呼人把他送到医院。还好，身体并无大碍，只是急火攻心引发血压升高，导致一时昏厥。

2

柳春富报到那天，当地省委高度重视，省委组织部部长亲自找他谈话，寄予他非常高的期望。同时告诉他，这里兼有老、少、边、穷的一切特点，自然条件恶劣，工作难度很大，希望他做好思想准备。

他表示，自己也来自农村，条件差点没关系，自己会想办法克服。同时，他请部长今后多来指导，并在干部配备上予以支持。部长点头同意，说："你在G省省委组织部工作多年，干部工作经验丰富，要把好的经验带到这里。我们会对你的工作全力支持。"

由于市长的任命还需要人大召开会议履行相关程序，柳春富先以副市长身份开展工作。正好市里有一个处级干部培训班，市委征求他的意见，想请他给参加培训的干部讲一课，题目自定，并告诉他这也是市委书记高继伟同志的意思。柳春富知道，这是他第一次亮相，必须慎重。考虑再三，他给高继伟打了个电话，提出能否先不讲课，但高书记态度很坚决，一定要柳春富讲，并且说他到时会到场亲自聆听。

柳春富知道，自己初来乍到，情况不熟，容易有失偏颇，应该先静下心来，通过调查研究掌握了解当地真实情况。但既然高继伟态度如此坚决，再推辞也不合适。反复思考后，他准备结合正在进行的形势教育，把中央领导提出的要求给大家做一个传达，再谈谈自己在中央党校学习的体会。

高继伟非常热情和随和，他亲自登台主持，介绍了柳春富个人的情况。根据组织原则，柳春富在正式任市长之前，不能透露组织意图，所以，高继伟只是客观地介绍了情况，并请柳春富讲课。但台下的人都知道，他是即将上任的市长。

　　柳春富在中央党校学习了大半年，又进行了认真的备课，以毛泽东同志的相关论述为引子，谦虚而不失自然地开始了讲座。"毛主席说过，有许多人，下车伊始就哇啦哇啦地发议论，提意见，这也批评，那也指责，其实这种人十个有十个要失败。我初来乍到，情况不熟，本应先开展调查研究，但高书记交给我这项任务，恭敬不如从命，所以，今天来这里不是讲课，是借这个机会和大家谈谈自己的学习体会……"

　　说到高书记时，他朝坐在听众席上的高继伟微笑着点点头，高继伟也报以点头微笑。

　　柳春富滔滔不绝，时而旁征博引，娓娓道来，时而幽默风趣，妙语频出。更重要的是，他知道高继伟书记今天到场，不是一个普通听众，是对他进行近距离观察。所以，他时不时讲到高继伟的工作思路和工作成绩，并表示非常钦佩，态度诚恳而谦虚，丝毫没有矫揉造作之嫌。讲到一个半小时完美收尾，引来长时间的掌声。

　　高继伟对今后的搭档显得很满意。他走上台，作了简单点评，肯定柳春富讲课内容实在，基层经验丰富，一看就是从基层干上来的干部，并希望大家像支持自己工作一样，支持柳春富同志的工作。

　　柳春富自己也很满意，感到这次亮相应该给自己加了分，起码没有失分。特别是在与高继伟书记的关系处理上，打下了一个好的基础。

　　边陲地区地广人稀，交通不是很方便，平时下乡调研动辄就要几天时间，经常几个人挤在一辆车上，一路上把人颠簸得快要散架。长距离开车，司机也很劳累，曾发生过司机打瞌睡导致的车祸。有些平时车技好的人若见到司机精神萎靡，便主动替司机开车。这些人倒不是有多关心司机，而是防止自己的命落在司机手里。

柳春富从来没有学习过驾驶，他知道高继伟书记也经常自己开车，就觉得一个人在这里，周末没事也应该学学车，以应将来不时之需。机关事务管理局的韩冬局长自告奋勇地担任柳春富的教练。他是位军转干部，汽车兵出身，在部队服役期间长年转战在青藏线上，驾驶技术一流。

柳春富上手很快，没多久便可以单独驾驶，但由于没有考取驾驶执照，不敢上路行驶。韩冬提出找车管部门先办个驾照，考试就免了。柳春富却坚决不同意，他不想在这个问题上让别人觉得搞特殊化，从而造成不良影响。

又是一个周末，韩冬陪柳春富到山里练车。中午，他们停下车，取出自带的食品准备开饭。刚刚在车子后面坐下，谁料车子没拉好手刹，忽然缓缓后退。柳春富反应很快，见状马上跳进驾驶室拉手刹，见车子仍然没有停下，便点火启动了发动机，想把车子往前开一点。

韩冬见车子缓缓后退，本想就近找块石头垫一下车轮，见车仍在后退，便上前用身体顶住车辆。谁知车辆发动，挂上前进档后，车子并没有向前，柳春富以为挂错挡，便又重新换挡，不料慌乱中竟然挂上倒挡，一踩油门，车子往后驶去……等到柳春富反应过来刹住车，韩冬已被撞倒在地面上。

柳春富蒙了，没想到会发生这种事。等到闻讯赶来的救护车把韩冬拉到医院，人早就没了呼吸。

发生这样的事让柳春富始料未及。眼看着一条鲜活的生命倒在自己面前，而且是因为自己的失误，悲痛万分的柳春富，当天就赶到韩冬家里，当他看到两位白发苍苍的老人时，禁不住跪在他们面前放声痛哭。得知情况后，两位老人从震惊到悲痛到沉默，三人哭作一团。这样不知过了多久，见柳春富在面前长跪不起，两位泪眼婆娑的老人颤巍巍地扶起柳春富，反倒安慰起他。

果然，过了一段时间，上面对柳春富的处分下来了，提任市长的事也因此泡汤。

韩冬是当地为数不多且颇有前途的少数民族干部。现在，韩冬不幸离世，等于当地少数民族失去了一个难得的、很有前途的干部。对肇事者柳春富仅给予纪律处分，当地少数民族群众觉得太便宜他了，而且他是无证驾驶，应当以交通肇事定罪。

高继伟显得很痛心，亲自出面做群众工作，但当地群众坚决不服处理意见，后来发酵为群体性事件，引起上面高度关注。

公安司法部门出面调查，确认柳春富是在学车过程，遇有突发情况挂错挡，导致亡人事故。最后，此事以判处柳春富三年有期徒刑收场。

周宇、钱嘉良他们得知此事，无不叹息。

周宇想起临别那天晚上，柳春富唱的那首歌："让我再看你一眼……"感觉心里在流泪。

3

小黄的表白，让周宇感到了一丝慰藉。他想不到当年无意间救助一个小孩，竟然引发了一段感情。

有了这层缘由，周宇不再怀疑小黄对自己的爱，觉得或许自己与她前世就有某种特殊的缘分，否则这辈子怎么有如此离奇的故事？

但他还是顾虑重重。到底担心什么，他似乎也说不上来，总觉得有点不对劲。

第十二章 别离秋色

下午手机响了，一个陌生电话。周宇犹豫一下后接通，手机里传来韩子霁的声音，周宇心里咯噔一下。韩子霁已经有很久没有打过自己的电话了，虽然偶尔聚会时能碰到，但自从她与钱嘉良走到一起，就没再给周宇打过电话。

电话是韩子霁在北京打来的，她告诉周宇，有关部门到方圆公司调查收购的事，并要求钱嘉良、杨震东等人留在G市配合调查。

"那你呢？"周宇问。

"还没有接到通知。"听得出，韩子霁的声音有些紧张。她说，"不知道会不会也要我配合调查。"

周宇心想，如果有问题，你怎么可能独善其身？但他没有说出口，只是安慰道："当时严格按程序进行，就应该没有什么大问题吧？"

"唉！"韩子霁叹了一口气，说，"谁知道呢。再说，哪有什么百分之百合规的事？"

周宇觉得电话里不便多探讨这些问题，再说自己也没有参与，并不知道他们到底怎么操作的。但把已知表象前前后后联系起来分析，多少也能把来龙去脉推算个大概。这么短的时间里，他们几个人竟然能全资收购方圆，本来就是一件比较奇怪的事。他想提醒韩子霁从北京方面做点工作，但转念一想，这些问题根本就不用他提醒，她自然会考虑到，自己提醒也不合适。"还是听消息吧，但愿一切正常。"周宇模棱两可地说道，然后放下电话。

放下电话后，周宇心情有点沉重。

柳春富已经出事了，周宇打心底不愿意钱嘉良和韩子霁再出事。但担心他们出事，本身就说明他们有出事的可能。钱嘉良这些年出手太猛，从收购凤凰家化，到收购方圆集团，短短几年的时间，且不说个人财富呈几何级数增长，他收购的资金从何而来，就是一个问题。

周宇虽然不懂得资本运作和投资，但知道凡事总有个过程，这么短的时间就直接取得想要的结果，相当于省去了应有的过程，这比强盗抢劫的速度都快啊！再看看这几年全国冒出的所谓巨富，几乎如出一辙，再这样下去，不出问题才怪！

周宇更加担心的是秦毓常。在收购凤凰和方圆这两件事上，秦毓常到底起到了什么作用？有没有为他们谋利？他自己受贿没有？这些对周宇而言，都是谜。

果不其然，不久后的一个下午，正在参加会议的秦毓常在会场被带走。

当纪委向他宣布"双规"决定时，秦毓常脸色很平静，似乎早已做好思想准备。办公桌和资料柜里面的东西码得整整齐齐，显然早已收拾过。只有平时堆放阅读书籍的小柜子上面，杂乱地放着十几本书籍，有些书画着记号，留下明显的阅读痕迹。

在宣布对秦毓常采取"双规"决定的同时，纪委要求周宇配合调查。

周宇虽然想到过可能会有这一天，但没想到这么快。

纪委的一男一女两位工作人员把他带进一间屋子，客气地说："请你协助调查。"然后，让他交出手机和其他物品——还让他抽出皮带，将物品一一登记并让他签字后，一人留下看着他，一人转身离去。

周宇坐在里边，仔细回忆担任秦毓常秘书后的点点滴滴。他清楚地记得，第一次见秦毓常，是杨震东带进办公室的。当时秦毓常接待的一位客人正要离开，那位客人客气地朝他俩点头微笑，秦毓常则似乎没有发现他俩走进办公室，继续与客人聊了一会儿，起身与那位客人握握手，然后才抬头说了一句："来了？"算是与周宇打了一下招呼。

纪委的人再次进来时，问周宇有什么事要交代。周宇没听明白，只当是要他交代问题，说："我不知道要交代什么。"纪委的人

第十二章 别离秋色

看了一眼周宇，说："是问你手头还有什么事要办？"

周宇想了一下，说："别的没有什么事，就是今天洗了衣服晾在家里的阳台上。阳台的窗户是开着的……"

纪委的人本来非常严肃，听罢忍不住笑了，说："好。知道了。"

十几天后，周宇恢复了自由。

他回头望了一下办案点，深吸一口新鲜空气，感觉整个人还是蒙的。

纪委严格审查了他与秦毓常的关系，中间反复要求周宇交代秦毓常违法乱纪的线索，周宇一次次把他鲜有的几次私下与秦毓常的接触经过进行了汇报。

当纪委询问他是否给秦毓常送过礼、行过贿时，周宇说："他给我送过礼，但不知道是不是算行贿？"办案人员非常严肃地训斥道："知道这是什么地方吗？严肃点！"周宇很严肃地讲述秦毓常曾经送给自己一块腕表，以及南宫玉霞送给照片和镜框的事，办案人员的脸色这才有所松弛。

当问到是否还有其他问题时，周宇说曾经在秦毓常家吃过唯一的一次饭，并如实汇报在他家碰到的几个人，那天都做了什么。然后又汇报南宫曾经为他介绍过朋友，但只见了两次面，一次喝茶，一次喝酒。喝酒那次因为喝醉了，后来就在饭店睡着了。他本想说那次强行吻了黄佳宁，但觉得把她扯进来没有必要，而且也与秦毓常违纪或违法没有任何关系。

反复几次，纪委最终确定他没什么问题，决定放他回去，但没收了秦毓常送他的那块手表。

离开办案点时，周宇问："我回哪里？"

办案人员莫名其妙地看着他，心想：这小子才进来几天，是不是傻了？

一位年龄大一点的女同志态度温和地说："回家。"

"我是问我的工作……"周宇面无表情地说。

"回原单位。"那位女同志说,"行政关系在哪里,就回哪里。"

4

对方圆公司的调查持续了三个多月,最后的结果是,所有收购程序基本合规合法,唯一瑕疵是评估价格偏低,但属于"技术性问题",收购方被处以两亿六千万元罚款。

钱嘉良长舒一口气,对杨震东当初提出的"有的放矢、合法合规、悄无声息、如我所愿"十六字原则佩服得五体投地,对韩子霁关键时刻在上面做的工作更是十分得意。他觉得自己的这个创业团队,简直太完美了!

在调查组了解与秦毓常的关系时,钱嘉良他们坚决否认与其有经济往来,最多也就是逢年过节带点水果看望一下,或偶尔带上三两瓶酒在他家一起用餐。事实上,他们也确实没有给秦毓常送过什么礼金和别的贵重物品。主要原因不是他们不想送,而是秦毓常办事严谨,他感到官至省部级,吃喝有保障,没有必要像有些官员一样,傻乎乎地把钱堆在家里,结果钱没花,人没了。更何况有几个像钱嘉良、杨震东这样的年轻朋友,比什么财富都珍贵和重要。

正是因为这样,秦毓常侥幸逃过一劫。但他不是什么问题也没有,违反政治纪律和政治规矩,曾经为谋求职务晋升搞攀附,搞迷信活动,违规公务接待,违规出入私人会所,接受私营企业主宴请,以及违反组织纪律,违规选拔任用干部等问题,性质还是很严重,最后被降为副厅级非领导职务,算是逃过了牢狱之灾。

秦毓常出来的第二天,周宇上门看望。几个月不见,秦毓常更显苍老,行动也迟缓了很多。见周宇前来看望,他显得很激动,说:"别人唯恐避我不及,你倒好,主动找上门了。"

周宇说:"就是来看看你,普通工作关系也可以串串门。"

南宫玉霞赋闲在家,曾经很受欢迎的《社会与市民》节目早已停播。经过两次折腾,南宫玉霞早已声名狼藉,甚至走到菜场也常常遭人指指点点。省电视台此前有两个女主持人也曾有过类似情况,一个移民美国,一个移居澳洲。周宇原以为秦毓常出事后,南宫玉霞也会远走高飞,现在看,她并没有这个意思,心里不免对她有了几分敬意。毕竟,"夫妻本是同林鸟,大难来时各自飞"是古往今来常见的现象。

"对将来工作有什么考虑?"秦毓常问道。

"这几个月来就是跑跑腿,后面听安排吧。"周宇苦笑着说。心想,就算有什么想法,和你说又有什么用?其实,他心里已有主意,只是给秦毓常汇报已没有必要,他帮不上什么忙,也没有必要给他出难题。

5

从秦毓常家走出来,手机提示来了短信。

周宇一看,是小黄发来的:"明天晚上,我有个同学聚会,邀请你一起参加,好吗?"短信的口吻是在征求他意见,但又有一种不容拒绝的坚决。他犹豫了一下,回信说"好吧",随后她发来聚会的地址。

第二天傍晚,当他按短信上提供的门牌号走到目的地,才发现原来是一个部队大院。哨兵给他敬了一个军礼,问:"您是到沙司令员家?"周宇迟疑了一下,才反应过来:"嗯……是的,去沙司令家。"

"往前走一百米,左转第一家。"哨兵礼貌地指了指方向。

周宇按照哨兵所指方向走过去,远远看到小黄身着一件玫红色连衣裙,正在门口张望。首长家有人到访,哨兵早就打电话通报了。

见到周宇走近,小黄露出抑制不住的兴奋和笑意:"欢迎!欢迎!"

"谢谢!"周宇勉强挤出一丝笑容,"你也不说清楚是到你家……"

"这不是怕你不肯来嘛。"小黄有点调皮地说,"父母去外地疗养了,今天叫了几位朋友陪你。"

正说着,几个男女从房间走出来,其中一个女生笑着问:"这就是周处长吧?"其他几人则嘻嘻哈哈,都走过来热情地与他打招呼。

他们似乎对周宇很熟悉,其中一位留着长发的男士主动自我介绍说:"我们是本家,叫周凡,在市歌舞团工作。"

周宇看了看他,觉得很眼熟,却一时想不起来曾在哪里见过,便说:"怪不得,原来是艺术家。"

周凡哈哈大笑,说:"周老师真幽默!看来我以后还要把头发留得长点。"

"你还有一种选择,就是理个光头。"周宇被他的笑所感染,也笑了起来,"现在搞艺术的人,要么长发,要么光头。"

文雅竟然也在这里。周宇恍然大悟,原来那个留着长发的人,就是上次在紫霞山碰到的那位。

"今天还得多喝点哈!"文雅坏笑着说。

周宇听罢,连忙摆手:"这次不会那么傻了。"

"你哪里是傻。"文雅回头对小黄说:"这家伙有很强的欺骗性,你可要当心。"

"别想挑拨我们的关系啊!"小黄俨然一副女主人的姿态,说,"周凡老师,管管你的学生。"

周凡听罢,说:"这事我可管不了。"

保姆招呼吃饭,大家坐下后,一番推杯换盏,嗓门也渐渐高了起来,海阔天空,相聊甚欢,只有周宇始终提不起精神,最后干脆独自一人走到阳台上点上一根烟。

第十二章 别离秋色

已是深秋季节。树叶开始泛黄,晚风吹来,传来一阵窸窸窣窣的声音,夹杂着不知什么虫叫的响动,让安静的四周显得岑寂而神秘。周宇忽然想起,这里是部队大院,少了通常的车水马龙和孩子的嘻闹打斗,怪不得如此清幽。

小黄走过来,心疼地说:"今天本来是想让你开心点……"

周宇看了她一眼,想和她说点什么,但话到嘴边,又咽了回去,猛抽了一口烟。

"你俩干什么呢?"里面有人在喊,"把我们晾这里算什么?"

"开心点。"小黄拉着他走了进去。

几位朋友喝得很开心,一个女生清唱《今夜无眠》后,见周宇进来,起哄要周宇来一段。

周宇本来就情绪低落,想到那次为柳春富送行的场面,心情更是跌到谷底。

"我不会唱歌……"周宇推却说。

"那会什么?"文雅不想放过他,忽然想到刚才在书房墙上挂着的古琴,说,"佳宁,书房里不是有把古琴吗?听说周秘书可是琴棋书画样样通的全才啊,既然佳宁这里有古琴,就给我们弹奏一曲吧。"

小黄知道文雅是在有意刁难周宇,便帮他开脱:"你自己来一曲就是了,何必为难人家周宇?"

"这你要说清楚,是人家周宇,还是你家周宇?"文雅追问。

周宇见状,说:"要不,你就把古琴拿来让我试试吧。"

小黄从未听说周宇会古琴,怕他出洋相,便说:"古琴是我妈以前玩的,好久不用,不一定能弹了。"

另外几个人起哄说:"拿过来让周宇试试嘛!"

文雅跑到书房,拿来古琴。

周宇接过古琴,顺手拨动了几根琴弦,感觉音质不错:"那我就弹一曲《阳关三叠》吧，大家凑合着听。"说罢，开始调音。

小黄见他有模有样地调音，感到很诧异，一颗悬着的心倒是落了地。

调好音后，周宇端坐着，右手平放在一徽与岳山之间，左手中指和无名指支撑在面板外侧九徽十徽处，深吸一口气后，琴弦上开始流淌出《阳关三叠》的旋律。

一段结束后，大家以为已经曲终，不约而同鼓起了掌。谁知周宇又开始边唱边弹：

> 渭城朝雨浥轻尘，客舍青青柳色新
> 劝君更尽一杯酒，西出阳关无故人
> 湍行，湍行，长途越渡关津
> 历苦辛，历苦辛，历历苦辛宜自珍

周宇想到最近发生在自己身上的一连串事情，再想到此时正在狱中的柳春富，不禁感慨万千，潸然泪下。

略带忧伤的旋律，加上周宇有点沙哑的歌声，让在场的每一个人都呆住了！

直到真正曲终，周宇轻轻擦拭了一下含泪的眼角，有点不好意思地笑了，大家才反应过来，再次响起长时间的掌声。

"和大家说个事。"小黄有些兴奋地说，"周宇不仅是我从前的同事，还是我的救命恩人……"她介绍了发生在十八年前的往事。

大家都露出好奇的神情。

"救命恩人谈不上，当年我只是顺便做了件好事。"周宇说，"我和小黄曾经是同事，也算是好朋友吧。"

"哦——"小黄的几个朋友一起哄，然后问，"还有呢？"

周宇看看小黄，说："没有了吧？"说罢举起杯，"我敬大家一杯。"

6

省里挑选一批人援疆，周宇马上报了名并获同意。实际上，他在看望秦毓常时便已经打定主意加入援疆队伍。

那天在小黄家里，他弹唱《阳关三叠》就是想含蓄地给小黄道个别。

他很清楚，尽管自己没有什么问题，但曾经给一个受到降职处理的领导当过秘书，这意味着起码在今后几年时间里，自己得靠边站。他想换个环境，援疆三年是个不错的选择，或许，在远离喧嚣的边疆，能够找到属于自己的归宿。

离开J市去新疆前，周宇专门请假看望了正在服刑的柳春富。他不敢相信曾经意气风发的柳副市长，竟然变得如此苍老、颓废和万念俱灰。他想安慰柳春富几句，结果，自己竟然先落泪了。

柳春富苦笑着说："老同学，既然来了，就陪我多聊会儿吧。"见他不语，又说，"最近《道德经》研究得怎么样，有什么新体会？和我说说？"

"你怎么也对《道德经》有兴趣了？"周宇表情奇怪地望着他。

"别以为只有你研究《道德经》。"柳春富瞟了一眼边上的看守，长叹一声，说，"最近我一直在琢磨这些年过山车似的经历，唉！太不自然、太不真实了！"

"这话怎么说？"周宇不解地问，"怎么不真实？"

"这些天我反复琢磨'道法自然'这句话，感觉以前的理解太肤浅了。"柳春富眼里透出一丝无奈，说，"凡事顺其自然是最高境界，不必躁动，更不必太功利。"

"草根出生，不容易啊！"周宇忽然想起柳春富曾经和自己说过的话，心里充满同情与伤感。

但他却不知道该如何安慰眼前的老同学，他知道，此刻最好的安慰，就是倾听柳春富的倾诉。

"好啦，不说这些了。"柳春富转换话题说，"前两天看到一个笑话，说给你听听？"不等周宇回答，柳春富说，"从前，有一个叫杨一笑的人，死后在墓前立了一个碑，上面的墓志铭是这样写的：初从文，三年不中；后习武，校场发一矢，中鼓吏，逐之出；遂学医，有所成，自撰一良方，服之，卒。"

说罢，柳春富哈哈大笑，笑声很瘆人。

周宇抬起头看着他，柳春富旁若无人地继续说："比起杨一笑，我还算幸运。毕竟我没有死，家里的地也在，过几年回去当个农民也挺好，你说是不是？"

"农民自由。"周宇附和着说，"不过，千万记住：身体第一！留得青山在，不怕没柴烧。"

柳春富知道周宇要走了，他有点不舍地盯着他，摇了摇头，又点点头。

周宇的嘴唇哆嗦了几下，本想说声再见，却突然想起当年毕业分别时的情景。

于是，他轻声哼起那首熟悉的歌：

> When prayer so often proves in vain
> Hope seems like the summer birds
> Too swiftly flown away
> And now I am standing here
> My heart's so full I can't explain

歌声顺着四行热泪一起淌下。

周宇喜欢小黄，但他不敢与她进一步发展。目前的一切，都是满满的美好记忆，包括离奇的救人故事。但与她生活在一起就很难说是什么结局了。何况自己现在如此狼狈，连累一个姑娘，自己也太不爷们了。

周宇没有告诉小黄自己去援疆的事，考虑到那里以后，再给她打个电话或发个短信，把自己的真实想法告诉她。

他也没有把援疆的事告诉钱嘉良、韩子霁。只想一个人，悄悄地离开这里，去吹吹边疆的风。

通过安检后，周宇走到候机室。秋天的午后本该天高气爽，或许是要下雨的缘故，此刻云层低垂。不时起降的飞机，发出一阵阵轰鸣声。

周宇原以为自己很坚强，但在登上飞机的那一刻，还是觉得两眼有些模糊。

当他坐到座位上并系好安全带后，突然感到一阵放松，不知不觉间竟然睡着了。

不知过了多久，空姐招呼用餐，他睁开眼睛，吃惊地发现，小黄竟然坐在自己身边。

他以为自己在做梦，揉了一下眼睛，仔细一瞧，没错！确实是她坐在自己身边。

小黄见他醒了，略显顽皮地说："我也是援疆干部，临时补缺，组织批准，不算违规。"

飞机在洁白的云团中穿行，刺眼的阳光透过舷窗洒落在两人身上。周宇无意间触碰到小黄的手，正想挪开，那只手却紧紧握住了他。

2023 年 11 月　完稿于浙江诸暨云满天艺术酒店
2024 年 1 月　二稿于上海普陀区西老河畔

重回故事开始的时候（后记）

2001年11月，一个百无聊赖的秋日下午，我做了两件事。先是到上海红十字会报名捐赠骨髓。抽完血并办好相关手续后，工作人员告诉我说，还可以做得彻底一点，个人支付化验等费用。

我照办了，没用公费。

那天回去的路上，秋风裹着落叶，窸窸窣窣，飘飘洒洒，不由得让人心生感叹。到家后，我打开了电脑，开始写作已酝酿了一段时间的小说，并取名为"秋疯"。此后，写了删、删了写。写了再删、删了再写，反反复复，断断续续，这一拖竟然就是二十多年。

尽管这个过程很漫长，但我从未想到过放弃。回想起来，这份坚守应该缘于学生时代对文学的那份兴趣。七十年代末，正是文学的春天，好作品层出不穷，当时阅读的许多短篇小说至今仍有印象，比如茹志鹃的《草原上的小路》、金河的《重逢》、萧平的《墓场与鲜花》……

说起阅读文学作品，时间的坐标还可以再往前推一点。小学三年级那年，我阅读了第一部长篇小说，那是一部关于农村赤脚医生的故事。在后来阅读的许多长篇小说中，有两部至今仍有印象，一部是儿童小说《三探红鱼洞》，类似今天的探险和悬疑作品，很有吸引力。另一部是没有封面和封底，但通过字迹模糊的书脊能隐约分辨出是《红旗插上大门岛》。说来有点难为情，当时印象最深的，是书中描写爱情的章节。在那个特殊的年代，有关爱情描写的小说，这是我读到的唯一一本。

这本书的写作，正好伴随我走完职业生涯的最后二十年。其间，从基层部队到高级机关，从色彩单一的军营到霓虹闪烁的魔都，经历了许多奇妙有趣的事情，也听到了许多复杂离奇的故事。这一切，大大丰富了我的人生经历，也丰富了这本书的内容。

特别让我难忘的是，在军旅生涯的最后时光，我有幸在复旦大学新闻学院学习三年，并顺利拿到毕业证书和博士学位。毕业的这一年，正好也是我退出现役的时间。待业期间，有幸认识了台湾的水墨画大师李奇茂老先生。老先生生于1925年，是蜚声海内外的著名画家，那年他已是八十五岁高龄，但身板挺拔，幽默风趣，风度翩翩。陪他到杭州、绍兴参加活动时，我借机请他帮我题写书名，他愉快应允，挥笔写下了"秋疯"二字，随后又给我题写了出自安徽怀远迎河寺的一副对联："竖起脊梁立定脚，拓开眼界放平心"。老先生的书法遒劲有力，裱好后一直挂在我的书房里。2019年，得知老先生仙逝的消息，凝视着他题写的书名，我感到非常难过和内疚。

写这本书还有一个有趣的小故事。2023年11月，我从喧嚣的魔都躲到浙江诸暨一个朋友的酒店。酒店由数栋既互相独立又相互联通的中式别墅组成，依山傍水，白墙黛瓦，飞檐翘角，环境优美。朋友安排我住在一间带有花园的套房中，抬头可见青山峻岭。在这里，正好碰上几位从南京、苏州来这里写生的画家，他们每天外出写生，晚上回来后我们便坐在一起，一边品着当地的杨梅酒，一边海阔天空，高谈阔论。好环境加上好心情，一连数日，每天写作十四五个小时，享受到了从未有过的创作愉悦。

就在即将完成全书写作的那个傍晚，迎来了格外绚丽的晚霞，在太阳快要落山的一瞬间，我用手机拍下数张照片，回放中惊喜地发现，最后两张照片中，近处层林尽染，远处山峦起伏，群峰托起的夕阳鲜红欲滴，这是我平生第一次拍到如此美丽的落日。也就是在那个晚上，我终于完成了断断续续写了二十多年的这本小说。

前两天翻到当年那本"骨髓捐献志愿者证书"。二十多年过去了，当年的证书纸张已经泛黄，我也早已超过了可以捐赠骨髓的年龄。在自然人群中，非血缘关系的供患者间成功配型的概率只有二十万分之一，很遗憾我没有能够得到二十万分之一的幸运。

但幸运的是，"志愿者证书"的"年龄"如今已超过了这本书的"写作年龄"，而自己的梦想也一直没有远去。曾经无数次想象自己有一天退休了，每天码码字，搞点与名利无关的创作，"那是一件多么惬意的事啊"！现在终于有了更多属于自己的时间，清晨去聆听花开的声音，傍晚去欣赏落日的辉煌，也有时间无拘无束地码字，天马行空般敲击键盘。

这些年，我常常想起《墓场与鲜花》开头的几句话："大动荡、大革命的年代，十几年一晃就过去了。故事里的两个主人公，现在已经是中年了。但在故事开始的时候，他们还是青年学生。"当时十几岁的我，看到"十几年一晃就过去了"，觉得"十几年"是一个非常漫长的过程。而今回头看，四十多年过去了，却也只是弹指一挥间。

再回到《秋疯》的书名上来。除了我们熟悉的疯狂、疯癫，"疯"其实还有"轻狂""无约束地玩耍""农作物生长旺盛但不结果实"等多种解释。从2001年秋天想到这个书名到现在成书，写作思路、内容较之初已有很大变动，甚至面目全非，却仍然保留了下来。如果说当初想到它，是基于真实的秋季，表达面临现实困顿时的复杂心绪，对年少时轻狂岁月、似水年华的追忆和些许艳羡；那么，时隔二十多年，现在它成书于人生的秋季，更多传递自己对"生长旺盛但不结果实"之人生的观察和思考。这本书持续创作二十多年而没有放弃，一方面因为对文学的热爱，一方面也见证了自己对生命、人生的珍视和记录。

《秋疯》这本书中的主要情节，是五位研究生同学毕业"十几年"后发生的故事。他们经历过"为赋新词强说愁"的青葱岁月，也体验过人到中年"却道天凉好个秋"的彷徨无奈。光阴终将给每个人留下刻骨铭心的记忆。

"人生如逆旅，我亦是行人。"尘世之中，人与万物皆为过客，唯有放下心中之结，方能感受到天地之辽阔，方能在若干年后回头一笑，重回故事开始的时候。

2023 年 12 月于上海大学

图书在版编目（CIP）数据

秋疯 / 苏虹 著. -- 北京：作家出版社，2024.4
ISBN 978-7-5212-2700-0

Ⅰ.①秋… Ⅱ.①苏… Ⅲ.①长篇小说 – 中国 – 当代 Ⅳ.① I247.5

中国国家版本馆 CIP 数据核字（2024）第 023326 号

秋疯

作　　　者：	苏　虹
责任编辑：	向　萍
助理编辑：	陈亚利
装帧设计：	杜　江　周　侠
书名题写：	李奇茂
出版发行：	作家出版社有限公司
社　　　址：	北京农展馆南里 10 号　邮　编：100125
电话传真：	86-10-65067186（发行中心及邮购部）
	86-10-65004079（总编室）
E-mail:	zuojia@zuojia.net.cn
http://	www.zuojiachubanshe.com
印　　　刷：	河北鹏润印刷有限公司
成品尺寸：	152×230
字　　　数：	226 千
印　　　张：	17.25
版　　　次：	2024 年 4 月第 1 版
印　　　次：	2024 年 4 月第 1 次印刷
ISBN	978-7-5212-2700-0
定　　　价：	63.00 元

作家版图书，版权所有，侵权必究。
作家版图书，印装错误可随时退换。